375

Marc Buhl

375

drei sieben fünf

Roman

1 2 3 4   08 07

© Eichborn AG, Frankfurt am Main, Februar 2007
Umschlaggestaltung: Christiane Hahn
Foto: Teilansicht einer Zellentür in der Gedenkstätte
Hohenschönhausen, 1950–1990 Untersuchungshaftanstalt
des Ministeriums für Staatssicherheit der DDR.
© picture alliance/AKG
Lektorat: Matthias Bischoff
Layout: Susanne Reeh
Satz: Fuldaer Verlagsanstalt, Fulda
Druck und Bindung: Clausen & Bosse, Leck

ISBN 978-3-8218-5782-4

»AM FENSTER«
Musik: Georgi Gogow/Emil Bogdanov/Fritz Puppel/Klaus Selmke
Text: Hildegard Rauchfuss
© PLATIN SONG FRITZ PUPPEL/LIED DER ZEIT
MUSIKVERLAG GMBH, Hamburg

Alle Rechte vorbehalten. Kein Teil des Werkes darf in irgendeiner
Form (durch Fotografie, Mikrofilm oder ein anderes Verfahren)
ohne schriftliche Genehmigung des Verlages reproduziert
oder unter Verwendung elektronischer Systeme verarbeitet,
vervielfältigt oder verbreitet werden.

Eichborn Verlag, Kaiserstraße 66, 60329 Frankfurt am Main
Mehr Informationen zu Büchern und Hörbüchern
aus dem Eichborn Verlag finden Sie unter
www.eichborn.de

Für Thilo

Cremer fuhr langsam die Kehren hinauf. Es war früh genug. Noch stand die Sonne hoch über den Vogesen im Westen, und der Schatten des Grand Ballon lag auf dem Nebel im Rheintal. Zehn Grad wärmer als unten war es hier, schätzte Cremer und öffnete das Fenster. Ein paar Fetzen von Johnny Cashs *Solitary Man* wehten hinaus, aber der Wind war frischer, als er gedacht hatte. Er wollte sich nicht erkälten, schloss das Fenster wieder und summte leise mit. Fast war er glücklich. Cash hatte er erst vor ein paar Monaten für sich entdeckt. Er mochte die Musik, auch wenn er niemanden hatte, mit dem er sie teilen konnte.

Bei den Windbuchen hielt er an. Sie streckten ihm ihre meterlangen Äste entgegen, aber er ergriff keinen, sondern steckte sich eine Zigarette an, machte ein paar Züge und drückte sie im Aschenbecher wieder aus.

Heute war Hannahs vierzigster Geburtstag. Früher hatten sie oft überlegt, wie es sein würde, so alt zu werden. Jetzt wusste er es, und nie war er mit ihr ans Meer gefahren. Immer nur hatten sie von der Fahrt geredet. Davon geredet oder geträumt.

Die Sonne sank viel zu schnell. Noch ein paar Minuten, dann würde sie verschwinden, und er würde sie nie wieder aufgehen sehen. Er schaltete das Standlicht an, als der untere Rand der Sonne die Wolken erreichte.

Seine Hände griffen ins Handschuhfach. Über den Vogesen rötete der Himmel sich wie zu einem letzten Gruß. Die Erde atmete leise aus. Plötzlich war alles ganz einfach und die letzten Strahlen der Sonne fielen durch Cremers Pupillen ins Nichts. In ihm war schon Nacht. Das Licht des Wagens wies den Weg in den Himmel, der immer leuchtender wurde und deutlicher, fast so, als sei schon einer hinüber gegangen. Kalt floss die Luft ins Innere, weil die Kugel die Seitenscheibe zerschlagen hatte, aber er fror nicht.

I See a Darkness sang Johnny Cash inzwischen, eines von Cremers Lieblingsliedern, aber er hörte es so wenig wie die Schritte der schweren Stiefel, die über den Ziehweg kamen, oder das Fluchen ihres Besitzers, der an einen Fels stieß, das Auto umrundete, mit dem Griff des Wanderstocks dagegen klopfte, zögernd zuerst, denn es könnte ja ein Liebespaar auf der Rückbank sitzen, obwohl das unwahrscheinlich war, wegen des Lichts der zerbrochenen Scheibe und des Schusses, der die Nacht gespalten hatte wie ein Hieb mit der Axt einen Scheit. Der Wanderer fluchte noch mehr, als er schließlich die Wagentür öffnete und ihm der blutende Kopf entgegenfiel. Heute Nacht würde er kein Biwak unter dem Sternenhimmel aufschlagen, sondern auf einer Holzbank in einem schlecht gelüfteten Polizeirevier sitzen, während der diensthabende Beamte seine Aussage mit einer Schreibmaschine so langsam in das Protokollformular hackte, dass er bei jedem neuen Buchstaben zusammenzuckte.

Währenddessen lag Cremer im gleißenden Licht der Operationslampen. Man hatte ihm die Haare rasiert, gründlich, aber zu schnell, denn an kleinen Schrammen gerann Blut, als hätte man ihm fremde Schriftzeichen in den Schädel geritzt. Eine Kreissäge sirrte; der Chirurg öffnete ihn wie ein Frühstücksei und entfernte die Schmauchspuren, Öl, Ruß, Blut und Knochensplitter, doch nicht nur das. Auch Erinnerungen beseitigte der Arzt. Ausradiert wurde der Geruch von angebranntem Sauerkraut, der am Abend von Cremers siebtem Geburtstag durch die Wohnung gezogen war. Seine Angst vor Spinnen verschwand. Das Gesicht seiner Großmutter. Die Stellung der Finger der linken Hand beim D-Dur Akkord auf der Gitarre. Das Gefühl, mit feuchten Händen über ein Samtkleid zu streichen. Die ersten Takte der *Internationale*. Winzige Kieselsteinchen grub der Chirurg aus dem vierzigjährigen Berg von Erinnerungen, doch das war nichts im Vergleich zu dem, was die Kugel ausgelöst hatte. Sie hatte nicht nur eine Schneise ins Hirn geschlagen, sondern es erschüttert wie ein tektonisches Beben.

Noch der schwächste Schlag seines Herzens wurde zu einer grünlichen Kurve auf dem Monitor umgesetzt und einem Ton, den er genauso wenig hörte wie das tiefe Knattern des Kernspintomographen oder das *Guten Morgen* der Schwestern. Er spürte nicht, wie sie ihn wuschen oder die Einlage im Bett wechselten und wie ihre Berührungen immer mechanischer wurden, immer kälter, als sei er ein Ding.

Auch die Zeit nahm er nicht wahr, ihr leises Pulsieren, das mit jedem neuen Tag unwahrscheinlicher machte, dass er wieder auftauchen würde; überhaupt war die Zeit aus den Fugen geraten, sie verging nicht, und was in ihm war an alter Zeit, das lag in Trümmern. Aber noch hatte er die Schwelle nicht überschritten, noch füllte sich die Lunge mit Sauerstoff, reinigten die Nieren sein Blut, zuckten die Lider, als ob er träumte; einen Traum, der so tief war, dass er, wenn er daraus erwacht wäre, nur in einem weiteren, etwas leichteren Traum gelandet wäre und daraus erwachend in einem dritten, vierten, einer ganzen Leiter von Träumen, an deren Ende ihn vielleicht so etwas wie eine Wirklichkeit erwartet hätte, aus der er ebenfalls versuchen würde zu erwachen. Von all dem wusste er nichts, denn Wissen entsteht aus der Trennung von Ich und Welt, und noch war er eins mit allem – wie ein Tier, eine Pflanze, ein Stein.

Aus der Intensivstation wurde er in die Abteilung für Komapatienten verlegt und viel später in eine Rehabilitationsklinik. Immer häufiger gab es hier Momente der Wachheit, mal für Sekunden, mal für einige Minuten, auch in diesem Moment öffneten sich seine Augen, und er sah auf den roten Sekundenzeiger eines Weckers, der metallisch schimmerte und sich nicht bewegte. Früher sind die nicht stehengeblieben, dachte er und starrte auf die Uhr, um zu verstehen, was das bedeuten könnte, als der Zeiger schließlich weiterruckte. Das war ein gutes Zeichen: Die Zeit verging noch und war nicht stehen geblieben in dem Dunkel, das hinter ihm lag. Von weither rauschte das Meer, immer wieder das Meer, wohin er mit Hannah im Sommer fahren wollte. Dieses Jahr würden sie es endlich tun, aber für Wellen war das Geräusch zu gleichförmig, vielleicht lauschte er nur dem Blut in seinem Kopf oder einem Wind in den Pappeln oder einem Bach hinter dem Haus. Auf jeden Fall war es ein guter Ton. Die Ohren hörten wieder. Das Letzte, was sie vernommen hatten, war so laut gewesen, dass sie sich der Welt verschlossen hatten, auf immer, wie es schien, doch jetzt vernahmen sie alles: das Rauschen, die Schritte auf der anderen Seite der Wand, Stimmengemurmel, das Brummen der Lüftungsanlage, Mückensirren, den Anlasser eines Lastwagens irgendwo draußen und von weither den Ruf eines Jungen, so fern und so leise, dass er nicht wusste, ob er ihn aus dem Raum erreichte oder der Zeit. Gerade war er noch selber ein Junge gewesen, der rief, aber das war vorbei. Probeweise könnte er ja versuchen etwas zu sagen. Meer oder Traum oder Roller. Der stand irgendwo, Schlüssel im Schloss. Er müsste dringend den Roller finden, aber nicht einmal das Wort konnte er sagen. Er konnte es nur denken, sogar denken, wie er es sagte, der Mund sich wölbte, die Lippen sich rundeten, die Zunge bewegt wurde, all das, nur sagen selber ging nicht. Möglicherweise war alles gesagt. Jedem wird eine bestimmte Anzahl Wörter zugeteilt und sind sie verbraucht, ist Schluss.

Die Sonne musste durch Wolken gebrochen sein, denn plötzlich leuchtete die Zimmerwand auf, und er sah, dass sie gelb getupft war wie eine Rapswiese, vom Wind durchwühlt, und ihn schwindelte, weil sein Blick keinen Halt fand. Er versuchte, andere Dinge zu erkennen, doch er sah die Welt verschwommen wie ein Ertrinkender in brackigem Wasser; nur was nah war, konnte er deutlich sehen: den Zipfel des Kopfkissens, auf dem er lag, und den weißen Nachttisch mit dem Wecker. Daneben stand eine Vase aus blauem Glas, wieder eine Farbe, die ihn erschreckte. Vor gelber Wand das blaue Glas, in dem ein Strauß Rosen steckte, rote Rosen, deren Anblick er nur ertrug, weil sie schon älter waren, vielleicht drei oder vier Tage, und die Blüten vertrocknet an den Stängeln hingen, fast schon schwarz eingerollt an den Rändern. Hannah, dachte er. Sie hatte ihm die Rosen geschickt. Seltsam. Blumen im Knast. Sie pflückte sie immer im Park, heimlich natürlich, das war verboten, aber Verbote hatten Hannah nie aufgehalten, sie sah einfach darüber hinweg, denn in ihrer Welt gab es keine Regeln. Er schloss die Augen, um die Rosen besser zu riechen, doch das Einzige, was er hier roch, war ein seifiger Duft, der ihm vorher nicht aufgefallen war und der ihn jetzt, wo er ihn wahrnahm,

11

nicht mehr in Ruhe ließ. Etwas stimmte nicht mit diesem Geruch. Es irritierte ihn immer mehr, obwohl er versuchte, sich auf die Blumen zu konzentrieren. Erst als er den Kopf leicht drehte, entdeckte er eine Karte, die in die Blüten gesteckt war. Ein Gedicht, dachte er. Hannah hatte ihm ein Gedicht geschrieben. Er kannte viele von ihnen auswendig, aber jetzt fiel ihm keines ein, obwohl er lange überlegte. Er schloss die Augen für einen Moment und versuchte sich zu konzentrieren.

morgentau glitzert am schleifstein des henkers

Das hatte sie geschrieben, mit Lippenstift an den Spiegel im Bad; das fiel ihm jetzt ein, auch wenn er den Zusammenhang nicht mehr wusste. Nach dem Duschen war der Spiegel beschlagen, und die Buchstaben wurden länger, rutschten ein wenig nach unten und sahen aus, als würden sie gleich ins Waschbecken fallen.

Als er die Augen wieder öffnete, sah er in die Rosen. Die Karte hing immer noch dort, aber er konnte sie nicht lesen. Die Buchstaben zitterten, als wollten sie fort. Erst als er ein Auge zukniff, hielten sie still und er konnte den Text entziffern. Es war kein Gedicht, sondern ein kurzer, klarer und doch unverständlicher Satz:

Gute Besserung wünschen Christiane und Thomas.

Wer Thomas war, wusste er. Aber wer war Christiane?

Blatt für Blatt fielen die Blüten der Rosen. Jedes Mal öffnete er kurz ein Auge und sah einen roten Schleier fallen, jedes Mal dachte er an Hannah, lächelte, war froh, entzifferte mühsam die Karte, die er in dem Strauß entdeckte und jedes Mal tat er all das, als sei es nie vorher geschehen. Wie ein Spiegel war er geworden, kein Bild konnte er halten und nichts hinterließ eine Spur.

Die Blätter sammelten sich am Fuß der Vase, tiefrot wie eine Lache alten Weins, bis eine der Schwestern sie in den Mülleimer warf, zusammen mit der Einlage, die sie unter seinem Körper hervorgezogen hatte. Mit routinierten und gleichmäßigen Bewegungen rollte sie ihn durchs Bett, ebenso gründlich wie distanziert, als zeige sie den Schwesternschülerinnen an der Pflegepuppe die effizienteste Vorgehensweise. Er ließ sich von ihr bewegen wie ein Stück Tang in der Dünung, als plötzlich ein Gefühl an der Innenseite des Oberschenkels entstand, eine weiche, warme Berührung, die nach oben strebte, aber nicht ganz anlangte, dort, wo sie schon erwartet wurde, sondern an der Außenseite des Beines wieder nach unten führte.

Er öffnete die Augen. Neben dem Bett stand eine Frau in weißem Kittel. Er sah sie unscharf, doch er nahm wahr, dass sie große Augen hatte, dunkel, so dunkel, dass kein Unterschied zwischen Iris und Pupille zu erkennen war; Augen, in denen man versinken könnte, wenn nur das Licht richtig stünde, aber das tat es nicht, und so sah er nur den Reflex der Nachttischlampe darin.

»Christiane«, würgte er Silbe für Silbe den Namen hervor, der in ihm war, ohne zu wissen woher, doch sie schüttelte den Kopf, ein wenig bedauernd, aber nicht so, dass deutlich wurde, ob sie ihn bedauerte, weil er ihren Namen nicht wusste, oder sich selbst und legte einen blauen Waschlappen in eine Plastikschüssel, die auf einer Art Servierwagen stand.

»Ich bin Schwester Fabienne, aber das werden Sie sicher vergessen. Das macht nichts. Ich werde Sie wieder daran erinnern. Immer wieder.«

Er verstand die Wörter, jedes Einzelne von ihnen war für sich genommen klar und eindeutig, was er nicht verstand, war ihr Zusammenhang. Jedes Wort stand fremd neben den anderen und berührte sie nicht. Außerdem begann ihr Bild so sehr vor seinen Augen zu verschwimmen, dass er fürchtete, sie würde gleich unsichtbar werden, sich einfach auflösen, so dass nichts von ihr bliebe, außer dem Nachhall ihrer Stimme, aber sie sollte bleiben, ihn nicht alleine lassen, nicht jetzt, wo er zum ersten Mal etwas spürte, den Waschlappen an seinen Beinen, die Schwere der Decke und die des Seins.

»Christiane«, sagte er mühsam. Das war das Zauberwort, dachte er, damit könnte er sie halten, doch sie sagte: »Ich geb's auf«, trocknete sein rechtes Bein ab und deckte ihn wieder zu.

»Das heißt, natürlich gebe ich nicht auf, wir geben hier nie auf. Nie. Egal was passiert, geben wir die Hoffnung nicht auf. Auch nicht die an Sie. Denken Sie daran: Fabienne. Irgendwann werden Sie sich daran erinnern. Wenn alles gut geht. Daran und an alles andere.«

So viele Wörter und wieder kein Sinn zu erkennen, doch die Stimme war weich und freundlich, von ihr war nichts Böses zu erwarten, egal, was geschehen würde, nicht von ihr. Ihr vertraute er. Das wollte er ihr noch sagen, aber da war die Tür bereits wieder geschlossen, und er war sich unsicher, ob sein Mund die Worte wirklich ausgesprochen hatte und starrte lange auf den Zeiger des Weckers, ohne es zu bemerken. Die Zeit verging noch und war nicht stehen geblieben in dem Dunkel, dachte er und horchte dem Satz nach und der Erinnerung, die leise mitschwang, denn erst vor kurzem hatte er die Worte gehört. Hannah hatte sie vielleicht gesagt. Es war ein Satz, der in einem ihrer Gedichte stehen könnte, nicht in der ersten Zeile und nicht in der letzten, aber irgendwo in der Mitte einer Strophe, dort, wo man sie beim ersten Lesen leicht übersah, doch tatsächlich wusste er, dass es nicht sie war, aber wer hatte sie dann gesagt, und warum tickte der Zeiger so langsam voran und der Wecker selber: Wieso dieses seltsame Gehäuse, grau glänzend wie gebürstetes Aluminium, was bedeutete *radio controlled* und aus welchem Grund stand da etwas auf Englisch?

Neue Blumen leuchteten am Bett, ein Strauß Tulpen von kräftigem Violett, das zu den fasrigen Rändern hin ausbleichte, als hätte es sich verströmt wie ein Duft. Die Blüten klammerten sich an den Stängel, und als sie losließen, vollkommen ermattet, da fielen sie alle auf einmal herunter. Die Schwestern kamen und gingen, ein Krankengymnast, der dafür sorgte, dass seine Gelenke nicht steif wurden, der Chefarzt, im Schlepptau eine Handvoll Studenten. Immer häufiger war er wach, meistens, wenn er alleine war. Er erkannte Veränderungen. Mal war das Licht anders, mal die Stellung der Vase, mal hingen andere Waschlappen über der Schüssel neben dem Bett. Und er erkannte, was blieb: Wenn er den Kopf drehte, sah er ein Bild an der Wand gegenüber, das immer verschwamm, bis er das rechte Auge zukniff. Erst dann konnte er es identifizieren: schneebedeckte Berge im Abendsonnenlicht, vielleicht die Hohe Tatra. Dort war er einmal mit Vater gewesen. An einem der Abende hatten sie draußen geschlafen und ein Lagerfeuer aus Birkenreisig gemacht. Sie lagen im Schlafsack und tranken Wodka, und Vater erzählte von Spanien, mal wieder, und davon, dass er damals den Finger schon am Abzug hatte. Cremer ahnte in dieser Nacht, was es heißt, der letzte in einer unendlichen Reihe von Männern zu sein, die seit jeher schossen und auf die geschossen wurde, und fragte sich, wo sein Krieg stattfinden würde.

Hannah hatte er später eines der Fotos gegeben, die er damals gemacht hatte, ein Bild, ganz ähnlich wie das an der Wand, ein wenig schroffer nur und nicht so lieblich, aber das konnte an der Farbe liegen, dem Himmel, der auf dem Bild so abendrot glühte und dessen Glanz auch auf den Firnfeldern lag. Er selber hatte Schwarzweißbilder gemacht, natürlich. Nur schwarzweiß konnte man richtige Fotos machen, sagte Hannah auch und hatte ein Gedicht darüber geschrieben.

Er hielt den Atem an, denn Schritte dröhnten vom Flur her. Nicht der Stechschritt des Soldaten war das und nicht das mühsame Schlurfen des Dicken. Ein neuer Ton war das, den er lernen würde wie alles andere.

Das nächste Mal waren die Tulpen verschwunden. Nicht weiter schlimm, die vermisste er nicht. Stattdessen stand ein Korb unter dem Bild. Ein Korb mit farbigen Ostereiern und mittendrin ein brauner Hase. Eine hübsche Idee, aber die Eier waren zu bunt, so dass ihre Farben die Augen schmerzten, ganz hinten, da wo das Bild der Welt auf die Netzhaut fiel. Überhaupt war alles zu bunt hier, alles zu grell, alles bettelte um Aufmerksamkeit, vor allem die Wand mit ihren rapsgelben Tupfen. Zufall vielleicht, das musste nichts heißen, er durfte nicht so misstrauisch sein, auch wenn es manches gab, was seltsam war, wie da hinten in dem Regal neben dem Fenster der Fernseher. Der war schwer zu erkennen, die Augen rutschten von ihm ab, und die schwarzen Ränder verschwammen, aber der war nicht von hier, sicher nicht, der kam aus dem Westen, allein schon die Fernbedienung mit den unzähligen Knöpfen. Ein Westfernseher. In seinem Zimmer. Früher hätte er sich so einen gewünscht, aber jetzt war das ein Zeichen, dass irgendetwas nicht stimmte.

»Okay, jetzt also noch die Neuaufnahme«, sagte Christof Teske und sah in die Runde.

»Paul Cremer, vierzig Jahre, Kopfschuss in suizidaler Absicht. Schusskanal von frontotemporal rechts nach frontal links. Eröffnung des rechten Vorderhornes des Seitenventrikels und links frontobasales Epiduralhämatom bei frontaler Kalottenfraktur.«

Teske schüttelte sich.

Es gab zwei Sorten von Gehirnen, die sie hier behandelten. Die einen hatte das Schicksal lädiert. Es gab Tumore, Unfälle, Schlaganfälle, Entzündungen oder Vergiftungen. Die anderen hatten sich selber geschädigt. Das Bewusstsein, das die Hirne erzeugten, wandte sich gegen sie. Der Geist wollte sich auslöschen und das Fleisch mit dazu, aber häufig war das Fleisch zu stark, um zu sterben. Nur der Geist starb, ganz oder teilweise, und manchmal dachte Teske, es sei das Beste, dem Willen der Selbstmörder Rechnung zu tragen, und sie ihren Weg ganz gehen zu lassen. Andererseits war die Skisaison langsam vorbei und die Motorradfahrer warteten aufgrund des schlechten Wetters noch, bevor sie aus der Kurve flogen, von daher war die Klinikleitung sicher froh über den Selbstmörder, der das freie Bett einige Wochen füllen würde. Außerdem war er privat versichert. Den würden sie eine Weile hier halten, egal, was Teske davon hielt.

»Die Bilder der Uniklinik Freiburg kriegen wir noch. Der Patient lag drei Monate im Koma, anschließend sechs Wochen im Wachkoma, und inzwischen geht es ihm anscheinend besser, aber ich habe ihn bisher nur schlafend gesehen. Irgendjemand, der mehr berichten kann?«

»Ich«, sagte Schwester Fabienne leise.

»Und? Ist ein adäquater Rapport möglich?«, fragte

Teske und neigte sich leicht in ihre Richtung. Sie war zweiundzwanzig, er hatte ihre Akte in der Personalabteilung gelesen und sie hatte die dunkelsten Augen, die er jemals bei einem gesunden Menschen gesehen hatte.

»Nein«, sagte Fabienne und sah auf den Stift, der vor ihr lag, weil ihr der Blick des Neuropsychologen unangenehm war. »Aber er ist inzwischen immer häufiger wach, und ich habe den Eindruck, dass es ihm ganz gut geht.«

»Ganz gut kann man in so einem Fall nie sagen«, sagte Teske, obwohl sie schon zwanzig Minuten drüber waren, und selbst der Krankengymnast neben ihm begann, auf seinem Stuhl hin- und herzurutschen. »Erschießen ist die absolut konsequenteste Art, sich umzubringen, neben dem Selbstmord auf den Zuggleisen. Das hat keinen appellativen Charakter. Damit will man anderen keine Botschaft übermitteln. Wer sich erschießt, will sich wirklich umbringen, und wer das überlebt, wird es später noch einmal versuchen. Dem wird es nie *ganz gut* gehen. Das prophezeie ich Ihnen: Wer einen Selbstmordversuch durch Erschießen überlebt, der wird keines natürlichen Todes sterben. Und jetzt alle raus und an die Arbeit.«

Als Teske wieder alleine war, kramte er in seiner Schreibtischschublade nach einer Tafel Herrenschokolade. Zumindest hieß die früher so, aber der Begriff war irgendwann verloren gegangen. Politisch unkorrekt, vermutete er. Deshalb stand nur noch *85 Prozent Kakaoanteil* auf der Verpackung. Alles, was mit Herren begann, hatte einen schlechten Klang: Herrenrasse, Herrenreiter, Herrenmagazin, Herrenwitz. Aber er mochte diesen Begriff, und er mochte, dass sie nur langsam im Mund schmolz und er normalerweise schon nach einer halben Tafel das Gefühl hatte, genug gegessen zu haben, doch diesmal klappte das nicht und er aß sie ganz, ohne sich anschließend so entspannt zu fühlen, wie er es eigentlich gewohnt war.

Er hielt einen Kugelschreiber an seine Schläfe, in dem Winkel, in dem Cremer die Pistole gehalten hatte. Selbst wenn er allen Mut zusammennehmen würde, den er in seinem ganzen Leben gehabt hatte, wäre das nur ein Prozent von dem, was es bräuchte, um sich eine Kugel in den Kopf zu schießen. Er nahm den Kuli wieder runter und rieb die Stelle, an der bei Cremer die Narbe war. Aber vielleicht war das die falsche Überlegung, dachte er. Vielleicht ging es bei einem Selbstmord nicht darum, allen Mut zusammenzunehmen, sondern alle Verzweiflung. Er stand auf. »Diese Selbstmörder bringen mich um«, sagte er zu seinem Gesicht in dem Spiegel über dem Waschbecken, »und wenn nicht, dann machen sie mich fett.«

Das war pathetisch, und er merkte es selber und lachte über sich, allerdings klang es nicht fröhlich. Er musste aufpassen, nicht dauernd mit dem Spiegel zu sprechen. Das war kein gutes Zeichen, wenn er so anfing. Mechanisch nahm er einige Spritzer Desinfektionsmittel aus dem Spender, sterilisierte seine Hände und klatschte sich den Rest auf die Wangen und in den Nacken, bevor er sich schwer in seinen Schreibtischstuhl fallen ließ. Man sollte überhaupt keine Selbstmörder hier aufnehmen, je weiter man sich von ihnen entfernt hielt, desto besser, aber wenigstens schlief der Neue. Hoffentlich wachte er nicht zu schnell auf.

In seinem Zimmer lag Cremer und fühlte sich wie ein Phantom, das einen Körper geschenkt bekommt und lernen muss, ihn zu steuern mit der Kraft seiner Gedanken. Die Finger zum Beispiel. Starr und fern lagen sie auf der Decke; er konnte sie zwar erkennen, wenn er nach unten sah, aber noch waren sie wie tot und doch, verdammt noch mal: Das waren seine Finger, die mussten sich doch bewegen lassen, wenn er sich nur konzentrierte, den Befehl vom Gehirn bis in die Fingerspitzen schickte, aber irgendwo in der Nähe der Schultern oder der Ellenbogen ging er verloren. Viele Anläufe brauchte es, bis er die Faust ballen konnte. »Gewonnen«, dachte er, als es ihm endlich gelang, kicherte übermütig, ließ die Handgelenke kreisen, schob schließlich glücklich die Decke beiseite und sah die Hände an. Fremd waren sie, kräftiger, als er sie in Erinnerung hatte. Die Adern auf den Handrücken traten deutlich hervor, eine Landkarte, die er nie gesehen hatte. Auch die Linien im Innern waren tief eingekerbt. Die linke Hand zeigt die Zukunft und die rechte die Vergangenheit, so hatte das Hannah erklärt, die gern seine Hände untersuchte, die Länge der Herzlinie maß oder den kleinen Marsberg an der Innenseite des Daumengelenks untersuchte und behauptete, er habe Temperament, Mut und sei hungrig nach Liebe. Sie hätte gewusst, was genau sich verändert hatte. Er selber las nichts in den Händen; er war Analphabet und blind für das, was da stand.

Ein Riegel bellte im Gang. Er hielt den Atem an, aber keiner kam, ihn zu holen, und er schob sich im Bett langsam nach oben. Ein leuchtender Schmerz schlug durch den Schädel; ein Schmerz, der neu war und groß und ihn ganz erfüllte, der keinen Ort hatte, sondern überall gleichzeitig war, in ihm und um ihn, und den er mit den Fingern zu greifen suchte, die über den Schädel tasteten. Die Haare waren geschoren, so kurz wie Hannah sie sich einmal rasiert hatte, aber das war nicht der Grund für den Schmerz, sondern die Narben zu beiden Seiten des Kopfes: rechts direkt an der Schläfe und links ein Stück weiter oben, zwei runde Wundmale, deren Stiche schon verheilt waren, aber noch deutlich zu spüren. Die Finger glitten weiter und fanden den Narbenkranz, der sich rings um seinen Kopf zog, als hätte er eine Dornenkrone getragen mit Eisenspitzen, die tief ins Innere drangen und den Knochen durchlöcherten. Sie hatten ihm den Schädel geöffnet, deswegen war er hier, deswegen lag er im Bett und konnte sich kaum mehr bewegen. Ein Stück des Hirns lag in der Petrischale eines Arztes, der es sezierte, mit einem Messer, das so fein war, dass es einzelne Gedanken herausschneiden konnte, die er unter dem Mikroskop untersuchte und las, wie Hannah die Hände. Deswegen konnte er sich nicht erinnern, nicht einmal nachdenken konnte er richtig. Alles blieb verschwommen, selbst wenn er sich bemühte, entglitt es, und niemand konnte ihm helfen.

Lange lag er da, die flachen Handteller über den Narben, und wiegte den Kopf sanft hin und her, wie man ein Kind hält, so hielt er den Schädel, bis er den Schmerz vergaß, dessen Ursache, die Angst und das Leid.

Sein Blick fiel auf den Strauß auf dem Nachttisch.

Sie hat sie gepflückt, dachte er lächelnd. Hannah hat Blumen gebracht, aus dem Park, gepflückt trotz des Verbots. Verbote hatten Hannah nie aufgehalten. Hannah und ihre Blumen. Sicher wird sie bald kommen und ihn besuchen.

Teske kam gerade noch rechtzeitig in sein Zimmer, um das Telefon abzuheben, obwohl es schon eine Weile geklingelt hatte. Er nahm den Hörer ab.

»Hier ist Christiane Cremer«, hörte er eine fordernde Stimme, die etwas zu schrill war.

»Neurologische Rehaklinik Schlierberg, Doktor Christof Teske am Apparat. Ich freue mich sehr, dass Sie sich bei uns melden«, sagte er mit seinem schönsten Bass, denn er wusste, was von ihm erwartet wurde.

Er spürte durchs Telefon, wie sich die Frau am anderen Ende der Leitung entspannte.

»Mein Mann. Ich rufe wegen meinem Mann an. Wie geht es ihm? Ich meine, ist er wach? Ist er inzwischen aufgewacht? Immer wenn ich da war, hat er geschlafen.«

»Er hat zunehmend wache Momente. Ich kann natürlich nicht versprechen, dass er nicht schläft, wenn Sie das nächste Mal kommen, aber die Schwestern berichten, dass er immer ansprechbarer wird.«

»Und wie geht es ihm? Seinem Kopf?«, fragte die Frau.

»In Bezug auf die Kognition kann ich Ihnen noch keine Auskünfte geben, Frau Cremer, wir haben noch nicht testen können, wie es um sein Gedächtnis steht. Außerdem spricht er noch nicht. Wir konnten also nicht feststellen, wie es um die räumliche und zeitliche Orientierung steht. Aber das wird in den nächsten Tagen geschehen, das verspreche ich Ihnen. Sie sollten sich darauf vorbereiten, dass er bald wieder zurückkommt. Es spricht alles dafür, dass …«

»Aber wenn er aufwacht, wird er dann wieder …« Sie machte eine Pause und atmete schwer in den Hörer.

»Wird er wieder …«

»Sein wie vorher?«, fragte Teske.

Sie sagte nichts, aber er spürte, wie sie am anderen Ende der Leitung nickte. Sie hatte die Frage schon oft gestellt, dachte Teske, aber nie die Auskunft bekommen, die sie hören wollte.

»Wir sind nie die, die wir vorher waren«, sagte er, ohne viel Hoffnung zu haben, dass gerade er die Antwort hatte, auf die sie wartete. »Wir ändern uns dauernd, in jedem Moment unseres Lebens. Und ein solches Ereignis verändert natürlich auch Ihren Mann.«

»Aber wie sehr verändert es ihn? Was wird passiert sein? Wird er überhaupt noch mein Mann sein?«

»Wir werden alles tun, um ihn wieder dazu zu machen, Frau Cremer. Mit Ihrer Hilfe und der Ihres Jungen.«

Jetzt schluchzte sie und Teske fing nicht an, sie zu trösten. Er konnte einer Weinenden lange zuhören, und hinterher hatten die meisten von ihnen volles Vertrauen zu ihm.

»Hier kommt das Mittagessen«, sagte eine junge Frau in weißem Kittel, die plötzlich in Cremers Zimmer stand. Er hatte sie nicht kommen hören, nicht das Öffnen der Tür gehört und nicht das Anklopfen, aber vermutlich klopften sie hier nicht an. Er erkannte die Augen, dunkel und tief, die ihn an etwas erinnerten, das er vergessen hatte, und es wäre ihm sicher eingefallen, wenn er sie länger ansehen würde. Sie stellte ein Tablett vor ihm ab.

»Beim Frühstück hatten Sie alles aufgegessen. Ich hoffe, es schmeckt Ihnen wieder. Guten Appetit.«

Er wusste nichts vom Frühstück, aber das behielt er für sich. Er verstand nicht, was hier geschah. Umso wichtiger war es, auch selber ein Geheimnis zu wahren. Sie schloss die Tür, und er versuchte den Löffel zu nehmen, ein Metalllöffel, seltsam, sonst waren die doch aus Plaste gewesen. Es war schwer, ihn zu greifen. Der

Stiel war nicht da, wo er ihn sah, und erst beim dritten Versuch hielt er ihn endlich in der Hand und löffelte vorsichtig die Kartoffelsuppe, in der kleine, gesalzene Brotstückchen schwammen. Hinterher setzte er sich auf und schob die Beine aus dem Bett. Sie fielen über die Kante, und die Füße stellten sich auf. Sie erinnerten sich ans Stehen, nur die Muskeln waren zu schwach und hielten kaum sein Gewicht. Er starrte auf die weißen Fingerknöchel, mit denen er sich an das Metallgestänge des Betts klammerte. Daneben stand ein Nachttisch, darauf der Wecker, den kannte er schon. Aber es fehlte etwas. Die Vase war weg, die Vase mit Hannahs Blumen. Ein gutes Zeichen. Er erkannte Veränderungen, trotz allem, was hier geschah. Das Bild mit dem Sonnenuntergang hing noch, die Wand war gelb getupft, und der Fernseher stand auf dem Regal neben dem Fenster.

Er fiel bei den ersten Schritten nicht um, sondern tastete sich an der Wand entlang bis zum Fernseher, kniff das rechte Auge zu, zielte kurz und griff nach der Fernbedienung. Er schaffte es und versuchte, ihn einzuschalten, aber es funktionierte nicht.

»Zu viele Knöpfe«, murmelte er frustriert, denn er würde Ingenieur werden. Eigentlich sollte er mit Fernsehern umgehen können. Er drehte sich um, als er von draußen ein Geräusch hörte. Etwas wurde über den Boden gezogen, ein Körper vielleicht oder ein schwerer Sack. Die Schritte zur Tür waren schon sicherer, und nur manchmal stützte er sich an der Wand ab. Cremer legte die Hand auf die Klinke und drückte sie sacht. Man musste vorsichtig sein, vielleicht würde ein Alarm ertönen oder ein Wächter kommen, aber nichts geschah, als er die Tür öffnete und das linke Auge an den Spalt presste. Draußen war ein Gang, von dem verschiedene Zimmer abgingen. Schräg gegenüber stand ein Bett mit Metallgittern an allen vier Seiten, darin ein Wesen unter einem Leintuch, das sich krümmte und maunzte wie eine Katze bei Vollmond. Zwei junge Männer kamen, packten das Bett am Kopfende, drehten es herum und schoben es den Gang entlang, bis sie außer Sichtweite waren, doch der greinende Laut war noch lange zu hören.

Vielleicht war das ein Blick in die eigene Zukunft. Noch stand er am Anfang und hatte erst eine Operation hinter sich, doch nach der achten bliebe ihm auch nur eine Tierstimme, Tierbewegungen und Tiergedanken. Plötzlich verdeckte ein grüner Kittel die Sicht, und Cremer schreckte zurück, aber genauso schnell war das Grün wieder verschwunden, ohne dass er wusste, wohin. Einen Mann hörte er, bevor er ihn sah, weil er auf zwei Krücken langsam den Gang entlang stolperte, so dass er Mitleid bekam. Er war schon vorbei und Cremer sah ihn von hinten, einen schmächtigen, verkrümmten Rücken, über dem der Kopf tanzte wie ein Ballon, als der Mann sich umdrehte und ihn direkt ansah, durch den Türspalt hindurch aus grauen Augen, ohne zu blinzeln. Cremer schloss erschrocken die Tür, ging ans Fenster und legte den Kopf an das Glas. Alles verschwamm. Das Helle oben war der Himmel und drunten das Dunkle ein Haus oder ein Berg. Doch das lag nicht an dem Fenster, sondern an seinem Blick, der plötzlich verrutschte, so dass er auf einmal ein kleines Tal sah, auf dessen Hängen Kirschbäume blühten. Etwas weiter weg kauerte ein Bauernhaus, das Dach tief hinuntergezogen, die schweren Holzbalken von der Sonne geschwärzt. Im Talgrund floss ein Bach, den er nicht sehen konnte, aber dessen Rauschen durchs Fenster drang. Ein ruhiges, stilles Glück lag über der Landschaft wie der Atem eines schlafenden Gottes. Hier wäre er gerne mit Hannah, auch wenn sie sagen würde, dass, wenn Götter schlafen, ihre Träume Wirklichkeit werden, und das gefährlich sei für die Menschen.

Verwirrt legte er sich wieder ins Bett. Später klopfte es.

Cremer zuckte zurück. Sonst klopften sie nie. In dem Moment öffnete sich die Tür. Sofort schloss er die Augen und stellte sich schlafend.

»Da haben Sie Pech gehabt«, hörte er eine Stimme. »Tut mir leid, aber gehen Sie nur rein, vielleicht wacht er ja wieder auf, man kann nie wissen.«

Stöckelschuhe klackerten auf dem Boden, ein Stuhl rutschte, eine Hand schob sich unter die Bettdecke und legte sich so sanft auf seine, als existierte sie gar nicht, aber er fühlte, wie das Herz der Frau schlug, schnell und gehetzt bis in die Spitzen ihrer Finger auf seinem Handrücken.

»Paul?«, sagte eine Stimme, die versuchte, nicht zu zittern, sondern ganz ruhig und ganz leise zu sein, als wollte sie ihn gar nicht wecken.

»Ich bin's, Paul. Ich komme gerade aus dem Geschäft. Es läuft zurzeit ziemlich gut. Sehr gut sogar. Trotzdem denke ich manchmal, es wäre besser, wenn du wieder da bist. Für die Messe zum Beispiel. In zwei Wochen ist Messe, und wir haben noch nie eine verpasst. Da müsste einer hin. Ich kann nicht, aber das ist vielleicht auch nicht weiter schlimm. Was ist schon eine Messe. Und auf die nächste schicke ich dann einfach Thomas. Der muss sich nur einarbeiten.«

Er hatte die Stimme schon einmal gehört, ihr leichtes Zögern mitten im Satz und die Art und Weise, wie sie *Ich* sagte, mit einem sehr hohen, sehr klaren Vokal, der einen jedes Mal ein wenig zusammenfahren ließ.

»Dafür haben wir diese Woche gleich drei von den Bodenseeschränken verkauft. Alle an einen Verrückten aus der Nähe von Frankfurt. Er wollte nicht einmal handeln, Mengenrabatt oder so. Nahm sie einfach. Sogar die Lieferung stellen wir ihm in Rechnung. Das ist doch was, oder?«

Der Druck an seiner Hand wurde stärker; sie hielt sie jetzt so fest, dass es ihn schmerzte, fast als teste sie ihn und die Tiefe seiner Abwesenheit.

»Aber das Finanzamt nervt. Du hast die letzte Steuererklärung nicht richtig gemacht. Hast du überhaupt schon einmal eine richtige Steuererklärung gemacht? Jedes Jahr das gleiche Theater. Diesmal ist irgendetwas mit der Gewinn- und Verlustrechnung. Belege fehlen, und ich kriege den Tresor nicht auf. So läuft es bei uns, während du hier liegst. Aber bald kommst du ja zurück. Sagen sie hier zumindest, obwohl ich manchmal gar nicht weiß, ob ich das will. Hörst du mich? Ich glaube ja nicht, auch wenn sie hier das Gegenteil behaupten. Irgendwie haben wir aufgehört, auf dich zu warten. Aber jetzt muss ich los. Ich habe einen Termin mit dem Ehepaar aus Neuss, das hier wieder zur Kur ist. Sie suchen ein komplettes Esszimmer aus dem Biedermeier. Das könnte etwas werden. Biedermeier ist in. Du hattest den richtigen Riecher gehabt, damals. Aber das ist jetzt wohl vorbei«, sagte sie und ließ ihn plötzlich los. Cremer fühlte sich alleine gelassen. Er hörte, wie der Stuhl zurückgeschoben wurde, sich das Klackern der Stöckelschuhe Richtung Tür entfernte und riskierte einen Blick, aber es war zu spät. Sie war schon verschwunden.

Er richtete sich zögernd auf. Es hatte alles echt geklungen, was sie sagte, so, als meinte sie es wirklich, jedes einzelne Wort war ihr ernst, aus jedem Satz sprach die Wahrheit, ihre Wahrheit, eine seltsame, befremdende Wahrheit, nicht seine. Er bedauerte sie. Offensichtlich war er nicht der Einzige hier, der Probleme mit seinem Kopf hatte. Vielleicht standen sie alle hier unter Drogen. *One pill to make you larger and one pill to make you small.* Jefferson Airplane würde er gerne wieder hören, doch stattdessen kam ein älterer Mann herein, groß, aufrecht und die Stirn in sorgenvolle Falten gelegt, die ein scharfes V bildeten, das tief zwischen den Augenbrauen eingekerbt war.

»Ah, sieh an«, sagte der Mann, und das V verschwand und machte zwei parallelen Furchen Platz. »Sehr erfreulich: deutlich verbesserte Vigilanz. Klare Handlungsplanung. Kaum motorische Beeinträchtigungen, trotz vorhandener Sehprobleme. Sie sehen sicher nicht scharf, denn dann müssten Sie Ihr Auge nicht zukneifen. Das kriegen wir schon hin, aber entschuldigen Sie, ich habe mich noch gar nicht vorgestellt. Teske mein Name, Doktor Christof Teske, Neuropsychologe und in der nächsten Zeit zuständig für Ihre Rehabilitation.«

Teske reichte ihm seine Hand, und Cremer schlug ein.

»Sie stehen hier ganz am Anfang, Herr Cremer. Ihnen wurde das Leben geschenkt. Betrachten Sie sich als wiedergeboren. Jetzt ist die Frage, was Sie mit diesem neuen Leben anfangen werden. Ich freue mich sehr, dass wir in den nächsten Wochen daran arbeiten werden. Würden Sie bitte mitkommen.«

Cremer folgte, natürlich. Sich zu widersetzen hatte noch nie funktioniert.

Im Zimmer des Alten nahm er auf dessen Anweisung hin auf einem Stuhl Platz. Auf dem Tisch zwischen ihnen stand ein flacher Teller mit weißem Sand, in dem einige Muscheln und Ammoniten lagen. Hannah hatte einmal ein Gedicht über Muscheln geschrieben; es ging um die Geburt der Venus, um die Liebe und darum, dass die Indianer Muscheln als Währung benutzten. *Frei tauschten sie Liebe und Sandklaffmuscheln* hieß eine Zeile, die ihm jetzt einfiel und für die er sich ein wenig schämte. Er sah sich im Zimmer um. Zeitschriften lagen auf der Tastatur eines Computers. Teebeutel verklebten einen Aschenbecher. Ein Telefon mit grauen Knöpfen neben der Tastatur. Cremer fragte sich, was geschehen würde, wenn der andere einen der Knöpfe drückte und bekam Angst. Eine Taschenlampe klemmte im Fenster, damit es nicht zuschlug. Am Bildschirm lehnte ein Wasserkocher und überall über den Schreibtisch waren kleine Kugeln von Stanniolpapier verstreut. Im Schrank hinter ihm lagen Ordner, Bücher, Pralinenschachteln, ein Stapel Papier. Den könnte Hannah gebrauchen. Hannah brauchte immer Papier. Sie und ihre Freunde. Aber wer Papier stahl, wurde bestraft und erholte sich nie wieder davon.

Der Psychologe sah seinen Patienten ruhig an. Cremer war ein gutaussehender Mann, groß und schlank und dennoch muskulös, mit dichten, hellblonden Haaren, die jetzt wieder zu wachsen begannen, kräftigen Augenbrauen und einem kantigen Gesicht, dessen Nase etwas zu groß war. Neben den Mundwinkeln waren zwei tiefe Falten eingegraben, sehr sorgenvoll und melancholisch. Die rechte Seite des Mundes war weich und voll und sah aus, als sei Cremer immer sehr glücklich gewesen. Links aber waren die Lippen kürzer, wie abgeschnitten. Seine Augen waren noch jung. Sie hatten nichts Abgeklärtes, keine Spur von Distanz zur Welt, sondern schauten mit wundem Blick auf alles, als sähen sie es das erste Mal.

Cremer fühlte sich unwohl unter dem taxierenden Blick. Er hatte nichts verbrochen. Nichts zu verbergen. Immer wieder würde er das dem anderen sagen. Auch die Tests, die der Alte durchführte, waren seltsam. Sicher gab es einen Grund dafür, dass der andere sie machte, aber er verstand ihn nicht. Er musste fünfzehn Wörter lernen. Wörter, die sein Kopf zwar behalten konnte; sie rutschten tief in ihn rein, er konnte sie spüren, ganz hinten, aber sie kamen nicht mehr heraus und fanden nicht den Weg in den Mund. Es musste eine verborgene Bedeutung geben, es ging hier nicht um die Wörter, sondern vielleicht seinen Tonfall, vielleicht nahmen sie heimlich seine Stimme auf, oder er wurde geröntgt, während er hier saß. Er saß ganz still, um die Strahlen zu spüren, doch er merkte nichts. Als Nächstes sollte er etwas malen, ein kleines Männchen in einem Raumschiff. Als Letztes gab es ein Experiment mit verschiedenen Gefäßen voll Wasser, die er umschütten sollte.

»Also«, sagte Teske, »ich versuche Ihnen mal etwas zu erklären.« Er zog das Plastikmodell eines Gehirns aus dem Regal hinter sich.

»So etwa sieht ein Gehirn aus. Ihres, meines. Kein großer Unterschied auf den ersten Blick. Diverse Zentren im Gehirn sind für unterschiedliche Aufgaben zuständig. Für das Kurzzeitgedächtnis müssen verschiedene Bereiche zusammenarbeiten, darunter ein Zentrum hier im Frontalhirn.«

Teske tippte mit dem Bleistift an eine Stelle an der Vorderseite des Modells. Cremer verstand, was er sagte. Er würde die Sätze nicht wiederholen können, doch er erfasste den Sinn.

»Diese Stelle wurde bei Ihnen massiv betroffen, als Sie sich in den Kopf geschossen haben. Erinnern Sie sich daran?«

Cremer sah ihn an und glaubte ihm nicht.

»Die entsprechenden Ergebnisse sind weit unterdurchschnittlich. Allerdings bestehen hier gute Heilungschancen. Das Hirn ist an dieser Stelle extrem dicht vernetzt, und die ausgefallenen Funktionen können von gesunden Hirnarealen übernommen werden. Jetzt machen wir einen letzten Test. Ich nenne Ihnen fünfundvierzig Wörter, und Sie geben ein Zeichen, wenn Sie meinen, dass das Wort vorhin schon mal aufgetaucht ist. Verstanden?«

Teske las die Wörter vor, und Cremer hob fünfzehnmal die Hand. Er hob sie fünfzehnmal an der richtigen Stelle.

»Das ist sehr gut«, sagte Teske, »einhundert Prozent richtig, das heißt: Ihr Gehirn schafft es, Dinge abzuspeichern, aber noch nicht, diese Dinge wieder abzurufen. Die Wörter haben sozusagen eine Spur in Ihrem Gedächtnis hinterlassen, aber Sie können diese Spur noch nicht verfolgen. Aber ich bin sicher, dass wir daran arbeiten können. Verstehen Sie das?«

Das Telefon klingelte. Cremer starrte auf den Apparat, als drohe ein Unheil, aber Teske sagte nur ein paar belanglose Worte. Trotzdem blieb eine Angst zurück, als würde es gleich wieder anfangen zu läuten.

»Verstehen Sie das, Herr Cremer?«

»Wo bin ich hier?«, fragte Cremer.

»In Badenweiler.«

»Wo?«

»Bei Freiburg.«

»Im Westen?« Vielleicht nur ein Trick. Nicht zu ernst nehmen. Der andere wollte testen, wie er reagierte. Ob er sich freute und anfangen würde zu reden. Darauf fiel er sicher nicht rein.

»Im Westen wovon?«, fragte Teske irritiert.

Cremer sah ihn an. Vielleicht hatte er sich doch getäuscht in dem anderen. Er stellte sich absichtlich dumm, trotz seines ehrlichen Gesichts.

»In Westdeutschland.«

Teske lehnte sich zum ersten Mal in seinem Sessel zurück, sah erstaunt auf Cremer und kratzte sich mit dem Nagel des rechten Zeigefingers am Nasenflügel.

»In Westdeutschland«, wiederholte er, steckte das Ende seines Bleistifts in den Mund, kaute darauf herum und tastete mit der linken Hand in der Schreibtischschublade auf der Suche nach Schokolade.

»Wo würden Sie denn erwarten zu sein?«, fragte er gleichzeitig. »Oder anders ausgedrückt: Wo wären Sie jetzt lieber?«

Cremer antwortete nicht.

»Wie lange bin ich schon hier?«, fragte er.

»Bei uns erst seit vier Tagen. Sie wurden aus der Universitätsklinik Freiburg verlegt. Dort lagen Sie einige Monate.«

»Welches Datum ist heute?«, fragte Cremer.

Teske warf einen Blick auf die Anzeige seiner Uhr.

»Dreißigster April.«

Cremer schüttelte den Kopf. Ihm fehlten einige Wochen. Den März wusste er noch. Der April war weg, kein Wunder, dass er sich so seltsam fühlte.

Teske kaute auf seinem Stift herum, der noch immer nicht nach Schokolade schmeckte.

»Dreißigster April welches Jahr?«, fragte der Psychologe schließlich.

»1989 natürlich.«

Teske schwieg lange. Seine Falten zeigten plötzlich alle nach unten, als hätte sich die Schwerkraft vervierfacht. Zwischen seinen Brauen stand das V wie ein Pfeil, der seine Stirn gespalten hatte.

»Herr Cremer schauen Sie mal hier an die Wand. Was sehen Sie da?«

»Ein Bild«, sagte Cremer nach einer Weile. Es war immer noch schwierig, scharf zu sehen. »Weiße Segel auf blauem See. Kitschig. Zu bunt. Die Farbe des Wassers ist unecht.«

»Die Kunstkritik ist im Moment unerheblich«, sagte Teske. »Mir geht's um was anderes. Was bedeuten die Zahlen da drunter?«

»Ein Kalender. Wir haben April, das sagten Sie. Der dreizehnte April.«

»Der Dreißigste«, korrigierte Teske. »Jetzt schauen Sie mal auf die Zahl da über dem Bild. Was steht da?«

»2007.«

»Ja und?«, fragte Teske.

»Ich weiß nicht, was das bedeuten soll«, sagte Cremer.

Teske kramte den Mantelteil der FAZ aus dem Papierkorb.

»Versuchen Sie rauszubekommen, wann die Zeitung gedruckt wurde«, sagte er.

»Dreißigster April«, sagte Cremer.

»Welches Jahr?«, fragte Teske geduldig.

Cremer buchstabierte mühsam die Überschriften der Zeitung. Er erwartete, etwas von China zu lesen. *Massaker auf dem Platz des himmlischen Friedens. 5 000 Demonstranten getötet, 30 000 verletzt*, aber das stand da nicht. Die Schlagzeilen waren seltsam, und er konnte sie nicht einordnen: *Machtkampf in der Türkei. SPD droht mit Ende der Koalition. Warnstreiks in der Metallindustrie.* Dafür fand er das Datum wieder.

»Dreißigster April 2007«, sagte Cremer, ohne zu überlegen, dann stutzte er, kam ins Stottern, wiederholte, was er gerade gesagt hatte, aber langsamer, nur die Jahreszahl konnte er nicht ganz aussprechen, machte zwei oder drei Ansätze, dann ließ er es bleiben und starrte Teske verständnislos an.

Cremers Pupillen waren klein und starr geworden und fixierten einen Punkt weit hinten im Raum. Er schwitzte. Seine Stirn glänzte; kleine Schweißperlen sammelten sich an den Schläfen und flossen die Wangenknochen hinunter, ohne dass er es bemerkte. Teske hörte ihn nicht mehr atmen, so als ob er erstarrt sei, aber das stimmte nicht, denn etwas in Cremer vibrierte, ein Schrei, den er zwischen den zusammengepressten Kiefern festhielt.

Frei tauschten sie Liebe und Sandklaffmuscheln, dachte Cremer. Hannah hatte das Gedicht geschrieben. Sie brachte ihm Blumen, Blumen aus dem Park, trotz der Verbote, sie würde gleich kommen und ihn befreien, Hannah weiß den Ausweg.

»Herr Cremer?«, fragte Teske sanft. »Sind Sie noch hier?«

Cremer stand auf und ging schwankend wie ein Schlafwandler in sein Zimmer zurück.

Wenn das hier überstanden war, würde er mit Hannah ans Meer fahren. Da gab es einen Ort, weiße Häuser auf schwarzem Felsen und eine Bank unter zwei Palmen. Da würde er hinfahren und alles vergessen, später, mit ihr.

Am nächsten Tag holte der Mann ihn wieder ab. Auf dem Tisch in seinem Zimmer stand ein Teller mit Muscheln, aber etwas daran stimmte nicht.

»Da fehlt eine Muschel«, sagte Cremer. »Eine kleine mit hellblauem Rand.« Das war unverfänglich, das könnte er dem anderen sagen, ohne dass er es gegen ihn verwendete.

»Stimmt. Die habe ich einer Patientin geschenkt. Dass sie das wissen, ist ein gutes Zeichen. Wissen Sie auch noch, wo Sie hier sind?«

»Ich bin im Westen. Mir wurde das Leben geschenkt.«

»Welches Jahr haben wir?«, fragte Teske.

»Wir sind im Jahr 2007. Ich bin nicht verrückt.«

Teske legte sein Gesicht in Falten und sah ihn betrübt an.

»Sie sind ein intelligenter Mann, Herr Cremer, aber Sie können mich nicht belügen. In welchem Jahr sind wir Ihrer Meinung nach wirklich?«

»Wir sind im Jahr 2007.«

»Es bringt nichts, wenn Sie etwas auswendig lernen«, sagte Teske. »Sie müssen es verstehen. Wie alt sind Sie?«

»Zweiundzwanzig Jahre.«

»Wann sind sie geboren?«

»1967.«

»Wenn wir jetzt im Jahr 2007 sind, wie alt müssten Sie dann sein?«

»Zweiundzwanzig Jahre«, wiederholte er.

»2007 minus 1967 macht aber vierzig.« Teske schüttelte bedauernd den Kopf. »Stehen Sie bitte einmal auf und kommen hierher vor den Spiegel. Sie behaupten, Sie seien zweiundzwanzig Jahre alt. Ist das ein zweiundzwanzigjähriges Gesicht?«

Er schob Cremer vor das Waschbecken. Der starrte lange in den Spiegel, weil er zuerst alles doppelt sah, und so verging viel Zeit, bis er wirklich begriff. Es war sein Gesicht. Alles war da, aber nicht so, wie er es kannte. Die Nase war schmaler geworden und länger, und aus ihren Löchern schauten dunkle Borsten. Wangenknochen standen kantig hervor. Die Augenbrauen waren viel dichter, die Lider hingen müde überm Augapfel, nur der Blick war, wie er seit jeher gewesen war, weicher, als er ihn sich immer gewünscht hatte.

Am fremdesten war sein Mund, die bleichen und entschlossenen Lippen, nicht der eigene Mund war das, sondern der des Vaters, der ihm aus dem Spiegel entgegensah. Furchen neben den Mundwinkeln wie mit dem Messer geschnitzt. Gegerbte Haut unter dem Kinn. Die Haare kurz und stoppelig. Cremer drehte den Kopf, um die Narben an den Schläfen besser zu sehen. Harmlos sahen sie aus, eingeritzt wie im Spiel, viel zarter, als sie sich anfühlten, wenn man mit den Fingern über die wulstigen Ränder strich. Er ging noch näher ran an den Spiegel, bis seine Stirn die Scheibe berührte. Sie war glatt und kühl, und einen Moment lang schloss er die Augen. Wenn man alles vergessen könnte, würde alles gut, aber das ging nicht, deshalb riss er die Lider auf und untersuchte sich, Quadratzentimeter für Quadratzentimeter, bis er nichts mehr erkannte, weil alles verschwamm.

»Was haben die mit dir gemacht?«, fragte er sein Spiegelbild, aber es gab keine Antwort, sondern äffte ihn nach. Es machte sich über ihn lustig, deshalb schlug er in das freche Gesicht. Der Medikamentenschrank wurde aus der Verankerung gerissen. Pillendosen fielen heraus, Tuben, ein Glastiegel, zwei Zahnbürsten und einige Tafeln Schokolade. Er spürte nicht den Schmerz in der Hand und die Wärme des Bluts an seinen Fingern, sondern blieb im Raum stehen, rührte sich nicht mehr und sah sich um. Hier konnte er nicht bleiben, alles war in Unordnung geraten, nichts war am Platz, und der Kopf schmerzte, als er versuchte, die Welt um sich herum zu verstehen.

Frische Fische.

So frisch, dass der Kastenwagen Cremer überholen musste auf dem Weg nach Berlin. Schlamm spritzte auf seine Hose, und der Roller fing an zu schlingern. Cremer lenkte dagegen und gab Gas. Die Tachonadel zitterte fast auf fünfundsiebzig. Die Simson Schwalbe war mit Abstand das beste Zweirad, das Cremer kannte. Schneller konnte man mit 3,7 PS kaum fahren.

Der Fischwagen kam sicher vom Meer, und drin lag der Fang auf Scherben aus Eis: kalt glänzende Leiber mit stumpfer werdenden Schuppen. Kiemen schnappten nach Luft. Flossen zuckten. Angst drängte an Angst.

Er war mit dem Roller bei Thomas in Leipzig gewesen. Immer wenn er Sehnsucht nach Musik hatte, fuhr er zu Thomas, denn der hatte Platten, die er selbst noch nicht kannte. Diesmal war es *The Blind Leading the Naked* von Violent Femmes. Fröhliche Musik mit einem hüpfenden Bass und einem stumpfsinnigen Schlagzeug. Gemeinsam hatten sie die Akkorde herausgehört und versucht, die Bassläufe zu spielen. In diesen Momenten waren sie sich nah wie früher gewesen. Vielleicht hatte Cremer auch keine Sehnsucht nach der Musik gehabt, sondern nach dieser Nähe, die die Musik erzeugte. Vor Jahren einmal hatten sie beschlossen, eine Band zu gründen. Jetzt studierte Cremer Ingenieurwissenschaften. Nur Thomas lebte noch ganz für seine Gitarre. Irgendwann würde er berühmt, dachte

Cremer, und ich werde sagen, dass ich ihn kenne und früher mit ihm gespielt habe, und meine Kinder werden es nicht glauben, und ich werde Hannah rufen, damit sie es bestätigt. Thomas lebt für die Vollendung der Gegenwart, dachte Cremer, während sein Freund mit halb geschlossenen Augen *A Singer Must Die* spielte, eines der traurigen Lieder von Cohen. Er selber glaubte nicht recht an die Gegenwart, er glaubte an die Zukunft. Deswegen wurde er Ingenieur. Hannah hatte gelacht, als er ihr das gesagt hatte. Er sei ein blinder Optimist, aber das stimmte nicht. Er war ein sehender Optimist, und sie hatten sich gestritten, weil sie behauptete, wer die Augen öffne, könne nur pessimistisch sein oder zynisch.

Abends hatte Thomas den Fernseher angeschaltet. Schräge Streifen flimmerten über den Bildschirm und immer wieder setzte der Ton aus. In den Nachrichten berichteten sie von einem Ballonfahrer. Der war gestern über die Mauer geflogen wie Ikarus, aber er flog zu hoch und stürzte ab, im Westen schon und doch in den Tod.

Zehlendorf.

Dort lagen die Villen der Reichen. Die schlaffe Hülle des Gasballons. Ein zerschlagener Körper in einem Pool ohne Wasser. Die Frau des Flüchtlings war hier geblieben. Thomas verstand den Mann, der versuchte zu gehen, weil er es nicht mehr ertrug, und Cremer verstand die Frau, die blieb, auch wenn er deren Gründe nicht kannte.

»Ob man den Toten zurückbringt nach Ostberlin?«, fragte Thomas.

»Den verscharrt man im Westen«, meinte Cremer, »und macht ein Mahnmal aus seinem Grab, das dann Schulklassen besuchen.«

»Dann ist er nicht ganz umsonst gestorben«, sagte Thomas.

»Jeder Tod ist umsonst«, sagte Cremer, und Thomas spielte einen holprigen Trauermarsch.

Später sprachen sie von den Wahlen und dem Betrug. Thomas meinte, man müsse dagegen kämpfen. Cremer schwieg, denn darüber diskutierte er immer wieder mit Hannah. Beschissen wurden sie immer, fand Cremer. Das war nichts Neues. Wenn man anfing, dagegen zu kämpfen, würde man nie wieder glücklich.

»Oder willst du einfach alles hinnehmen?«, fragte ihn Thomas.

Cremer schüttelte den Kopf. Er hatte gerade nicht aufgepasst, sondern ans Glück gedacht, das der Ballonfahrer im Westen gesucht hatte. Glück wuchs einem nicht von außen zu. Glück entstand in einem selber, dachte Cremer, doch Glück war ein so großes Wort. Er mochte lieber die kleinen Wörter, aber die reichten manchmal nicht aus. Lieber schwieg er und Thomas sah ihn an, unter den halb geschlossenen Lidern und nickte leicht mit dem Kopf, weil er Cremer so kannte.

Bevor er am nächsten Morgen fuhr, gab er Thomas noch den Umschlag von Hannah. Sie gab Cremer jedes Mal Bücher mit, Texte oder Zeitschriften aus Berlin. Er freute sich, dass seine Freundin und sein bester Freund sich mochten, auch wenn er sich immer wieder ermahnen musste, nicht eifersüchtig zu werden. Eifersucht war für dumme Menschen. Er wollte nicht dumm sein, also fragte er nie nach, was in den Päckchen war, auch wenn es ihm schwerfiel.

Es begann wieder zu regnen, und die Tropfen liefen die Lederjacke hinunter auf seine Schenkel. Kälte kroch durch die Ärmel hinauf. Er zitterte. Gleichzeitig genoss

er die Kälte, weil sie so konkret war und ihn ganz ergriff. Die Straße stieg leicht an. Cremer lehnte sich weit
vor über den Lenker gegen den Wind, doch es half
nichts, er kam nicht schneller voran. Die Schwalbe war
prima, aber das Drehmoment viel zu niedrig. Bergauf
brachte sie nichts. Die Schweißerbrille war beschlagen, dahinter war die Welt grau und verschwamm. Er
wischte mit dem Handschuh drüber. Ölige Schlieren
schillerten jetzt auf dem Glas.

Die Schwalbe wurde langsamer, obwohl er den Gashahn voll aufriss. Vor der Fahrt hatte er einen Sport-
luftfilter eingesetzt. Jetzt bekam sie vermutlich zu viel
Luft und zu wenig Sprit. In Berlin müsste er sie unbedingt fetter bedüsen. Außerdem hatte er gerade erst
den Vergaser gereinigt. Hoffentlich verstopfte der nicht
wieder. Vielleicht war es auch die Zylinderkopfdich-
tung.

Er sang gegen den Regen an und die Kälte. *Good
feeling, why don't you stay with me just a little longer.* Das
war kein Wetter für eine Panne. Er hätte einfach bei
Hannah bleiben sollen, den ganzen Tag im Bett liegen,
ihr zusehen beim Schreiben, hin und wieder ein Kissen nach ihr werfen, um sie zu stören. Manchmal reicht
auch ein Bett und ein Blick aus dem Fenster in dem
Bewusstsein, selber vollkommen verzichtbar zu sein.

Frische Fische stand in einer Kurve. Barkas B 1000,
Kleinlaster, nichts Besonderes, aber es gab keinen
Grund, hier zu halten. Trotzdem stand er da. Graue
Gestalten lehnten an der Motorhaube. Mitten auf der
Straße einer, den Hut tief in die Stirn gezogen. Das
Netz war schon gespannt. Cremer kam näher. Der
Motor zog immer schlechter. So würde er nie nach
Berlin kommen, so nicht, im nächsten Dorf müsste er
noch mal danach schauen, im nächsten Dorf, wenn er

so weit kam, aber sie warteten auf ihn, die Menschen-
fischer, in der Hand die Waffen, mit denen sie ihn
stumm dirigierten. Er hielt an. Jemand musste ihn ver-
leumdet haben, denn er hatte nichts Böses getan. Ein
Missverständnis. Das wollte er sagen, aber sie stopften
ihm die Worte tief zurück in den Hals mit dem Lauf
ihrer Gewehre, so dass er fast daran erstickte. Schweigend sperrten sie ihn in eine der Zellen des Wagens,
legten den Riegel vor und fuhren los. Die Sitzbank war
rot. Die einzige Farbe im grauen Blech. Das hatte er
noch gesehen, bevor es dunkel wurde.

Im ersten Moment dachte er nicht an sich, sondern
an die Schwalbe. Wie sollte er die wiederbekommen?
Er hatte nicht einmal abgeschlossen. Noch steckten die
Schlüssel, und einer würde kommen und sie klauen.
War das hier aufgeklärt, war es vielleicht schon zu spät.

Der Fang auf Eis.

Das war er.

Der Regen hämmerte aufs Autodach, viel lauter als
auf den Helm. Den hatten sie ihn auch abnehmen lassen. Wortlos, mit einem Nicken des Kopfes und einer
beiläufigen Bewegung der Hand. Sparsame Gesten, die
alles erreichten. Je stärker einer war, desto weniger
musste er reden. Das war ihm vorher nicht aufgefallen.
Wo er war, wurde immer gesprochen. Damit war jetzt
Schluss. Ihr Schweigen war ansteckend und schnitt
ihm die Zunge raus. Vielleicht saß in der Zelle neben
ihm ein anderer wie er; verzweifelt, zuckend, voll
Angst und stumm wie ein Fisch, doch er wagte nicht,
ein paar Worte gegen das kalte Metall zu richten, an
das sein Kopf gedrückt wurde in jeder Kurve. Er
klopfte nicht einmal mit den Fingern dagegen. Die
Wärter waren so still, sie würden jeden Laut hören,
trotz des Regens, der durch ein Rostloch im Dach

runterlief, ein kleiner freundlicher Bach, letzter Gruß der Welt draußen, den er spürte, nicht sah, denn hier drin war kein Licht.

Good feeling, why don't you stay with me.

Er summte die Melodie stundenlang vor sich hin, während sie fuhren. Der Regen hörte nicht auf. Aber die Gedanken an die Schwalbe. Die war längst nicht mehr wichtig.

Viel später wurde der Motor abgewürgt. Ein Eisentor schlug zu. Gleich würden sie kommen. Er hielt den Atem an und wischte sich die Angst vom Gesicht. Sie konnten ihn festnehmen, aber sie sollten nicht triumphieren.

So saß er.

Wartend.

Das war Teil ihrer Taktik. Das durchschaute er, aber konnte ihr doch nicht entkommen. Er versuchte, in die Welt der Träume zu flüchten, doch das war unmöglich. Nicht einmal sein Geist durchdrang das Blech des Wagens, als ob sie einen Bann darum gezogen hätten. Er rief nach Hannah, stumm, damit sie käme und ihn befreite, aber sie hörte ihn nicht. Wer hier saß, hatte keine Verbindung nach draußen.

Es wurde kälter in seiner Zelle. Sein Atem kondensierte auf den Wänden aus Blech, er konnte es fühlen, wenn er mit den Fingern drüber strich. Es war wichtig, die Begrenzung zu spüren, denn der Raum löste sich auf oder drehte sich auf den Kopf. Hin und wieder saß er mit den Füßen nach oben. Die Tropfen rannen vom Kinn über die Lippen zur Nase, sammelten sich dort und flossen in die Höhlen der Augen und weiter über die Stirn. Immer wieder sagte er sich, dass sei nur eine Täuschung, aber er glaubte es nicht. Die Zeit in dem Auto verging ohne ihn. Er war jenseits davon, wie ein Gott oder ein Toter, und erst die Tritte von Stiefeln holten ihn wieder zurück. Er war so froh, sie zu hören. Die Tür ging auf. Draußen blendeten Neonröhren. Er sah ins Licht, aber es vertrieb nicht das Dunkel in ihm. Sein Befreier war klein und dürr und schrie ihn an, dass es Zeit sei auszusteigen, und er solle hier nicht rumschauen, sondern den Kopf beugen, und sich beeilen, es gebe schließlich keinen Grund, dass sie weiterhin so nett zu ihm seien wie bisher, sie könnten auch andere Saiten aufziehen, das werde er gleich feststellen, wenn er so weitermache.

Wie aus Holz waren die Beine, als sie ihm hinterherstaksten, Treppen hinauf, einen Gang entlang. Braunes Linoleum auf dem Boden. Blümchenmuster. Reißleinen an der Wand. Eine falsche Bewegung, und der andere würde damit Alarm auslösen. Cremer wollte nicht wissen, was dann geschah. Besser nicht fragen.

Im ersten Zimmer links stand ein Mann hinter einer hüfthohen Theke. Er sah Cremer nicht an, sondern bellte: »Ausziehen!« Das kannte Cremer vom Militär. Er zog sich aus. Die Hose war nass und klebte an den Beinen. »Unterhose«, kläffte der Mann.

Cremer zog auch die aus.

Er fror.

»Nach vorne beugen!«

Er beugte sich. Jetzt war das Gesicht den Blümchen ganz nah. Er hörte das schmatzende Geräusch, mit dem der andere den Gummihandschuh über die Hand zog. Der Finger des Mannes war viel dicker, als er erwartet hatte. Was jetzt kam, kannte Cremer nicht vom Militär. Er schrie nicht, obwohl der andere es darauf anlegte. Hinterher sollte er aufstehen.

»Privatkleider oder Anstaltskleidung?«, fragte der Mann, während er den Handschuh auszog.

43

»Privat«, sagte Cremer. Morgen würde er draußen sein. Er würde keine Knastkleider tragen. Lieber die eigenen Hosen, auch wenn sie nass waren.

Die Uhr musste er abgeben. Die Schuhe auch. Dafür bekam er Filzlatschen mit Gummisohle und wurde abgeführt, einen Gang entlang, und in eine Zelle gestoßen.

375 stand an der Tür.

Hier gab es Licht, eine Pritsche, sogar eine Heizung. Oben und unten war klar definiert. Eine Nacht hielt man das aus, dachte Cremer. Eine Nacht. Morgen wäre er wieder bei Hannah. Sie würde ihn nicht vermissen, sondern denken, er sei noch bei Thomas. Seine Finger waren schwarz und ölig und rochen nach Benzin und nach Freiheit. Ein Missverständnis. Mehr nicht. Die anderen würden staunen, wenn er davon erzählte. Und Thomas würde ein Lied schreiben. Das tat er immer, egal was geschah, am Schluss stand ein Lied.

Hier gab es kein Fenster, sondern Glassteine in der Wand, dahinter Gitterstäbe. Die Welt draußen war nicht zu erkennen. Das Helle im oberen Drittel war wohl der Himmel, das Dunkle darunter ein Haus, eine Mauer oder ein Berg. Der Hängeschrank an der Wand war leer. Aus dem Klo in der Ecke roch es faulig, aber daran würde er sich gewöhnen. In die gelben Kacheln über dem Waschbecken war ein Spiegel in die Wand gemauert. Cremer sah hinein, rieb sich über die Haare, die noch vom Sturzhelm am Schädel klebten, und ärgerte sich über die Angst in seinen Augen. Er wollte keine Angst haben, keine zumindest, die die anderen sahen.

Die Pritsche sah nicht viel schlechter aus als die beim Militär. Er legte sich auf das karierte Tuch und zog die Wolldecke über sich. Im selben Moment schlug die Tür auf. »Sie spinnen wohl, 375, sich hinzulegen, wir sind hier nicht im Sanatorium. Runter von der

Pritsche, sofort. Wenn's klingelt, legen Sie sich da drauf. Nicht vorher. Verstanden?«

Cremer schreckte hoch. Er wollte ihnen keinen Anlass zu Strafen geben, also stand er auf, faltete die Decke und legte sie auf Kante wieder zurück. Viel hatte er nicht gelernt als Soldat, aber Betten machen, das konnte er. Betten machen und schießen. Er war der beste Schütze unter all den Rekruten der Kompanie gewesen, doch das hatte ihm auch nichts geholfen. Er setzte sich auf den Hocker und lehnte sich gegen die Wand. Draußen wurde es langsam dunkler. Es musste gegen Abend sein. Als er die Augen schloss, sah er Hannah vor sich, am Schreibtisch sitzend. Er selbst liegt ihm Bett und hört ihr zu. Er beneidet sie, denn ihm sperren sich die Wörter. Schon wenn er ein Protokoll schreiben soll, bleibt er bei jedem zweiten Wort hängen und fragt sich, ob es an der richtigen Stelle steht. Bei ihr hört sich das einfacher an: ein Konzert auf der Schreibmaschine, fast fröhlich, und er bedauert, nicht am Klang des Anschlags die Wörter erkennen zu können, denn nicht immer zeigt sie ihm, was sie schreibt. Plötzlich ruft sie *Verdammt*, es knattert kurz, als sie das Blatt rauszieht, der Stuhl wird verschoben, und sie läuft durch die Wohnung, mit unruhigen Schritten.

Der Riegel der Tür bellte, sie schlug auf. Geschrei. »Nicht kapiert, 375? Sie sind hier nicht zur Erholung. Wenn Sie hier sitzen, dann sitzen Sie aufrecht und nicht anlehnen. Klar? In der Mitte des Zimmers.«

Cremer rutschte von der Wand. Die Tür schlug zu, der Riegel schnappte. Hannah war verschwunden, und so sehr er sich bemühte, sie kehrte nicht wieder zurück. Stattdessen sah er auf den Boden. Das konnte nicht falsch sein. Gebeugten Kopf sahen sie gerne. Die Farbe war die gleiche wie in dem Flur, aber hier gab es keine Blümchen, sondern das Imitat eines Mosaiks. Seine Augen suchten einen Weg durch das Labyrinth aus Linien. Wenn er einen Weg finden würde von der einen Wand zur anderen, würden sie ihn noch heute entlassen. Sich entschuldigen. Eine Verwechslung, Herr Cremer, tut uns leid. Sie können jetzt gehen. Sie meinten es nicht böse hier. Jeder Einzelne handelte böse, aber sie meinten es nicht. Cremer glaubte ans Gute im Menschen. Auch ans Gute in den Schlechten.

Über seinem Kopf ging die Neonröhre an, flackerte kurz auf, verlöschte, sprang an mit einem leisen Knacken, verlöschte wieder. An. Aus. Seine Augen verloren den Weg. Suchten den Anfang an der rechten Wand, tasteten vorsichtig über den Boden und verirrten sich wieder.

Er klopfte an die Tür.

Sofort öffnete sich eine Klappe nach innen. Der andere hatte draußen gewartet.

»Das Licht ist kaputt«, sagte Cremer. »Man müsste die Lampe …«

Cremer spürte das Lachen des Mannes, der die Klappe zuschlug, ohne dass er es hörte.

So kam die Nacht. Irgendwann läutete es. Das war das Zeichen, auf die Pritsche zu kriechen. Sie war zu hart, die Decke roch fremd, und er vermisste Hannah, ihren warmen Körper, den er beim Einschlafen sonst hielt. Das Deckenlicht blinkte. Er würde nicht fragen, ob man es löschen könnte. Auch Hannah war ein Kind des Lichts, sie ertrug es nicht, wenn es dämmrig war, selbst nachts brannten die Lampen. Wenn er bei ihr schlief, legte er ein Tuch über die Augen, sonst lag er stundenlang wach. Hier legte er einen Zipfel der Decke übers Gesicht, aber auch das war verboten.

Kopf unter Kissen.

Verboten.

Gesicht zur Wand drehen.

Verboten.

Also lag er auf dem Rücken. Das Licht fiel im Sekundentakt in ihn hinein. Grell und gleichzeitig kalt. Sein Atem passte sich an. Sein Herzschlag. Er war ein Instrument und die Lampe das Metronom.

Trotzdem schlief er ein, kurz nur, wälzte sich auf der Pritsche, dann ging die Tür auf, Riegel schlugen.

»Hände über die Decke legen. Gesicht nach oben.«

Es dauerte lange, bis er wieder einschlief, aber auch dann schlief er falsch. Rollte auf die Seite.

Verboten.

Barg sein Gesicht in den Armen.

Verboten.

Träumte schwer.

Verboten.

Als er aufstehen musste, war es draußen noch dunkel. Er wusch sich das Gesicht mit dem Wasser, das kalt aus dem Hahn floss. Am Geschmack des Wassers versuchte er zu erkennen, wo er hier war. Sie waren stundenlang im Laster gefahren. Berlin konnte das nicht sein. Vielleicht waren sie im Norden, und er versuchte eine Spur vom Salz des Meeres im Wasser zu schmecken, doch es verriet nichts. Er setzte sich auf den Hocker in die Mitte des Zimmers.

»Nicht einschlafen, 375. Anständige Menschen schlafen tagsüber auch nicht, warum sollte man es dann den Verbrechern erlauben?«

Eine neue Stimme, ein neues Gesicht. Diesmal kein Geschrei, sondern ein heiseres Flüstern. Weniger laut, aber nicht weniger drohend. Also blieb er wach.

Hannah machte jetzt sicher Frühstück. Ihre Schritte

mit den Ledersandalen auf den Platten der Küche. Stellt den Wasserkessel unter den Hahn, füllt ihn auf, setzt ihn auf den Herd. Sie hat Kräuter gesammelt, ein- oder zweimal hatte er sie begleitet. Sie glaubt an deren Kräfte und bereitet sich gerne einen bitteren Sud, den sie nie süßt, aber er macht sich nichts aus wilder Minze, Zitronenmelisse und Augentrost. *heute ihr nesseln brennt nicht die hand, die euch bricht / und blüten, fallt sanft von der linde herab.*

Das schrieb sie einmal in einem Gedicht. Hannah gießt das Wasser in die Kanne, sicherheitshalber die doppelte Menge, denn halb erwartet sie ihn schon an diesem Morgen. Sie hat kräftige Hände, braungebrannt und mit blauen Adern, die über den Handrücken mä- andern, Hände, die ihn immer überraschen, weil sie so stark und zupackend sein können, viel mehr, als es einer Dichterin ansteht, denkt er, obwohl er weiß, dass sie Gärtnerin wurde, als man sie von der Uni verwies. Seitdem nimmt sie keine Rücksicht auf ihre Hände. Nie kümmert sie sich um Schrunden und Spreißel. Jetzt rückt sie den schweren Holzstuhl zurecht und reißt die Schreibtischschublade auf. Es rattert, als sie das Blatt einspannt, dann wird es kurz still. Sie atmet aus, bevor sie anfängt zu tippen, ruhig, gleichmäßig, ohne zu zögern. Verboten ist alles mit Bindestrich: Klein- bürgerlich-abstrakter Humanismus. Feindlich-negative Kritik. Politisch-ideologische Diversion, doch die Ge- fahr wird geringer, denn seit sie sich kennen, verändert sich ihr Stil. Liebesgedichte sind inzwischen dabei, So- nette, die den Frühling preisen, eine Ballade vom Flug der Schwalbe, die sie schrieb, nach einem Ausflug auf seinem Roller. Der stand hoffentlich noch in der Kurve. Hätte er den Vergaser nicht gereinigt, hätte er nicht fahren können und säße jetzt nicht im Gefäng-

nis. Vielleicht sollte er ihnen sagen, dass sie ihn ver-
wechselten. Dass der, den sie meinten, noch immer
draußen herumfuhr. Das würde sie gnädig stimmen,
wenn er Glück hatte, aber Glück war etwas, das es hier
nicht gab.

Inzwischen kannten seine Augen den Weg durchs
Labyrinth auf dem Boden. Trotzdem kam er nicht frei.
Niemand öffnete, um ihn zu holen. Nichts geschah.
Anlehnen verboten. Liegestützen auch. Das hatte er
versucht. Das Auge in der Tür sah alles. Hinter dem
Quadrat aus Glasbausteinen in der Wand gab es einen
echten Himmel, über den eine echte Sonne zog, er
ahnte ihren Verlauf, doch hier drin flackerte Neonlicht.

Draußen dröhnten die Schritte der Stiefel. Türen
schlugen zu. Jemand weinte leise wie eine Katze, und
Cremer wusste, dass er nicht allein war. Durch die Hei-
zungsrohre hörte er später Klopfzeichen. Er legte das
Ohr dran. Es war nicht das Morsealphabet, es war ein
anderes System, er verstand es nicht. Außerdem war er
unsicher, ob das nicht eine Methode der anderen war,
um die Gefangenen auszuhorchen. Andererseits würde
er sich gerne aushorchen lassen, schließlich hatte er
nichts verbrochen.

Ich bin unschuldig, klopfte er mit dem Zeigefinger
an die Heizung.

.. ‾.‾. .... ‾.... .. ‾. ..‾ ‾. .... ‾.‾. .... ..‾ .‾.. ‾.. .. ‾ ‾.

Vielleicht würde einer ihn hören.

Plötzlich brach sich das Sonnenlicht in dem Glas-
fenster. Ein Regenbogen leuchtete über die Wand.
Einen kurzen Moment lang war Cremer fast glücklich.
Den letzten Regenbogen hatte er mit Thomas gesehen, vor ein paar Tagen. Er vermisste ihn. Niemanden
kannte er länger als Thomas. Er war immer schon da
gewesen, in der Krippe, den ersten Klassen der Schule.

Mit vierzehn war Cremer im Sommer immer rausge-
radelt zu den Erlen am Bach. Da war sein Lieblings-
platz, weil das Gras weich war, die Häuser weit genug
weg und er das Rauschen des Windes mochte und das
Murmeln des Baches, der einen Teil von ihm mit sich
nahm in die Ferne, ans Meer, während er Hesse las oder
Zen oder die Kunst ein Motorrad zu warten. Als Cremer in
jenem Sommer dort saß und Gitarre spielte, kam Thomas vorbei, die Angelrute auf dem Rücken, setzte sich,
sang mit ihm, laut und falsch, so wie Cremer, und der
wusste in diesem Moment: Das ist mein Freund.

Von da an fuhren sie gemeinsam raus, redeten über
die Mädchen, schwiegen voll Übereinstimmung und
brachten sich schwierige Griffe bei, E7b9 beispielsweise, den man für *I Want You* von den Beatles brauchte
oder F#m7b5/C für den *Logical Song* von Supertramp.

Thomas hatte die Platten und Noten von einem
Cousin aus dem Westen. Er teilte sie mit Cremer so
schnell es ging, aber er hatte sie immer vor ihm, und
Cremer schien es damals, als ob er diesen Vorsprung nie
würde aufholen können. Was immer sie taten, Thomas
war ihm voraus, und manchmal hatte Cremer das Gefühl, er sei weniger sein Freund als sein Schatten, und
wurde absichtlich immer langsamer. Machten sie eine
Fahrradtour, saß Thomas längst auf dem Sattel, während Cremer erst noch den Hinterreifen aufpumpte
oder das klappernde Schutzblech festschraubte. Wollten sie tanzen gehen, und Thomas kam punkt acht wie
ausgemacht zu Cremer, dann musste der erst noch die
Schnürsenkel flicken, sein Lieblingshemd suchen oder
die Nägel schneiden. Es änderte sich erst beim Militär.
Jetzt hielt sich Thomas im Windschatten Cremers, der
kräftiger war und die Schikanen als Herausforderung
sah, nicht als Demütigung. Falls der Krieg käme, wollte

er vorbereitet sein, im Gegensatz zu seinem Vater, der nicht schoss, als er dem Feind ins Gesicht sah.

Den Platz am Bach gab es immer noch. Wind rauschte, Wasser floss, und zwei Jungs saßen dort und spielten Gitarre. Er sah sie, wenn er die Augen schloss. Was immer geschah: Das würden sie ihm nicht nehmen können, aber das langte nicht. Eine Erinnerung ist nicht genug gegen den Schrecken. Mehr Waffen bräuchte er, schärfere Waffen, ohne zu wissen, wo er die hernehmen sollte.

Ein Wärter öffnete die Türklappe, stellte Suppe darauf und verschwand. Cremer versuchte nicht, sein Gesicht zu erkennen. Die waren alle gleich, ob sie schrien, flüsterten oder schwiegen. Sie waren keine Menschen, und er würde sie nicht dazu machen.

Der Abend kam.

Die Nacht auf der Pritsche.

Jetzt kannte er die Regeln und fühlte sich wie einer, der dazugehört. Das ging viel zu schnell, und er wehrte sich gegen dieses Gefühl. Trotzdem befolgte er die Gebote. Lag auf dem Rücken. Hände über der Decke. Gesicht nach oben.

Hannah würde ihn jetzt sicher vermissen. Vielleicht würde sie versuchen, Thomas zu erreichen, und erfahren, dass Cremer schon längst unterwegs war, doch was sie dann tun könnte, war unsicher. Warten und hoffen. Mehr blieb nicht zu tun. Weder für sie, noch für ihn.

Die Lampe flackerte ihm den Takt durch die Nacht, die nicht schwarz war, sondern rot leuchtete unter den Lidern, aufblühte und erlosch, immer wieder. Alle paar Minuten ging über der Tür ein zweites Licht an, scheppernd öffnete sich eine Klappe, ein gleißender Schein ging durchs Zimmer, der verschwand, wenn er nichts Verbotenes tat. So lag er lange und wartete auf den

Schlaf, der nicht kam, wegen der Lichter. Manchmal legte sich Cremer die Handballen über die Augen. Kurz ahnte er, wie es wäre zu schlafen, sah aus der Ferne einen scheuen Traum, der sich noch nicht ganz zu ihm wagte, dann rutschten die Hände hinunter, das Licht brannte im Auge und er war wieder wach.

Irgendwann stand er auf, stellte sich auf die Pritsche und zertrümmerte mit dem Hocker das Gitter vor der Lampe und die Neonröhre dahinter. Einen Moment lang war es dunkel, und Cremer freute sich auf den Schlaf, dann ging das andere Licht an, die Tür auf und der Wärter stand da, in der Hand einen Knüppel. Cremer schlug ihm den Hocker übers Gesicht und warf ihn dann gegen die Birne. Das Licht ging aus. Der andere fiel gegen die Wand. Ein zweiter Wärter kam, größer als der erste, schwerer, und drehte Cremer den Arm auf den Rücken, aber der ließ sich fallen, der Wärter stolperte, und Cremer trat ihm gegen das Knie. Etwas brach, der Mann klammerte sich immer noch fest, bis Cremer ihm den Ellenbogen in den Bauch stieß. Seufzend ließ er sich fallen. Cremer trat in den Flur. Ein Gang voller Zellen. Kameras an der Decke. Hier gab es keine Chance zu entkommen, aber darum ging es ihm nicht. Es ging um den kurzen Moment der Freiheit und er brüllte in den leeren Gang.

»Ich bin Paul Cremer. Ich bin zweiundzwanzig und unschuldig. Ist hier noch jemand?«

Es blieb still, einige Atemzüge lang, und für einen Moment war er ganz allein und ganz verzweifelt, doch dann hörte er, wie es an die Tür neben ihm leise klopfte, an die von gegenüber, an alle Zellentüren, ein Klopfkonzert, das den ganzen Gang erfüllte. In jeder Zelle lag einer wie er. Egal, was geschah, er war nicht allein.

Jetzt kamen von überall her Wärter und stürzten sich

auf ihn. Stiefel nagelten ihn am Boden fest. Knie rammten zwischen die Beine. Fäuste stießen ins Gesicht, und plötzlich gab es eine Explosion von Glück, die in seinem rechten Oberarm begann und sich ausbreitete im ganzen Körper wie eine warme Welle und ihn weit davontrug, wo kein Schmerz ihn erreichte, keine Angst und keine Verzweiflung.

Endlich dunkel.

Hier weckte kein Licht, hier könnte man ewig schlafen, vom Anbeginn der Zeit bis ans Ende. Es war nicht die Schwärze einer Nacht ohne Sterne. Nicht die Schwärze des Kellers, in dem er Kohlen holen musste als Kind. Es war die Schwärze der Schwärze. Lange lag er und genoss sie, obwohl der Körper schmerzte. Schlief immer wieder ein, wachte kurz auf. Freute sich über das Dunkel. Schlief weiter. Träumte. Früher hatte er gedacht, er träume nie. Morgens sprang er so schnell in den Tag, dass seine Träume sich hastig verkrochen. Er wusste nichts von ihnen und vermisste sie nicht, doch als er vor zwei Jahren das erste Mal morgens bei Hannah aus dem Bett steigen wollte, hielt sie ihn zurück.

»Erst deine Träume«, forderte sie und ließ nicht gelten, dass da nichts war. »Vorher darfst du nicht aufstehen.«

Er lag neben ihr, verwundert, dass sie Unmögliches verlangte. Erst als er wieder wegdämmerte, erinnerte er sich an den Gang im Innern des Berges, ein gewundener Weg, der vor einem senkrechten Schacht endete. Felsbrocken stürzten hinunter, unendlich langsam und groß wie Häuser. Der Letzte von ihnen hielt ein Gänseblümchen in seinen Händen aus Stein. Cremer stürzte sich in den Schacht, um es zu befreien, doch vergebens.

Seit diesem Tag schrieb sie seine Träume auf kleine gelbe Kärtchen und ihre auf blaue. War er in Leipzig und sie in Berlin, konnte es sein, dass er vom Fußball träumte und sie von einer Wiese voller Lilien, über die der Schnitter lief. Wenn er in Berlin war, näherten sich ihre Träume an: Träumte er von einer Demonstration und kyrillischen Transparenten, träumte sie von einer Prozession mit Ikonen. Schliefen sie aber im selben Bett, ihr Körper von hinten in seinem geborgen, träumten sie den gleichen Traum. Er träumte die Landschaft, einen vertrockneten Salzsee in den Bergen, daneben eine labyrinthische Festung, und sie träumte vom bösen alten König mit dem Stierkopf, der darin wartete besiegt zu werden, um endlich sterben zu können. Sie träumte das weiße Blatt, und er träumte den Schriftsteller, der es beschrieb. Er träumte das Pferd und sie den Reiter. Sie den Mund und er den Kuss.

Ein Ort am Meer erschien immer wieder in seinen Träumen, kalkweiße Häuser auf schwarzen Felsen und eine kleine, windschiefe Holzbank unter zwei Palmen, die sich zueinander neigten wie frisch verliebt. Lag er mit Hannah im Bett, träumte sie die Delphine hinzu, die durchs Meer pflügten, und die Fischerboote, die beim Sonnenaufgang in den Hafen einfuhren. Sie rochen die salzige Luft vom Meer her und gingen Hand in Hand in ein Restaurant, um einen Kaffee zu trinken, dessen feingemahlene Körnchen so fest zwischen den Zähnen hingen, dass er sie nach dem Aufstehen ins Waschbecken spuckte.

Die gemeinsamen Träume schrieb Hannah auf eine rote Karte.

Als er die Augen öffnete, war es immernoch dunkel. Geschlafen hatte er genug, jetzt sollte es Tag werden. Über seinen Lippen hing getrocknetes Blut. Er kratzte es weg. Die Nase fühlte sich trotz allem nicht an, als sei sie gebrochen.

Cremer stand auf und ging ein paar Schritte durchs Schwarze. Seine Hoden taten weh. Er musste breitbeinig laufen und stieß plötzlich gegen die Wand. Keine normale Wand, ein dicker Gummiwulst, einen halben Meter breit, der vom Boden höher reichte als Cremers Hände. Daneben der nächste Gummiwulst, ein Traktorreifen ohne Profil. Der dritte. Vierte. Cremer tastete sie ab, um die Größe des Raumes zu begreifen, aber die Wand war endlos. Er zählte bis zweiundachtzig, bis er begriff, dass der Raum rund war, ohne Anfang und ohne Ende. Nirgends eine Tür, zumindest keine, die er fand. Er lehnte sich gegen die Wand und horchte. Schritte auf dem Flur wollte er hören. Türknallen. Klopfzeichen. Metallriegel, die zuschnappten, aber hier war es ganz still.

»Hallo«, rief Cremer in das Schweigen hinein, doch niemand antwortete. Nur seinen Atem hörte er, den Schlag seines Herzens, das Blut, das träg in den Adern rauschte. Er bewegte die Hand vor seinem Gesicht. Er spürte sie, ihre Wärme und den Luftzug, aber er sah nichts, also schloss er wieder die Augen und setzte sich auf den Boden. Wenn er nichts sah oder hörte, musste er sich auf den Tastsinn konzentrieren, sonst würde er durchdrehen. Er zog die Socken aus und knetete seine Zehen. Die Zwischenräume. Den Außenrist des Fußes. Klopfte gegen die Wölbung. Massierte die Ferse. Die Knochen. Dann die Wade. Den anderen Fuß. Lange strich er über die Haut, aber bald genügte das nicht mehr. Jetzt musste er die Nägel nehmen, um noch etwas zu spüren. Während er die Haut am ganzen Leib aufkratzte, entstand langsam ein Bild von ihm selbst. Er existierte und genoss diesen Triumph, auch wenn es ihn schmerzte.

Später kam der Hunger.

1 Tafel Nugana

4 Esslöffel Kakao

125 Gramm Butter

1 Büchse Kondensmilch

1 Prise Zimt

Etwas Pfeffer

Zusammen im Wasserbad erhitzen, dann in den Kühlschrank und später auf die frischen Schrippen geschmiert. Das war Hannahs Spezialrezept. Er lächelte, als er daran dachte. Nichts Besseres gab es zum Frühstück als das. Jetzt würde er viel dafür geben.

Irgendwann schlief er ein. Als er aufwachte, war etwas geschehen, er wusste nicht, was, aber er spürte, dass etwas anders war. Vielleicht war einer im Raum, und Cremer hielt seinen Atem an. Er bewegte sich nicht, doch keiner rührte sich, keiner griff an. Vorsichtig ging er an der Wand lang. Der Boden klebte an den nackten Füßen. Er hatte seine Socken nicht wieder angezogen, das war dumm, die würde er lang suchen müssen. Plötzlich trat er in etwas Weiches. Er stolperte zurück, stieß gegen die Wand und fiel hin. Er musste vernünftig bleiben, das sagte er sich, immer wieder. Dunkelheit war kein Grund für Panik. Es war eine besondere Situation. Eine Herausforderung. Die Angst war dumm. Trotzdem schlug sein Herz mehr, als er wollte. Er tastete lange über den Boden, bis er schließlich fand, was ihn so erschreckt hatte: Eine Scheibe Brot. Daneben ein Becher Wasser; eine Schale mit Suppe. Sie war schon kalt. Jemand war hier gewesen und hatte ihn schlafen lassen. Er sollte niemanden sehen, sondern irre werden an der Einsamkeit und der Stille.

Er versuchte zu singen, irgendetwas, aber er fand die Töne nicht, und die Texte stimmten nicht mehr. Er bräuchte eine Gitarre. Mit einer Gitarre in den Händen könnte er alles singen. Wie gerne würde er jetzt eine Gitarre halten. Noch lieber aber hielte er Hannah. Jetzt ihr Haar riechen. Ihre Brüste berühren. Eins ihrer Gedichte lesen. Frisch aus der Schreibmaschine gezogen und noch nicht korrigiert. Ein Blick in ihr Herz, doch die Hoffnung, sie bald zu sehen, würde ihn schwächen. Nur wenn er sie aufgab, würde er das hier überleben. Nur dann hatte er so etwas wie eine Chance. Andererseits würde er ihnen hier nichts nützen, wenn er tot war oder wahnsinnig wurde. Wenn er hier war, dann nur, weil sie etwas erwarteten. Solange sie das nicht hatten, würden sie acht auf ihn geben. Der Gedanke beruhigte ihn etwas.

Er schlürfte die Suppe und stellte den Becher mit Wasser in den Teller zurück. Er würde ihn später trinken. Beides schob er an die Wand. Hier war Gummiwulst Nummer eins. Von dort ab zählte er ihre Anzahl. Sechsunddreißig Wülste gab es, jeder etwa dreißig Zentimeter breit. Das machte einen Umfang von elf Metern und einen Durchmesser von dreieinhalb. Er stellte sich die Zelle vor wie ein Architekt. Wenn er wusste, wo er war, würde die Angst nicht mehr kommen. Das war am wichtigsten. Er befühlte die Wand genauer. Die Oberfläche war voller Scharten und Risse. Seine Vorgänger hatten etwas in die Wände geritzt, mit dem Fingernagel, aber er konnte ihre Schriften nicht lesen. Zu undeutlich waren die Buchstaben, zu gering waren ihre Kräfte gewesen, zu stumpf ihr

Werkzeug. Außerdem hatte einer über den anderen geschrieben. Nur eins konnte er tasten. Ein paar Buchstaben in Augenhöhe T-A-G-E, darunter Striche, fünfzehn oder sechzehn. Ein Archäologe in dreihundert Jahren würde den Rest entziffern. Cremer schrieb nichts. Den eigenen Namen in die Wand zu ritzen war Unsinn. Höchstens ihren Namen würde er schreiben. Hannah Opitz. HO. Wie früher, in die Eiche im Park. Damals war sie sechzehn gewesen, gerade an ihre Schule gekommen und gleich zur Königin aufgestiegen. Mit sechzehn war man noch so jung. Jetzt war er zweiundzwanzig. Waise. Häftling. Und alt. Wem der Vater starb, der war erwachsen, und wen sie festnahmen, der würde sich nie wieder jung fühlen.

Vielleicht hätte er bei den Kommunalwahlen doch wählen sollen. Er war nicht zur Wahl gegangen, aber er war auch nicht in der Elisabethkirche gewesen, wo Hannah sich mit Freunden und Westjournalisten traf. Seine Stimme hatte die SED nicht gebraucht. 98,85 Prozent der Wähler hatten für die Nationale Front gestimmt. Das sollte genügen. Er hatte gelernt, das ganze Wochenende lang, wegen seiner Defizite in Physik. Ihr Lehrer an der EOS war Alkoholiker gewesen, hatte ein Experiment aufgebaut, war im Vorbereitungsraum verschwunden und nach einer Viertelstunde wieder aufgetaucht, schwitzend, mit rotem Gesicht, hatte etwas vom Zweiten Hauptsatz der Thermodynamik erzählt und dem Genie Einsteins. Das Experiment hatte nie funktioniert. Bei keinem Lehrer schrieben sie so gute Arbeiten, weil er zwischendrin immer wieder verschwand, um zu trinken. Er solle trotzdem lernen, hatte sein Vater ihm immer gesagt. Man dürfe sich nicht abhängig machen von anderen, doch er hörte nicht auf ihn, und jetzt war es zu spät. Seit zwei Jahren war Vater tot. Gestorben im Kampf gegen den Faschismus, hatte Vater gesagt, immer wieder, noch auf dem Sterbebett. Er war in Frankreich im Lager gewesen. Seitdem waren die Nieren kaputt. »Ich sterbe in der offenen Feldschlacht«, hatte er gesagt, während die Maschine neben ihm vergeblich versuchte, sein Blut zu reinigen, groß wie ein Schrank und mit diesem schlürfenden Geräusch, das auch nicht aufhörte, als sie ihm den Vaterländischen Verdienstorden in Silber ans Krankenhemd hefteten.

Sieben Tage später war er tot.

Gestorben war er im Kampf gegen den Faschismus, aber einmal, einen kurzen Moment, hatte Carl Cremer fast ein Stück des Sozialismus gerettet. Er hätte schießen sollen, dachte Cremer. Wenn er damals geschossen hätte, wäre ich jetzt nicht hier. Aber wer weiß schon, wann es Zeit ist zu schießen und ob der andere wirklich verdient hat zu sterben. Zu jung war sein Vater gewesen, jünger als er jetzt, zu unerfahren, und er wollte ihm keine Vorwürfe machen.

Hätte er geschossen, damals, und Leutnant Leissner getötet, vielleicht gäbe es diese Zelle dann nicht, nicht dieses Gefängnis, nicht die Stasi und er wäre frei.

Cremer tastete nach dem Becher mit Wasser und trank einen kleinen Schluck. Nicht zu viel. Wer weiß, wann er wieder etwas bekam. Er wusste nicht, ob Tage vergingen oder nur Stunden. Irgendwann war die Zeit ganz aus den Fugen geraten. Die Zeit und der Raum. Mal war sein Körper so aufgedunsen, dass er die ganze Zelle füllte und sie fast platzte. Ein andermal war er so klein, dass er Angst hatte, in einem der Ritze zwischen den Wülsten der Wand zu verschwinden.

Eine Schwester verarztete die Hand. Es war nicht die, die er kannte, sondern eine grobe, gedrungene Frau mit blonden Haaren, die sie streng zurückgebunden hatte. Sie sprach auf ihn ein mit Worten, die er nicht verstand, während sie ein paar Splitter mit der Pinzette herauszog. Er spürte nichts davon. Die Schwester klebte ein großes Pflaster darüber, unter dem eine braunrote, metallisch riechende Salbe hervorquoll.

»Was macht Ihre Hand? Tut sie noch weh?«, fragte Teske besorgt, als die Schwester gegangen war.

Cremer sah ihn an. Er erinnerte sich an ihn. Der Mann meinte es gut mit ihm. Er war keiner von denen, die einen quälten.

»Das ist alles unwichtig im Vergleich zu meinem Kopf«, sagte Cremer. »Der tut mir weh. Aber wenn das hier kein Knast ist, dann können Sie mich Hannah anrufen lassen. Die könnte mir helfen. Bitte. Nur einen Anruf.«

»Herr Cremer, eine Hannah gibt es nicht mehr in Ihrem Leben. Keine, von der ich weiß. Sie haben versucht, sich zu erschießen. Hinter jedem Selbstmord steht ein Geheimnis. Das müssen Sie suchen.«

»Ich erinnere mich nicht an …«

Cremer stockte.

»Jean Paul hat geschrieben, die Erinnerung sei das einzige Paradies, aus dem wir niemals vertrieben werden können«, sagte Teske, »doch da täuschte er sich. Die Erinnerung ist für die meisten kein Paradies, sondern eine Abart der Hölle. Sie sind immerhin zwanzig Jahre dieser Hölle entkommen. Sich nicht zu erinnern ist vielleicht das Paradies, aber wir Menschen können dort nicht bleiben. Was Sie in den letzten Tagen erlebt haben und in der nächsten Zeit durchmachen werden, ist die Vertreibung aus diesem Paradies. Machen Sie sich auf einiges gefasst. Sie werden sich noch zurücksehnen, ohne eine Möglichkeit zur Umkehr.«

»Nehmen wir einmal an, alles, was Sie berichten, sei wahr«, sagte Cremer, »ganz hypothetisch. Wie lautet die Legende, die Sie für mich zurechtgelegt haben? Das heißt jetzt nicht, dass ich Ihnen glauben werde, ich möchte nur wissen, was Sie zu erzählen haben.«

Teske lehnte sich zurück. »Die Kurzversion geht ungefähr so: Ein vierzigjähriger erfolgreicher Antiquitätenhändler namens Paul Cremer, verheiratet, einen Sohn, mit einem Laden irgendwo auf dem Dorf und einer Filiale in Badenweiler setzt sich in seinen Mercedes, fährt damit auf den Schauinsland und schießt sich mit einer Pistole aus dem Schützenverein eine Kugel in den Kopf. Allerdings schießt er wie die meisten Selbstmörder in die Schläfe. Das ist die falsche Methode. Empfehlenswerter ist es, waagrecht in den Mund zu zielen. Paul Cremer wird gefunden, kommt ins Krankenhaus, liegt fast fünf Monate lang im Koma und wird vor wenigen Tagen in unsere neurologische Klinik verlegt, um eine umfassende Rehabilitation zur sozialen Wiedereingliederung vorzunehmen. Die ersten Tests verlaufen zufriedenstellend. Allerdings ist das Kurzzeitgedächtnis betroffen, vor allem der Abruf ist gestört, und was sich aktuell herausstellt, ist eine retrograde Amnesie, die einen Zeitraum von etwas weniger als zwanzig Jahren umfasst.«

»Was heißt das?«

61

»Das heißt, der Patient hat keine Erinnerung an die zwanzig Jahre, die dem versuchten Selbstmord vorangingen, wobei ich davon ausgehe, dass die Erinnerungen noch existieren, aber momentan nicht aktualisiert werden können. Das wird sich vermutlich noch ändern. In den meisten Fällen kehren verschüttete Erinnerungen wieder zurück.«

Cremer versuchte, sich alles zu merken. Auch wenn es nicht stimmte, war es wichtig, dass er wusste, worum es hier ging.

»Was machen Sie, wenn der Patient Ihnen Ihre Version der Geschichte nicht glaubt?«

»Ich versuche ihm zu helfen, die Realität selber zu rekonstruieren. Die Widersprüche in seiner Version zu finden und so festzustellen, dass es einfacher, sinnvoller und richtiger ist, sich an die Realität der anderen anzupassen, anstatt in der privaten Interpretation der Wirklichkeit zu verharren. Wie ist denn Ihre Variante der Geschichte?«

Cremer zögerte kurz, aber er hatte keine Alternativen. Vermutlich wussten sie sowieso alles und wollten es nur aus seinem Mund hören. Das kam ihm bekannt vor. *Wir wissen es längst, aber von Ihnen wollen wir es hören. Von Ihnen, und Sie sollten nicht lügen, das würde uns enttäuschen und das wollen Sie nicht.*

Aber das war nicht die Stimme des Psychologen gewesen, das kam von weither, und am besten wäre es, wenn er die Stimme sofort wieder vergaß.

»Ich habe studiert, in Berlin. Ingenieur wollte ich werden. Ich hatte eine Freundin. Ich war glücklich. An mir war nichts Besonderes, nichts, was interessant wäre, und doch denke ich, dass ich in den Westen verschleppt wurde. Irgendetwas war mit einem Gefängnis, ich weiß nicht genau, was. Und ich wurde am Kopf operiert.

Etwas fehlt mir, das spüre ich, ein Stück von mir ist verschwunden.«

»Und Ihr Gesicht?«, fragte Teske. »Ihr Körper?«

»Ich habe keine Theorie für das, was damit geschehen ist.«

»Kann Sie das überzeugen?«

Cremer schwieg und tastete wortlos über die Narben an der Schläfe.

»Wo hat der Mann versucht, sich umzubringen?«, fragte er Teske.

»Auf dem Schauinsland. Ein Berg hier in der Gegend. Warum fragen Sie?«

»Könnten wir dorthin?«, fragte Cremer. »Ich meine, an die Stelle, an der er das versucht hat.«

Teske zögerte. Vielleicht führte die Konfrontation mit dem Ort dazu, dass er seine Situation akzeptierte, vor allem, weil er aus eigenem Antrieb die Auseinandersetzung suchte. Außerdem wartete nach Arbeitsende nur ein leeres Haus auf ihn, mit dem er sich nicht anfreunden konnte.

»Meinetwegen«, sagte er. »Gegen sechs Uhr hole ich Sie ab. Werden Sie daran denken?«

»Ich versuche es«, sagte Cremer, blieb sitzen, als Teske ging, und murmelte immer wieder vor sich hin, was der Psychologe ihm gesagt hatte, auch wenn das riskant war, denn er merkte, dass die Sätze, die er sich einprägte, immer mehr zu seinen eigenen wurden.

Jemand wummerte gegen die Heizung, aber er hörte nicht hin. Es waren die falschen Signale, ohne jede Bedeutung. Stattdessen strich er sich über den Kopf, wo die Haare langsam wuchsen und die Narben bedeckten. Einmal, als er zu Hannah kam, hatte sie ihre Haare rasiert. Es war Februar, draußen lag Schnee und Kinder zogen Schlitten durch die Straßen. Es war offenbar schwierig gewesen, denn am Hinterkopf standen noch einige widerspenstige Büschel, und hinter dem rechten Ohr war eine lange, blutige Schramme.

Sie hatte sich einen seiner dunklen Pullover angezogen, stand im Türrahmen und sah ihn fordernd an.

»Nenne mich Hans«, verlangte sie. »Ich will wissen, wie es ist als Mann. Du hast es mir bisher nicht erklären können, nicht wirklich jedenfalls, also muss ich es selber versuchen. Sehe ich schon aus wie ein Mann?«

»Du siehst aus wie eine Nonne«, sagte er, um sie zu ärgern, und hatte Erfolg damit. Sie schob beleidigt die Unterlippe vor.

»Männer schmollen nicht«, sagte er. »Das müsstest du dir als Erstes abgewöhnen. Eine schmollende Nonne ist nicht sehr männlich.«

»Was brauche ich?«, fragte sie, und diese Frage war ehrlich gemeint. Er zog seine schwarze Lederjacke aus und gab sie ihr. Es war verstörend, wie anders sie aussah. Plötzlich war nichts Weibliches mehr an ihr. Ihre Bewegungen waren eckiger. Alle Leichtigkeit war verschwunden, als kämpfe sie gegen einen Widerstand. Das lag nicht nur an dem Gewicht der Jacke, die schwerer war, als sie erwartet hatte. Sie nickte ihm nur kurz zu, als sie die Tür hinter sich zufallen ließ. Spät nachts kam sie wieder heim. Sie roch nach Rauch und Bier, als sie sich neben ihm ins Bett fallen ließ. Am nächsten Morgen alberte sie herum, weil ihr Unterhemd auf den Stoppeln hängen blieb, die in der Zwischenzeit gewachsen waren.

»Jetzt frag mich, wo ich letzte Nacht war«, forderte sie, aber er schüttelte den Kopf.

»Das warst nicht du, das war irgend so ein Hans. Kenne ich nicht, nie gesehen, ist mir also egal.«

Sie sah ihn erstaunt an, als ob das nicht die Reaktion

war, die sie erwartete hatte, und blieb in den nächsten Nächten noch länger weg, immer verkleidet mit seiner schweren Jacke, aber er sagte nichts, so dass sie schließlich aufgab. Ein paar Wochen später waren ihre Haare wieder gewachsen, und sie war nur noch ganz selten Hans, meistens, wenn sie sich mit ihm streiten wollte und er einfach schwieg. Dann zog sie die Jacke an, verschränkte die Arme vor der Brust wie er und schwieg zurück, bis beide lachen mussten. Cremer lachte auch jetzt, wo er daran dachte, dann erschrak er, denn sicher gab es hier Wanzen, die jeden Ton aufzeichnen würden. Immer hörten sie alles mit, kein Geräusch würde ihnen entgehen. Schlimmer noch: Hier hatten sie ihn am Kopf operiert und wussten sogar, was er dachte. Vielleicht trug er einen Sender im Hirn, der jeden Gedanken an die anderen funkte.

Er ging ins Badezimmer. Hier war er noch nie gewesen, zumindest erinnerte er sich nicht daran. Über dem Waschbecken hing ein Spiegel, und er studierte sich noch gründlicher als in Teskes Zimmer, diesmal ohne jede Verzweiflung. Das Gesicht war immer noch fremd, aber dahinter war einer, den er kannte, doch er war unsicher, ob das ein Freund war oder ein Feind.

Er war wirklich alt geworden. Mit Hannah hatte er Altsein nur gespielt. Dann durfte er nicht selber essen, und sie fütterte ihn mit Kartoffelbrei und Rotkraut, duschte ihn anschließend ab, zog ihn aus, legte ihn ins Bett und las ihm aus dem *Neuen Deutschland* vor. Sie wollte testen, ob ihre Liebe stark genug wäre auch für schwierige Zeiten und ob sie ihn auch mit achtzig ertragen würde. Ein andermal war sie die Greisin. Er liebte sie in dieser Rolle noch mehr, weil Hannah weniger anstrengend war als sonst, und freute sich darauf, mit ihr zu altern. Siebzig oder achtzig Jahre alt war er gerne. Schwierig war es nur, wenn sie ein Paar um die vierzig spielten. Schweigend saßen sie am Tisch und kauten lustlos auf dem Essen herum, schweigend lasen sie die Zeitung, und anschließend spielten sie schweigend, aber verbissen Karten, schummelten beide und ließen sich nicht dabei erwischen.

»Wollen Sie auch ins Stationszimmer?«, fragte ihn die junge Frau, die plötzlich in seinem Zimmer stand. »Es gibt Kaffee und Kuchen. Die anderen sind auch da.«

Cremer bejahte zögernd und ließ sich von ihr in einen Raum bringen, in dessen Mitte einige Tische standen. Er setzte sich auf einen freien Stuhl neben einen Mann seines Alters. Vielleicht würde er von ihm Informationen bekommen, die ihm helfen würden. Noch bevor er ihn ansprechen konnte, wandte der andere ihm sein Gesicht zu und sagte: »Willkommen im Club. Ich heiße Naumann. Rüdiger Naumann. Sie gehören auch zu dem Verein, nicht?«

»Sie auch?«, fragte er vorsichtig zurück.

»Nein, nicht wirklich«, sagte Naumann. »Ich soll Arzt werden und studiere hier die Patienten. Sie sind auch ein Patient, nicht? Man sieht es ja an den Narben.«

»Das heißt, Sie sind freiwillig hier?«, fragte Cremer ihn.

»Freiwillig, ja, was heißt das schon? Das kann man immer so sehen oder so, was glauben Sie denn, was man alles tun muss. Aussuchen können es sich höchstens die anderen. Wenn ich mich gut führe, dann wird man mich wieder entlassen, und ich kann in meinen Beruf zurück. Ich war Kranführer, dann kam dieser Unfall und jetzt soll ich Doktor werden.«

»Und seit wann sind Sie hier?«

»Gute Frage, seit wann eigentlich? Also, ich glaube, sicher schon einige Jahre oder so, mindestens aber ein paar Wochen. Gestern war ich schon hier, glaube ich. Fragen Sie doch die Bedienung, seit wann wir hier sitzen. Sie sind immer sehr hilfreich, und ich denke, wir sollten sie befördern. Sie machen ihre Aufgabe wirklich sehr gut, aber jetzt müssen wir essen, sonst schimpfen die Lehrer.«

Cremer folgte seiner Aufforderung und versuchte zu verstehen, was sein Tischnachbar gesagt hatte, was nicht leicht war.

»Wollen wir einen Ausflug machen?«, fragte Naumann, als beide ihren Kuchen gegessen hatten.

»Sie dürfen hier raus?«, fragte Cremer erstaunt.

»Klar, Autos, Motorräder, hier gibt es alles, eine tolle Landschaft, schöne Straßen. Früher bin ich Rennen gefahren. Indianapolis, Hockenheim, Monaco und so. Wenn Sie wollen, nehme ich Sie eine Runde mit.«

»Gerne«, sagte Cremer, »am liebsten jetzt gleich.«

»Gut, gehen wir«, sagte Naumann und erhob sich. Cremer folgte ihm durch einen kurzen Gang, zu dessen Seiten die Zimmer abgingen.

»Welches ist Ihr Zimmer?«, fragte er ihn.

»Ich schlafe nicht hier, ich bin in einer Dependance untergebracht, aber warten Sie, die Türe ist verschlossen.«

Er rüttelte an der Tür, die von der Station zum Treppenhaus führte.

»Wo ist der Portier?«, fragte Naumann, »da muss doch ein Portier sitzen. Es gibt hier doch immer einen Portier. Wo ist der Portier? Portier!«

Er rüttelte an der Klinke, bis eine Krankenschwester aus dem Zimmer nebenan kam und ihn sanft an die Hand nahm.

»Herr Naumann, schön, dass Sie hier sind«, sagte sie. »Kommen Sie doch mit, wir haben eine exquisite Suite für Sie vorbereitet.«

Er ließ sich ohne Widerstand abführen.

Die Schwester drehte sich zu Cremer um.

»Unseren Herrn Naumann kann man nicht rauslassen. Letzten Monat ist er uns ausgebüchst, hat in einem Autohaus hier in der Nähe einen Porsche Cayenne mit Sonderausstattung bestellt und ist bei der Probefahrt erst erwischt worden, als er in Basel über die Grenze wollte.«

Cremer wusste nicht, wohin er sich wenden sollte, und trottete schließlich in sein Zimmer zurück.

»Na, haben Sie lange gewartet?«, begrüßte ihn der Psychologe, als er ins Zimmer kam. Cremer dachte nach. Eigentlich hatte er gar nicht gewartet. Der andere war doch gerade erst bei ihm gewesen, vor ein paar Minuten vielleicht, doch das wollte er ihm nicht sagen. Möglicherweise war das die falsche Antwort.

»Wollen Sie immer noch da hin?«, fragte Teske.

Cremer überlegte, was er damit meinte.

»Ich helfe Ihnen« sagte Teske. »Sie wollten auf den Schauinsland. An die Stelle, an der vor einigen Wochen ein Mann versucht hat, sich umzubringen.«

Cremer nickte. »Sie meinen, dass ich der Mann bin, nicht wahr? Sie sagen, dass wir im Jahr 2007 sind. Dass ich vierzig bin. Dass ich einen Mercedes fahre. Dass es einen Sohn gibt. Dass mir zwanzig Jahre fehlen. Eine Amnestie.«

»Amnesie«, korrigierte Teske, »aber darauf kommt es jetzt wirklich nicht an.«

»Geht's los?«, fragte Cremer.

»Es geht los«, sagte Teske und zeigte seinem Patienten den Weg nach unten zum Parkplatz, wo der alte

Golf II stand, den er immernoch fuhr, weil es ihm zu mühsam war, ein neues Auto zu kaufen. Sein Patient sah sich in dem Auto um und verzog das Gesicht.

»Sagen Sie bloß nichts«, sagte Teske, »ich weiß, was Sie denken. Wenn ich mir die Karre anschaue, bezweifle ich selber, dass wir das Jahr 2007 haben.«

Sie fuhren die Ausfahrt der Klinik hinunter. Cremer öffnete die Seitenscheibe, streckte die Hand nach draußen in die warme Abendluft und schloss die Augen. Der Wind roch süß und schwer und streichelte seine Hand. So könnte es bleiben, dieser Augenblick dürfte bis in die Unendlichkeit verlängert werden, und nichts würde ihm fehlen.

»Erinnern Sie sich an die Strecke hier?«, fragte Teske. Sie fuhren ein enges Tal lang. Links von der Straße stand ein schiefergedecktes Bauernhaus, rechts weideten ein paar Schafe. Hier war er nie gewesen, daher schüttelte er den Kopf. Der Talgrund war dunkel, die Sonne längst hinter den fichtenbestandenen Hängen verschwunden. Nur das weiß gekalkte Kloster rechts mit der riesigen Kirche hatte noch etwas Licht in den Mauern gespeichert und legte einen matten Schimmer auf die umliegenden Wiesen.

Die schwarzen Berge bewegten sich leise im Schlaf. Teske bog links ab und fuhr ein kleines Flusstal hinauf, das sich ganz vor der Welt verschloss. Die Kälte des Winters hatte sich darin gefangen, und Cremer kurbelte das Fenster hoch. Moosbewachsene Felsen ragten neben der Straße. Bleich wie die Knochen einer Abdeckerei lagen geschälte Baumstämme. Ein Rindenhaufen roch scharf. Teske schaltete einen Gang zurück, weil der Motor sich gegen die steilen Kehren wehrte. Ein Traktor kam ihnen entgegen, und trotz der geschlossenen Fenster stand plötzlich der beißende Geruch von

Gülle im Wagen. Oben angekommen, blendete das Licht der Sonne, die im Westen über den Vogesen stand. Teske setzte sich eine Sonnenbrille auf, aber Cremer starrte ins Licht, als sähe er es das erste Mal. Über seinem Horizont schwebten zwei Sonnen, und er fühlte sich wie in einer fernen Galaxie, auch wenn er wusste, dass es nur ein Trugbild war. Die Wolkenbänder färbten sich blau. Schwalben jagten Mücken, die von den Kuhfladen aufstiegen, und sichelten die Luft über den Weiden in Scheiben. Wie ein Schattenriss stand eine Kuh gegen den Horizont und verdeckte die Sonne mit ihrem ruhigen, massigen Rücken, dessen Rand aufglomm wie flüssiges Gold. Sie hob ihren Schwanz und pisste einen kräftigen Strahl, in dem das gleißende Licht gebrochen wurde, so dass sich ein leuchtender Fächer in den Regenbogenfarben auffaltete, eingerahmt von goldenen Tröpfchen, in denen ein Funke der Sonne glänzte.

Teske ließ den Wagen im dritten Gang langsam über das Plateau rollen.

»Und jetzt?«, fragte er.

»Da vorne links rein, in die kleine Parkbucht«, sagte Cremer.

Teske stellte den Wagen ab. Er hatte kein Drehbuch für diese Situation. Wenn er Glück hatte, würde Cremer die Initiative übernehmen, doch der starrte aus dem Fenster und schwieg. Teske wurde die Stille unbehaglich. Es wäre spannend zu erfahren, welche Hirnregionen gerade aktiviert wurden, wo die Erinnerung saß und welchen Weg sie nehmen würde.

»Die Windbuchen«, sagte Cremer schließlich und zeigte nach vorn. Die uralten Bäume klammerten sich an den Hang. Der Wind aus der Rheinebene war für deren bizarre Formen verantwortlich, die zweiglose

Westseite und die meterlangen Äste, die sich ihnen verzweifelt wie Fangarme entgegenreckten, die nie etwas halten würden. Die Buchen trugen noch keine Blätter und sahen unendlich traurig aus, unermesslich einsam. Es gab viele von ihnen, aber es war kein Wald, denn keine von ihnen wusste um die anderen Bäume. In einer Senke krallte sich ein schmutziggrauer Schneefleck an die feuchte Erde. Blaue Federwolken schoben sich vor die Sonne. Ihre Ränder fransten rosa aus.

»War es hier?«, fragte er endlich, weil Cremer noch immer nichts gesagt hatte.

»Was? Das Ereignis, von dem Sie die ganze Zeit sprechen? Ich weiß nicht. Ich kenne nur den Ort, die Bäume, den Sonnenuntergang. Was hier passiert ist, weiß ich nicht. Es könnte eine Liebesnacht gewesen sein. Es könnte etwas ganz Belangloses gewesen sein, eine kurze Vesperpause, ein Wurstbrot in der Hand, Musik im Radio. Oder aber ...«

Er schwieg und Teske fragte nicht nach.

»Der Mann, von dem Sie erzählen, warum hat der sich erschossen?«, fragte Cremer nach einer Weile.

Teske hob seine Schultern und ließ sie schwer wieder sinken.

»Ich weiß es nicht. Ich hatte gehofft, dass Sie es mir sagen könnten.«

»Was meint seine Frau?«, fragte Cremer. »Sie sagten, er sei verheiratet.«

Teske zog seine Feierabendschokolade aus dem Handschuhfach und bot Cremer eine Rippe an.

»Seine Frau weiß es auch nicht. Ihr Mann sei glücklich gewesen, das behauptet sie immer. Ein bisschen seltsam zwar, aber glücklicher als viele andere, die sich nicht umbringen. Er habe alles gehabt, was man sich nur wünschen kann. Ein Haus, ein eigenes kleines Geschäft, einen Sohn.«

»Und ich bin Ihrer Meinung nach dieser glückliche Mann?«, fragte Cremer.

Teske registrierte erfreut den ironischen Unterton. Ironiefähigkeit deutet auf komplexe neurologische Prozesse hin. Die hätte er Cremer gar nicht zugetraut.

»Es spricht einiges dafür. Wir könnten sogar einen DNA-Test mit Ihrem Sohn machen, falls Sie das überzeugen würde.«

»Einen was?«, fragte Cremer.

»Egal, vergessen Sie's. Sie erinnern sich wirklich an gar nichts?«

Cremer schüttelte den Kopf.

»Wann hat der Mann das getan?«, fragte er.

»November«, sagte Teske. »Am vierundzwanzigsten.«

»Hannahs Geburtstag«, sagte Cremer.

Teske sah ihn erstaunt an.

»Wer ist Hannah?«, fragte er.

Cremer schwieg wieder.

»Der Selbstmord war also ein Geburtstagsgeschenk«, sagte Teske. »Aber hat es die Empfängerin erreicht, oder wartet sie noch darauf? Und was wird sie sagen, wenn sie das Päckchen öffnet. Wird es sie freuen?«

»Nehmen wir einfach mal an, ich sei der, von dem Sie annehmen, dass ich es bin«, sagte Cremer. »Würde es sich lohnen, mir alles wieder ins Gedächtnis zu rufen? Wenn ich mich wirklich an alles erinnern würde, jedes Detail meines Lebens, jeden Gedanken, jedes Gefühl, wirklich alles. Was wäre dann? Würde ich dann nicht genau das tun, was ich getan habe? Eine Pistole nehmen und mich erschießen? Warum also die Mühe?«

»Sie wären nicht derselbe. Sie wären ein Mensch, dem das Leben zum zweiten Mal geschenkt wurde. Das ist eine Erfahrung, die alles ändern würde. Außerdem haben Sie nicht nur Verantwortung für sich. Es gibt Menschen, die auf Sie warten.«

»Und doch war ich bereit, sie zu verlassen. Für immer. Wenn ich diesen Schritt gegangen war, bei vollem Bewusstsein, warum sollte ich jetzt wieder zurück? Nur weil der erste Versuch gescheitert ist?«

»Ich weiß gar nicht, ob er das wirklich ist, gescheitert, meine ich«, sagte Teske. »Sie schießen sich durch den Kopf, werden gerettet, weil hier zufällig ein Wanderer vorbeikommt und den Notarzt verständigt. Landen nach der Zeit in der Uniklinik bei uns. Typisch missglückter Selbstmord, dachte ich, aber das stimmt nicht. Wir sind die Summe unserer Erinnerungen. Sind diese weg, aus welchen Gründen auch immer, dann sind wir nicht mehr wir selber. Sie waren also im Grunde erfolgreich. Sie haben ihr Selbst ermordet. Es ist nichts übrig geblieben. Paul Cremer ist tot.«

Die Sonne war unter der Wolke durchgetaucht und schien durch die Äste der Buche ins Auto.

»Ich stimme Ihnen nicht zu«, sagte Cremer. »Ich weiß, wer ich bin. Ich habe Erinnerungen. Eine Freundin. Eine Heimat. Studienkollegen …«

»Sie haben nichts davon. Sie sind aus der Zeit gefallen. Ihre Freundin hat jetzt vielleicht das siebte Kind, Ihre DDR ist verschwunden, Ihre ehemaligen Studienkollegen sind seit fünfzehn Jahren im Beruf oder arbeitslos.«

Cremers Hand zitterte; er legte sie auf den Oberschenkel und sah verwundert das weiße Pflaster auf dem Handrücken an.

»Ihr Staat hat 1989 aufgehört zu existieren. Er ist zusammengefallen, nicht mit einem großen Knall, sondern einem kleinen Winseln. Die Mauer ist weg. Die

Stasi wurde aufgelöst, die DDR ist der BRD beigetreten. Dafür ist eine Ostdeutsche inzwischen Bundeskanzlerin. Den Warschauer Pakt gibt es nicht mehr. Die Sowjetunion musste einige ihrer Republiken ziehen lassen. Litauen ist in der Europäischen Union. Russland will der NATO beitreten. Die Tschechoslowakei hat sich in zwei Teile gespalten, Jugoslawien in fünf oder sechs Kleinstaaten. Das wäre so die große Übersicht. Details können Sie in Geschichtsbüchern nachlesen. He, bleiben Sie hier, Herr Cremer.«

Sein Patient hatte die Tür aufgerissen, war über den Weidezaun geklettert und auf die Wiese gerannt, wo das Gras noch platt und braun am Boden klebte, weil es sich von dem langen Winter nicht erholt hatte. Teske wollte ihm nach, aber dann entschied er, Cremer in Ruhe zu lassen. Dort, wo er jetzt war, konnte er weder sich noch anderen etwas antun. Er war wütend auf sich. Cremer war gerade erst dabei zu akzeptieren, dass er selber in die Brüche gegangen war. Es war dumm, ihm gleichzeitig sein gesamtes Weltbild in Trümmer zu schlagen.

Cremer rannte auf die zwei Sonnen zu, die immer schneller untergingen, seine Sonnen, nur er hatte zwei, das wusste er, aber was half ihm das, wenn er kein Messer halten konnte, weil er nicht wusste, welcher von beiden Griffen der richtige war. Vielleicht war das der Trick: Nichts mehr greifen wollen, den Kontakt mit der Welt einstellen und nichts mehr sehen, hören, riechen, nichts mehr berühren und nicht berührt werden, bloß nicht berührt werden von diesen Geschichten, die Teske erzählte. Die Kuh, die verlassen auf der Weide stand, hob ihren Kopf und muhte. Er sah sie bestürzt an, geriet ins Stolpern und blieb stehen, weil er nicht mehr wusste, wohin. Ein Berggipfel im Westen glühte rot auf, als ob Lava überflösse, und er spürte, dass er selber auf einem Vulkan stand, dass der Boden schon brüchig geworden war und jederzeit zerbersten könnte, um ihn zu verschlingen, nichts war mehr sicher, nichts konnte einem Halt geben und niemand einen retten, auch Hannah nicht; schon roch es nach Schwefel und er spürte das dumpfe, mächtige Grollen, mit dem die Erde sich gegen ihn wandte, er versuchte noch, mit den Beinen die Stöße abzufangen, dann brach der Boden auf, das Magma verbrannte die Beine und er warf sich in das Schneefeld, um seine Wunden zu kühlen.

Es kostete Teske eine halbe Stunde und seine ganze Überzeugungskraft, Cremer wieder ins Auto zu bekommen. Die Nachtschwester war wenig begeistert, einen Patienten waschen zu müssen, der nach Erde, Gras und Gülle stank, und Teske hatte sie mit einer Schachtel belgischer Pralinen bestochen, die er für Notfälle bereithielt.

Cremer lag anschließend im Bett, die Augen weit offen. Trotzdem war es dunkel. Schwärzer als hier war es niemals gewesen. Er roch das Gummi der Wände, Wülste breit wie ein Traktorreifen, die einem Angst machten. Er rollte sich immer weiter zusammen und wartete, dass die Wände näher rückten, doch nichts geschah. Die anderen hatten ihm Medikamente gegeben. Die Gedanken flogen wie kleine Wattebäusche durch seinen Schädel und stießen sanft von innen dagegen, so dass es ihn kitzelte. Er bedauerte, sich nicht im Kopf kratzen zu können. Er spürte sogar die Farben der Gedanken und wunderte sich, dass sie so bunt waren. Eigentlich müssten sie schwarz sein, nachtschwarz, kerkerschwarz, schwarzschwarz bei allem, was er erlebt hatte, doch sie leuchteten wie der Regenbogen, den er vorhin gesehen hatte, seltsamerweise, denn es hatte doch gar nicht geregnet.

GRÜNER GEDANKE: Er war nicht ein Mann, er war zwei Männer, das wusste er jetzt, das würde er sich merken müssen. Deswegen sah er doppelt. Zwei Männer sahen aus seinen Augen, und er ging durchs Leben wie ein Paar siamesischer Zwillinge, die am Rücken zusammengewachsen waren, so dass sie sich nie ins Gesicht sehen konnten. Mal bestimmte der eine von ihnen die Richtung, mal bestimmte der andere. Der Körpermann war alt und hatte versucht sich zu erschießen. Ein alter Mann mit einer Kugel im Kopf. DAS WAR GELB.

Der Kopfmann war noch jung, Anfang zwanzig und lebte im Osten. Er hatte Hannah. Er würde sich nie umbringen, egal, was geschah, das würde er nicht. HELLBLAU.

Auf Dauer waren zwei zuviel, und er würde dafür sorgen, dass der Kopfmann gewann. Der Kopf sagt ICH, der Körper muss folgen. MEERBLAU.

Allerdings hatte der Körpermann die Welt auf seiner Seite, die Realität und die Zeit. ORANGE.

All das würde der Kopf überwinden. BRAUN.

Das war eine große Aufgabe, an der der Kopfmann nur scheitern konnte, doch er würde nicht kampflos aufgeben. Der Körper hatte die Zeit als Verbündeten, aber der Kopf hatte den Willen. DUNKELBRAUN.

Und warum hatte der Körpermann versucht sich umzubringen?

Wenn er das herausbekam, würde er vielleicht alles andere verstehen.

Warum?

SCHWARZ.

Cremer ging am nächsten Tag mit vorsichtigen Schritten durch den Flur. Die Augen fühlten sich wund an von der Brille, die er seit zwei Stunden trug und die die Welt wieder eindeutig machte. Seit er diese Brille trug, fühlte er sich eingesperrt. Wo sich vorher die Welt im Ungefähren verlor, war jetzt eine Wand, eine verschlossene Tür, ein vergittertes Fenster. Vor der Tür hing eine umgedrehte Plastikflasche. Er drückte darauf, und eine durchsichtige Flüssigkeit spritzte auf den Boden, die seifig und scharf roch. Irgendetwas vermisste er an der Tür. Gestern noch hatte da eine Zahl gestanden. 375, in grauschwarzer Schrift, und nie durfte er raus ohne Wärter. Heute war sie verschwunden, und er tastete verwundert über das Holz, doch er fand die Stelle nicht. Vielleicht war die ganze Tür neu. Eigentlich war sie aus Eisen gewesen, nicht aus Holz, doch er konnte sich täuschen. Auch die Reißleinen an der Wand waren verschwunden. Wie lösten die jetzt Alarm aus, wenn er sich widersetzte?

Zwei Türen weiter war ein kleiner Saal mit einigen Tischen. In eine Wand des Saals war über die gesamte Länge ein Aquarium eingelassen. Er setzte sich und schaute hinein. Direkt vor ihm kroch eine kleine Schnecke die Glasscheibe hinauf, streckte ihre Fühler in seine Richtung, als ob sie seine Anwesenheit spürte, und kroch nach einer kurzen Begegnung ihrer Blicke weiter.

Wer langsam macht, kommt schneller an; ein Satz Hannahs, geschrieben auf das Haus einer Weinbergschnecke; ein Geschenk von ihr, zu seinem zwanzigsten oder einundzwanzigsten Geburtstag, aber er hatte es weniger als Geschenk verstanden, sondern mehr als Angriff auf seine Geschwindigkeit.

Hinter der Schnecke erhob sich ein Fels aus dem Sandboden. Auf ihm wuchs ein rosaweißer Pilz, der sich sanft in der Strömung wiegte, keine Pflanze, mehr ein Tier, das einen unendlichen Augenblick der Ruhe genoss, bevor es gleich wieder losschwimmen würde, um mit ein paar kräftigen Bewegungen in der dunklen Höhle zu verschwinden, aus der jetzt ein ganzer Schwarm winziger blauer Fische schoss. Kalt glänzende Leiber. Flossen zuckten. Angst drängte an Angst. Kurz blieben sie stehen, flitzten im rechten Winkel zur bisherigen Bewegung und verschwanden hinter einer Pflanze, deren gewellte, hautfarbene Lappen ihnen Schutz boten vor ihrem Verfolger: einem rotorange gestreiften Fisch mit fast durchsichtiger Hinterflosse, auf dessen Rücken Stacheln standen, die fast so lang waren wie der Körper des Fisches, und der den Schwarm, der vor ihm geflüchtet war, ignorierte, als existierte er gar nicht.

»Schön, nicht wahr«, sagte eine Stimme direkt hinter ihm, und er schreckte hoch und sah einen Mann, der sich ungeschickt auf eine Krücke lehnte und mit der freien Hand Richtung Aquarium zeigte. Der ganze Mann zitterte, am schlimmsten der aufgedunsene Kopf. Nur seine grauen Augen waren ruhig und sahen auf Cremer.

»Schön, aber tödlich. In den Rückenflossen ist ein Gift. Wenn sie einen stechen, versagt der Kreislauf und der Atem stockt. Mit ein bisschen Glück schafft man es rechtzeitig zurück an Land. Nach ein, zwei Tagen sind die Symptome vorbei. Wer kein Glück hat, bleibt im Wasser. Ich bin getaucht, früher einmal. Deshalb bin ich gerne hier, wenn die anderen in ihren Therapien sind. Ich bekomme keine Therapien mehr. Und Sie? Sie sind sicher der Kopfschuss.«

Cremer rückte auf dem Stuhl ein wenig zurück, weil der andere ihm zu nahe gekommen war.

»Wundern Sie sich nicht, dass ich das weiß. Wir sind eine kleine Station, und wenn ein Neuer kommt, wissen wir bald, was mit ihm los ist, zumindest die, die noch denken können. Wie ist das bei Ihnen? Was genau fehlt Ihnen? Sprechen können Sie doch? Ich heiße Levin, Franz Levin, Hirntumor, leider.«

Der andere setzte sich ihm gegenüber.

»Ich heiße Cremer«, sagte er. »Sprechen kann ich. Denken auch. Nur erinnern ist schwierig.«

»Dann müssen Sie das lernen«, sagte Levin. »Erinnern ist das Wichtigste. Wenn es nichts mehr gibt, keine Wahrnehmung, keinen Kontakt mit der Welt, keine Hoffnung, dann bleibt immer noch die Erinnerung. Die letzten zwei Wochen lag ich im Bett und konnte mich nicht bewegen. Der Hirndruck, wissen Sie. Eine Sonde im Magen fürs Essen. Nicht sprechen. Nichts hören und nichts sehen, außer dem Helligkeitsunterschied zwischen Tag und Nacht. Wie tot lag ich und doch war Leben in mir. Fast alles war noch einmal da: Meine Eltern waren da, ihre Sorge um mich, weil ich immer Ohrenschmerzen hatte, und mein erstes Auto, ein gelber Peugeot. Rotes Lenkrad, und auf dem Beifahrersitz Annabelle, meine damalige Freundin. Der erste Sonnenuntergang am Meer mit meiner Frau in einem kleinen Ort an der portugiesischen Küste, der vorher tagelang im Nebel gelegen hatte. Die Geburt unserer Tochter. Zwanzig Stunden lang Wehen und am Schluss doch ein Kaiserschnitt. Wie sie schwimmen lernte im Roten Meer, eine gelbe Taucherbrille vor den Augen wegen des Salzwassers. Als sie einen Rochen gesehen hatte, war das vorbei mit dem Schwimmen. Ab da bauten wir Sandburgen. Ich sah wieder den Tag, an dem ich entlassen wurde, weil ich nicht mehr ins Team passte. Alle hatten gedacht, ich sei faul geworden oder unfähig. Ich hätte mich zum Nachteil verändert. Ungeduldiger sei ich, jähzornig und unbeherrscht, aber das war doch nicht ich. Das war der Tumor in meinem Kopf, von dem keiner wusste, am wenigsten ich selbst. Nicht ich war das, verstehen Sie? Nicht ich!«

Levin tippte sich an den Schädel.

»Ich erlebte die Freiheit wieder in den ersten Tagen der Arbeitslosigkeit. Lange schlafen. Nichts mehr tun müssen. Ein Minimum an Verantwortung. Später dann die Schlangen vor dem Zimmer im Arbeitsamt. Die Verzweiflung. Ich lag in dem Bett hier in der Klinik, und doch war mein Leben reich und erfüllt. Nichts fehlte mir, kein Geruch, keine Berührung, kein Gedanke und kein Gefühl. Sie müssen sich erinnern, Herr Cremer. Versprechen Sie das.«

»Sie erinnern sich auch gerne an die Verzweiflung?«, fragte Cremer.

»Alles andere wäre feige«, sagte Levin. »Ich sterbe. Ich habe keine Zeit mehr für Feigheit. Ich kann nur mit Ihnen reden, weil ich Cortison bekomme. Das verkleinert die Wasserblase um den Tumor, so dass sie nicht mehr aufs Hirn drückt. Aber der Tumor wächst; eine Woche habe ich noch, sagen die Ärzte, vielleicht zwei, dann werde ich wieder im Bett liegen, blind, taub und stumm und versinke in der Erinnerung, und wenn es nur noch Erinnerung gibt und keine Gegenwart mehr, dann ist das das Ende.«

»Haben Sie Angst?«, fragte Cremer.

»Nicht um mich«, sagte Levin, »nur um meine Frau und meine Tochter. Ich hoffe, Sie schaffen das. Mein Sterben wird hässlich sein, sagen die Ärzte, deshalb bleibe ich in der Klinik, auch wenn man hier normalerweise nur sein darf, wenn man auf dem Weg zur Besserung ist. Aber vielleicht sind wir Sterbende das ja. Was wissen wir schon? Also, Herr Cremer, arbeiten Sie an Ihrer Erinnerung.«

Die Tür öffnete sich und eine kleine, vielleicht dreißigjährige Frau kam herein, mit vorsichtigen Schritten und einem Blick, der gleichzeitig erstaunt und so fordernd war, dass Cremer am liebsten vor ihm geflüchtet wäre. Ihre blonden Haare hingen strähnig vors Gesicht und verdeckten die Narbe, die ihre Stirn in zwei Hälften spaltete.

»Hallo, Charlie«, sagte Levin. »Darf ich dir Herrn Cremer vorstellen. Er hat versucht sich zu erschießen.«

Sie sah Cremer erstaunt an, kam näher und blieb direkt vor ihm stehen, so dass er die Wärme ihres Körpers im Gesicht spüren konnte. Er blieb auf dem Stuhl hocken wie erstarrt.

Sie legte beide Handflächen auf seine Schläfen und stand einige Atemzüge unbewegt. Cremer blickte nach oben in ihr Gesicht. Ihre Lippen bewegten sich sehr langsam und vorsichtig, und er versuchte vergeblich zu lesen, was sie sagten, doch er spürte, dass es eine Art von Gebet war. Sie betete für ihn, segnete den wunden Kopf, und er wusste nicht, wie lange sie so stand, aber spürte, dass ein Druck von ihm gewichen war, als sie die Hände langsam löste, einen Moment noch im Abstand von drei oder vier Fingern von seinem Kopf hielt und sich dann setzte und ins Aquarium sah.

»Kein Fisch will sterben«, sagte sie, »keine Pflanze, kein Stein.«

Sie sprach weder zu Cremer noch zu Levin und traf diese Feststellung mit einer Bestimmtheit, die beide erschreckte. Sie sah ins Aquarium mit einem Blick, der so ruhig war, dass ihre Pupillen sich nicht einmal von den Bewegungen der Fische irritieren ließen.

»Charlie hatte einen Fahrradunfall«, sagte Levin. »Seither sieht sie die Welt nicht wie wir; sie sieht nur Symbole.«

Die Tür öffnete sich wieder, Naumann kam rein, setzte sich neben Cremer und fing an zu reden.

»Diese Dinger da haben wir von unserer letzten Expedition mitgebracht«, sagte der Mann. »Wir haben einen Film gedreht, wahnsinnig aufwändig, mit Schwimmbooten und allem, was dazugehört. Bei einem Tauchgang hat mich einer von ihnen angegriffen, und ich konnte gerade noch in den Kasten mit den Stäben fliehen, mit dem wir uns schützten, aber wenn mein Bruder nicht dieses Pulver ins Wasser gestreut hätte, dann wäre ich jetzt nicht hier, sondern würde auf dem Grund des Wassers, also des Salzwassers, liegen. Nicht? Sehr salzig. Immer kochen sie hier zu salzig, das müsste man ihnen mal sagen, dass sie weniger Salz nehmen sollen, denn gesund ist das auf keinen Fall, wir haben doch sicher diese …«

Charlie drehte sich um und Naumann schwieg, als erwarte er ein Urteil.

»Er ist verdammt«, sagte sie. »Er hat vergessen, dass er vergisst. Das ist das Schlimmste. Wir alle wissen, dass uns etwas fehlt, aber er weiß nicht einmal das. Er ist zu krank, um traurig zu sein. Ohne Trauer aber sind wir verloren.«

Sie sah Naumann an; sie sprach ihm direkt ins Gesicht, aber Cremer spürte, dass sie auch ihn meinte, und ertrug es nicht, stand etwas zu heftig auf, schob den Stuhl zur Seite, nickte den anderen kurz zu und ging wortlos in sein Zimmer.

Teske fuhr zu Cremers Frau. Bei den Gesprächen in den Tagen zuvor hatte sie nicht glücklich geklungen,

als er ihr über die Fortschritte ihres Mannes berichtet
hatte, aber das kannte Teske von anderen Angehörigen.
Es war leichter, einen Zustand zu akzeptieren, als sich
an die Veränderung zu gewöhnen.

Der Weg zu ihr war lang und führte über schmale
Straßen. Ihm war übel von den Kurven geworden. Das
Haus lag in einer Sackgasse am Nordhang eines schmalen Tals, oberhalb einer Ansammlung von Bauernhö-
fen. Morgens um zehn tastete sich ein einzelner Son-
nenstrahl durch eine kleine Lichtung des Waldes und
erreichte kaum das Dach des Hauses, dessen schwarze
Ziegel kurz aufleuchteten, als Teske seinen Wagen
parkte. Tiefer sank das Licht nicht. Der Rest des Hauses blieb im Schatten, und der Boden knirschte wie ge-
froren, als Teske den Eingang suchte. Eine Hundehütte
stand leer, die schwere Kette hing von der Wand. Gänse
schnatterten kurz und wütend, und Teske erwartete,
dass sich gleich ein ganzer Schwarm auf ihn stürzen
würde, doch nichts geschah.

Vor dem Haus lag ein riesiger Findling, zwei oder
drei Meter hoch, ein quadratischer Klotz aus einem
Würfelspiel der Giganten. *Antiquitäten* stand über dem
Scheunentor. Ein Messingkessel wartete auf Käufer,
Pferdegeschirr, ein paar Kuhglocken. In dem Schneehaufen daneben rostete eine Egge. Das Tor war geschlossen. Ein Schild bat Interessenten, im Wohnhaus
gegenüber zu klingeln, aus Krankheitsgründen sei der
Laden momentan nicht besetzt.

Der Ton der Klingel kam dumpf aus der Tiefe des
Hauses, und Teske wartete länger, als er wollte, bis die
Tür geöffnet wurde. Die Frau, die ihm gegenüber-
stand, war nicht Frau Cremer. Sie war alt, grauhaarig
und gebeugt und begrüßte ihn mit einer Stimme, die
so tief war, als ob ein Mann aus ihr sprach. Sie heiße

Albiez, die Letzte dieses Namens, leider die Letzte. So alt sie war, so seltsam faltenlos war ihre Haut, glatt und glänzend, fast durchsichtig, wie bei jungen Mädchen oder Elfen. Sie bat ihn herein. Ihre Tochter werde gleich für ihn da sein.

Die Decke war niedrig. Außerdem stank es nach Gülle.

Ob er etwas trinken wolle, einen Tee vielleicht, bei dieser Kälte sei ein Tee doch sicher das Richtige. Er nickte und kam mit in die Küche. Durch die Schießschartenfenster würde selbst im Sommer kein Licht diese Wohnung erreichen, doch jetzt war kein Sommer, und alles lag im Dämmer, nur die Haut der Alten schien zu phosphoreszieren, als ob ein grünliches Licht von ihrem Gesicht ausging oder den Händen, die mit ruhigen und präzisen Bewegungen das Wasser aufsetzten und zwei Beutel Tee in eine Kanne hängten, während sie auf ihn einredete mit ihrer beängstigenden Stimme. Sie sprach vom Holz, das man machen müsse, und dem Hühnerstall, wo der Zaun gerichtet werden sollte, denn wieder hätte der Marder ein Huhn geholt, das heißt nicht geholt, sondern totgebissen und leergetrunken, so dass man es nur noch habe wegwerfen können wie ein Stück Gummi, denn der Marder sauge nicht nur die Adern aus, er sauge Blut aus jedem Organ, jeder einzelnen Zelle, und was bliebe, fühle sich nicht so an, als habe es jemals gelebt. Auch der Ofen ziehe nicht mehr richtig, dringend müsse man sich darum kümmern, aber alles sei so mühsam, wenn der Mann fehle, aber so sei es immer gewesen in ihrer Familie, in jeder Generation, immer sei der Mann auf und davon, zu irgendeiner anderen Frau, in irgendein anderes Land, irgendeinen Krieg oder irgendeinen Tod, irgendetwas hätten sie immer gefunden, die Männer, sie habe sich daher nicht wirklich gewundert, dass auch Paul gegangen sei, und daher habe sie keinerlei Hoffnung, er würde zurückkehren. Das sei der Bann, der auf den Salpeterern liege, seit der Salpeter-Hans im Gefängnis in Freiburg gestorben war, vor bald dreihundert Jahren, dabei seien sie schon lange keine Salpeterer mehr, das sei längst vorbei, aber so ein Fluch, der löse sich nur langsam von einer Familie, wie Teer hänge er daran und ginge nicht mehr weg, vor allem, wenn er vom Abt eines Klosters ausgesprochen wurde, das so alt und ehrwürdig war wie das in Sankt Blasien. Sie hätte gehofft, damals, als sie noch jung war, dass es helfen würde zurückzukehren, dahin, wo alles begonnen hatte, und deswegen seien sie hierher gekommen, als man im Banat nicht mehr habe bleiben können nach dem Krieg, aber es war vergeblich, die Kerzen in Sankt Blasien hätten nichts gebracht und nicht die Kapelle, die sie mit eigenen Händen damals errichtet hatte, oben am Waldrand. Ein Fluch sei stärker als die Macht Gottes, das habe sie schließlich eingesehen und sei demütig geworden, aber ihre Tochter wolle das nicht. Die wehre sich dagegen, verständlich, das hätte sie auch getan, als sie noch jung war, verständlich sei das, aber sinnlos.

»Tut mir leid, dass ich so spät komme«, sagte Frau Cremer und Teske drehte sich um. Sie sah aus, als hätte sie gerade geduscht; die Haare waren noch feucht und das Gesicht errötet.

»Na, Mutter, wieder der Fluch der Familie? Hören Sie nicht darauf, Herr Doktor Teske.«

»Es hat mich sehr gefreut mit Ihnen zu reden«, sagte die Alte, reichte ihm die Hand, deren Haut trocken und kalt war, und ging langsam aus dem Zimmer.

»Wovon redet sie?«, fragte Teske.

»Vor über zweihundertfünfzig Jahren kämpften hier die Salpeterer gegen das Kloster und die Regierung. Die Rädelsführer hat man ins Banat deportiert, darunter Hans Albiez, ihren Anführer, einer unserer Vorfahren. Vor sechzig Jahren ist unsere Familie zurückgekehrt. Es ist ihr alter Hof. Jetzt könnte alles gut sein, aber trotzdem redet sie dauernd von diesen alten Geschichten.«

Frau Cremer führte Teske ins Wohnzimmer. Die Außenwände standen schief, als müssten sie sich dem Hang entgegenstemmen, der das Haus sonst einfach ins Tal schieben würde. Die Fenster waren größer als in der Küche, aber dafür schluckten schwere Möbel das Licht, das sich ins Innere verirrte.

Teske setzte sich auf ein Sofa mit dunkelgrünem Bezug.

»Jugendstil«, sagte Frau Cremer. »Paul hat es restauriert. Sie hätten es vorher sehen sollen. Es stand dreißig Jahre lang im Hundezimmer des Vorbesitzers. Jetzt ist es so viel wert wie ein Auto.«

Sie erklärte ihm die anderen Möbel, und er war erstaunt, was die alten Schränke kosteten. Später versuchte er vergeblich, Details aus Cremers Leben vor der Ehe herauszufinden, aber sein Patient kam aus dem Nichts. Keine Freunde aus der Zeit vor seiner Ehe gebe es, keine Reisen zu den Orten seiner Kindheit, keine Familienangehörigen. Er habe keine Geschwister, Jugendfreunde, Schulkameraden, Studienkollegen. Er sei in Ost-Berlin aufgewachsen, und sie vermutete irgendwie Schlimmes. Er habe nachts oft Albträume gehabt. Schweißausbrüche. Um ihn sei immer eine Unruhe gewesen, aber er habe nicht darüber reden wollen, und das müsse man respektieren. Ein jeder Stand habe seine Plagen. Ihr sei es auch nicht immer leicht gewesen, ihr

Leben hier auf dem Hof, wo sie immer habe arbeiten müssen, und dann sei ihr Vater im Banat verschollen und die Mutter sei auch nicht gut zu haben. Aber darüber reden mache schließlich nichts besser. Das hätte doch nichts geändert.

Teske schüttelte den Kopf und die Frau sprach weiter.

Cremer habe früh die Eltern verloren, das Studium abgebrochen und sei nach dem Mauerfall in den Schwarzwald gekommen, weil ihm das die abgelegenste Gegend innerhalb Deutschlands schien. Sie habe ihn bei einem Schützenfest kennen gelernt. Plötzlich sei er im Dorf aufgetaucht und habe mit jedem Schuss ins Schwarze getroffen, egal ob mit Pistole oder Gewehr, und die Männer, die Fremde sonst nicht mögen, hätten ihn damit akzeptiert, vor allem, weil er kräftig habe arbeiten können. Er habe unten im Haus von Bauer Anders gewohnt und bei ihrem Vater gejobbt, und langsam sei er ein Teil der Familie geworden, auch deswegen, weil er keine eigene hatte, und so sei es gekommen, dass sie heirateten, auch deswegen, weil sie schwanger geworden sei mit Thomas. Ihr Mann habe das Geschäft des Vaters übernommen, als der zurück ins Banat sei. Alles sei gut gelaufen, und es habe nie Probleme gegeben, daher wisse sie definitiv nicht die Ursache für den Vorfall auf dem Schauinsland. Das einzig Auffällige bei ihrem Mann sei gewesen, dass er vor etwa einem Jahr angefangen habe Gedichte zu lesen, das habe sie natürlich schon ein wenig beunruhigt, vor allem, weil sie das Gefühl hatte, dass er die Gedichte nicht wirklich verstand, sondern zu entschlüsseln versuchte, als sitze er vor einer Geheimschrift, die ihm widerstehe, aber das sei kein Wunder, er solle doch selber einmal lesen.

Sie holte Teske einen Stapel Bücher aus Cremers Zimmer. Er schlug einen der Bände auf und las:

lettern: fraktur oder bills schnörkellose Linien
auf grundlosem weiß
immer worte geschmiedet, immer
das schreibeisen im feuer
von staats wegen gekühlt
und brennt in der wunde.

Teske versuchte ein anderes Buch.

nicht so, nein! bestimmt nicht! aber auch
nicht anders, sondern
kühner! wagemutiger! geradezu toll!
nicht gesagt, doch geschrieben, immerhin das.
am anfang der notate
baumelt so etwas wie seele am seil.

Er klappte das Buch wieder zu. Auch die anderen waren Sammlungen moderner deutscher Lyrik. Dass sein Patient die Gedichte nicht verstand, war ein gutes Zeichen. Alles andere hätte Teske als einen Hinweis auf eine Form von Schizophrenie gewertet, die nicht erkannt worden war.

Frau Cremer war seitlich von ihm stehen geblieben und versuchte, über seine Schultern mitzulesen, und er spürte einen leichten Druck am Rücken und wagte nicht, sich umzudrehen, um festzustellen, ob es ihre Arme waren oder ihre Brust. Er gab ihr die Bücher wieder, und sie sprach weiter. Es sei im Grunde also alles erträglich gewesen, sagte sie, auch wenn es zwischen Thomas und ihrem Mann immer wieder Auseinandersetzungen gegeben hätte. Ihr Sohn spreche im Übrigen kaum mehr, seit er von dem Ereignis erfahren habe. Außerdem schreibe der Sachbearbeiter des Finanzamtes immer unverschämtere Briefe. Teske möge daher doch bitte alles in seinen Möglichkeiten Stehende tun, um die Kombination für den Tresor ihres Mannes herauszubekommen. Sie benötige dringend Unterlagen für die Steuer.

Teske sah seinen Patienten an, der bewegungslos aus dem Fenster blickte.

»Ich habe mit Ihrer Frau gesprochen«, sagte er und Cremer drehte sich langsam zu ihm um.

»Wissen Sie, wer ich bin?«, fragte Teske, und sein Patient nickte müde und mit einem Blick, der von weither kam.

»Ihre Frau hat mir von Ihnen erzählt«, sagte Teske. »Von Ihrer Arbeit. Dass Sie Möbel restaurieren und Gedichte lesen. Haben Sie Lust, darüber zu reden?«

Cremer sah ihn misstrauisch an. Er wusste, dass der Psychologe vom Körpermann sprach, dem Antiquitätenhändler, der sich erschossen hat. Er wusste, dass dieser Mann in ihm lebte, auch wenn sein Kopf wusste, wer er wirklich war. Gleichzeitig war er noch immer besorgt wegen Charlies Worten. *Zu krank, um traurig zu sein.* Was, wenn das auch auf ihn zutreffen würde? Müsste er dann all das lernen, was er vergessen hatte? Und wie könnte er kontrollieren, dass alles stimmte und sie nicht ein Leben für ihn entwarfen, das er nie gelebt hatte, nur um zu sehen, ob er sich hineinfinden würde? Wie verhindern, dass sie ihn benutzten wie eine leere Musikkassette, auf die sie fremde Lieder überspielen? Überhaupt seine Kassetten: Mit Thomas hatte er Hunderte aufgenommen; irgendwo müssten die immernoch sein. Er vermisste richtige Musik. Manchmal lief zwar das Radio im Speisesaal, aber nicht die Lieder, die er hören wollte.

»Sie erinnern sich an Ihre Frau?«, fragte Teske.

»Ich weiß nichts davon, dass ich verheiratet bin«, antwortete Cremer. »Und ich sehe nicht ein, dass Sie sich besser in meinem Leben auskennen wollen als ich. Es ist mein Leben. Selbst, wenn ich etwas vergessen haben sollte, ist es immernoch mein Leben. Ich will nicht, dass Sie mich an etwas erinnern, was mir nicht von alleine einfällt. Wenn man ein Blatt mit Geheimtinte beschrieben hat, dann bringt man die Worte nicht zum Erscheinen, indem man sie noch einmal nachfährt oder anderes darüber schreibt. Man muss die Methode kennen, um sie sichtbar zu machen. Man erhitzt das Blatt, wenn es mit Zitronensaft beschrieben ist. Oder man schreibt mit Gerbsäure und braucht Eisensulfatlösung zum Lesen. Oder man nimmt Obstsaft und UV-Licht. Ich weiß nicht, was mit mir passiert ist. Aber ich bin nicht bereit, mich von Ihnen beschreiben zu lassen. Verstehen Sie das? Wenn Sie eine Methode finden, das zum Vorschein zu bringen, was verschwunden ist, werde ich Ihnen vielleicht sogar dankbar sein«, sagte Cremer.

Teske wusste nicht, was er sagen sollte, und war froh, als eine der Praktikantinnen hereinkam, um Cremer abzuholen. Sie führte ihn in ein abgedunkeltes Zimmer und setzte ihn vor einen Bildschirm, um seine Reaktionszeit zu testen.

»Auf dem Bildschirm sehen Sie gleich rosa Punkte, wie kleine UFOs. Zielen Sie mit der Maus darauf.«

Cremer starrte auf den Bildschirm. Ein leuchtender rosa Fleck flog aus der linken oberen Ecke nach rechts unten und hinterließ auf seiner Flugbahn eine gepunktete Linie. Er wartete auf die Maus, aber es kam keine.

Die Frau wurde ungeduldig. »Bitte, Herr Cremer, jetzt zielen Sie mit der Maus, bitte, wir müssen doch Ihre Reaktionsfähigkeit trainieren.«

Cremer sah den Punkten hinterher, die in verschiedenem Tempo über den Bildschirm flogen.

»Herr Cremer«, sagte sie jetzt schon deutlich weniger freundlich, »die Maus.«

»Ich sehe keine Maus«, sagte er schließlich resigniert, weil er sie nicht enttäuschen wollte. Wenn er sich anstrengte, würde sie vielleicht anschließend einen Kaffee mit ihm trinken.

»Das ist die Maus«, sagte sie, und er genoss es, wie sie seine Hand nahm und auf ein halbrundes Plastikteil neben der Tastatur des Computers legte.

»Das ist die Maus«, sagte er skeptisch, bewegte sie hin und her und verfolgte auf dem Bildschirm, wie ein kleiner Pfeil seine Bewegungen umsetzte. Gute Computer hatten sie hier im Westen, dachte er, das musste man zugeben, ein interessantes System.

»Können wir?«, fragte sie.

Jetzt war er bereit und schoss die Punkte ab und freute sich, als sie feststellte, dass seine Reaktionszeit besser war als die von 90 Prozent der Männer seiner Altersgruppe, auch wenn er ahnte, was die Frau für seine Altersgruppe hielt, und daher nicht genau nachfragte.

Als Nächstes spielte der Computer eine Straßenszene vor, und er sollte sich Details merken, doch während er sie ansah, ging die Tür auf, und die übrigen Plätze wurden von einer Gruppe Patienten besetzt. Cremer begrüßte sie vorsichtig und musterte ihre Gesichter. Eines kam ihm bekannt vor, doch bevor er sich erinnern konnte, setzte der Mann sich schon neben ihn und sah auf den Computerbildschirm.

»Pst«, sagte der andere, »Sie sind auch beim Geheimdienst, nicht wahr? Achten Sie auf den Film. Hier, der Mann, der aus der Teestube schaut. Der hat etwas in die Tasche gesteckt bekommen von der Frau am Kiosk. Und die Fahrzeuge, die vorbeifahren: Krankenwagen,

Laster, zwei Busse. Das ist ein Signal. Noch wissen wir nicht, was es bedeutet, aber ich habe den Film schon zwanzigmal ansehen müssen. Ich bin Experte, wissen Sie, Chiffrierexperte …«

»Herr Naumann«, unterbrach ihn die Frau, mit der Cremer jetzt lieber alleine gewesen wäre, »kommen Sie bitte an diesen Computer hier.«

Sie betonte jede Silbe überdeutlich, und Cremer war froh, dass sie mit ihm anders sprach. Er war vergleichsweise normal, dachte er. Eigentlich ganz normal. Da war nur dieses Problem mit den zwei Männern. Aber das würde er regeln. So oder so.

Er wurde zurück in sein Zimmer geführt.

Gute Besserung wünschen Christiane und Thomas.

Das stand auf der Genesungskarte, die immernoch an die Wand gepinnt war. Die Karte stammte aus seinem anderen Leben. Den Jahren, die verschwunden waren, aber noch irgendwo steckten, ganz klein zusammengepresst im Kopf; eine Zeitbombe, die gleich hochgehen könnte. Vater war er, so sagten sie hier, dabei war er immer Kind gewesen, Vaters Kind, bis zu dem Tag, als der starb, und eigentlich noch darüber hinaus, bis zur Beerdigung oder noch länger und er wirklich begriff: Ich bin allein.

In dem Augenblick war er erwachsen geworden. Jetzt hatte er selbst einen Sohn. Thomas hieß er. So wie der Freund. Der ehemalige Freund. Wer weiß, wo der jetzt lebte. Ob er noch immer Gitarre spielte?

Es war ein erschreckender Gedanke, einen Sohn zu haben. So erschreckend, dass er gar nicht darüber nachdenken wollte. Jetzt hatte er andere Probleme und würde sie Schritt für Schritt lösen müssen. Zuerst müsste er den Körper verjüngen, um wieder darin heimisch zu werden. Er müsste das Alter von Kopf und Körper annähern, bis sie sich in der Mitte trafen. Wenn er ganz gesund war, wenn er sein altes Leben wieder ganz und gar erinnern könnte, wenn alles war, wie zuvor, dann würde er wissen, warum er versucht hatte, sich zu erschießen. Das nächste Mal würde er richtig zielen. Der Psychologe hatte ihm gezeigt, was zu tun war.

Es klopfte an die Tür. Herein kam die Frau mit den tiefschwarzen Augen.

»Hallo, Fabienne, schön Sie zu sehen«, sagte er und streckte ihr die Hand zur Begrüßung hin. Er war überrascht, dass er sich an ihren Namen erinnerte. Hätte man ihn danach gefragt, hätte er ihn nicht gewusst.

»Das mit dem Namen klappt ja schon ganz gut«, sagte sie lächelnd, »aber wir geben uns die Hand hier nicht jedes Mal, wenn wir uns sehen, sondern nur bei der Entlassung, und Sie bleiben ja noch ein wenig.«

»Und wenn jemand neu kommt?«

»Dann sind die meisten nicht in der Lage, auch nur den Finger zu heben«, sagte sie und sah auf seine Hand, die immer noch in der Luft hing. Schließlich gab sie auf und erwiderte seine Begrüßung mit einem kurzen, antiseptischen Händedruck.

»Es gibt Abendessen im Speisesaal«, sagte sie. »Kommen Sie mit?«

Cremer nickte und folgte ihr. Die beiden waren die Letzten, die hereinkamen. Am Tisch vor dem Südfenster saß ein alter Mann im Rollstuhl, neben ihm eine Krankenschwester. Sein Gesicht war verwüstet; eine Landschaft zerrissen von einer Sintflut aus Schnaps. Seine Lippen bewegten sich hektisch, als wollte er etwas sagen, aber kein Laut war zu hören. Dafür schnappte er gierig nach dem Löffel, den ihm die Krankenschwester in den Mund steckte, immer wachsam, als drohe eine Gefahr von dem Alten.

Am Tisch daneben saß Charlie. Cremer war froh, dass auch die übrigen Stühle besetzt waren. Charlie machte ihm Angst. Die anderen an ihrem Tisch kannte er nicht; es waren eine junge Frau, höchstens zwanzig Jahre alt, und ein Mann, der vier oder fünf Jahre älter sein musste.

Direkt an der Tür waren zwei Plätze frei. Cremer setzte sich, und Fabienne besorgte ihm Teller und Besteck. Neben ihm saß der Hirntumor; der Mann, der starb. Gegenüber starrte der Verdammte ins Wasserglas und sprach vor sich hin, ohne dass ihn Cremer verstand.

»Schön, Sie wieder zu sehen«, sagte der Tumor. Seine Stimme klang brüchiger, als Cremer sie in Erinnerung hatte.

»Ich bin Levin, wissen Sie das noch? Neben mir sitzt Herr Naumann. Besser, Sie reden ihn nicht an. Es ist manchmal ein wenig, na ja, ich sage einmal: mühsam. Fabienne kennen Sie ja schon, unser aller Augenweide. Gestatten Sie, dass ich Ihnen die Übrigen vorstelle. Sie gehören jetzt ja langsam dazu, da sollten Sie wissen, wer die anderen sind.«

Cremer lehnte sich kurz nach hinten, als eine Frau eine Schüssel mit Kartoffelbrei auf den Tisch stellte, ihn ungefragt auf ihre Teller häufte, braune Soße darübergoss und schließlich ein Schnitzel hineinlegte. Er war sich nicht sicher, ob er dazugehören wollte.

»Sie meinen sicher, Sie seien anders«, sagte Levin, »nicht wie die Übrigen hier. Sie denken, Sie seien näher an der Normalität, nur durch einen feinen Haarriss von ihr entfernt. Das kenne ich. Das hatten wir alle, dieses Gefühl, aber es wird vergehen, das verspreche ich Ihnen.«

Cremer sah auf seinen Teller. Er wollte nicht mehr

essen, so lange, bis er sich in seinem Körper wieder zu Hause fühlte.

»Ich bin nicht so wie die anderen, denken Sie vielleicht, aber das mit dem Ich ist bei uns Kopfkranken keine einfache Sache«, sagte Levin. »Wenn ich einen Tumor in der Lunge hätte, dann könnte ich sagen: Ich will den Krebs besiegen. Aber mein Tumor sitzt im Hirn. Ich kann nicht sagen, dass ich gegen die Krankheit kämpfen will, denn das Ich, das das sagen würde, ist nicht mehr ich. Das Ich ist schon ein Opfer der Krankheit, so wie bei anderen Patienten die Lunge, die Brust, die Haut oder die Leber. Als der Tumor wuchs und noch niemand davon wusste, benahm ich mich anscheinend immer seltsamer. Ich wurde misstrauisch meinen Kollegen gegenüber und hatte das Gefühl, sie spionieren mir hinterher. Außerdem wurde ich schnell wütend. Ich schrie meine Sekretärin an, wenn der Kaffee zu kalt war, und einmal habe ich sogar meine Frau geschlagen. Aber das war nicht ich, nicht das echte Ich zumindest, das alte, das gesunde Ich. Das war schon verschwunden und aufgefressen. Also: Wer soll jetzt gegen die Krankheit kämpfen? Kämpft das neue Ich gegen das alte? Bin ich, wie ich bin, oder bin ich ein anderer, auch wenn dieser andere nie wieder zum Vorschein kommen wird, weil der Krebs ihn getötet hat, oder wie bei Ihnen, weil Sie ihn sich weggeschossen haben?«

Cremer antwortete nicht.

»Das ist übrigens ein Stuhl«, sagte Levin. »Ein Stuhl, kein Hocker. Der hat eine Lehne. Jetzt sitzen Sie doch nicht so steif, oder gehört das zu Ihrer Krankheit?«

Cremer ließ sich langsam nach hinten sinken. Naumann hatte seinen Teller inzwischen geleert, und Cremer schob ihm sein Essen hin, das sein Gegenüber in sich hineinschaufelte ohne aufzublicken.

»Er isst alles, was Sie ihm hinstellen«, sagte Levin. »Er war Journalist, vor seinem Autounfall. Sein Bruder ist dabei gestorben. Er selber lag einige Monate im Koma, wie die meisten hier. Jetzt lebt er ganz an der Oberfläche und reflektiert die Welt wie ein Spiegel. Und wie ein Spiegel kennt er keine Zeit, nur die Gegenwart. Er sitzt im Gefängnis, ohne es zu erkennen. Vielleicht ist er der Glücklichste von uns und gerade deswegen verdammt, wie Charlie sagte. Der junge Mann bei ihr am Tisch hat in Mannheim zwei Neonazis davon abhalten wollen, einen Afrikaner zusammenzuschlagen. Fast wäre er ein Held geworden, aber nur fast. Helden gibt es keine bei uns, nur Menschen, die aus ihrem Leben gefallen sind. Neben ihm sitzt Bettina, auch ein Autounfall. Sie hatte Germanistik studiert. Jetzt versucht sie, wieder sprechen zu lernen. Gar nicht einfach, denn die Sprachzentren sind weniger gut vernetzt mit dem Rest des Gehirns, aber sie macht Fortschritte. Einige Hauptwörter kennt sie inzwischen.«

»Woher wissen Sie das alles?«, fragte Cremer.

»Ich bin schon länger hier. Und alle Patienten sind sehr freizügig mit dem, was sie mir sagen, denn ich bin anders als die meisten. Sie und die übrigen Patienten haben den Tod hinter sich. Irgendwie haben sie es geschafft davonzukommen, trotz defekter Bremsen, fehlender Helme oder einer Kugel im Kopf. Ich habe den Tod direkt vor mir. Ich gehe dorthin, wo sie gerade herkommen, und bekomme deswegen kleine Botschaften für ihn. Nachrichten an einen alten Bekannten. Ich werde ihn auch von Ihnen grüßen, wenn Sie wollen.«

Er sah Cremer an. Der schüttelte den Kopf.

»Mit dem Chef rede ich lieber persönlich«, sagte er und trank das Glas leer, das vor ihm stand. Es war lauwarmer Kamillentee, und er schüttelte sich angeekelt.

Die Frau, die ihnen vorhin das Essen hingestellt hatte, räumte lärmend die Teller ab. Die meisten der Patienten gingen. Außer ihnen blieb nur Charlie sitzen.

Sie sah Cremer an.

»Eine Seele ist wie ein Planet«, sagte sie. »Ein Planet, den die Sonne immer auf derselben Seite bescheint. Bei uns hier ist das anders. Der Planet ist ins Taumeln geraten wie durch den Einschlag eines Kometen. Jetzt bescheint die Sonne auch das, was immer im Dunkeln gelegen hatte, und wir wundern uns und fragen uns, wo es herkommt, doch es ist nichts Neues. Überhaupt kann niemals etwas Neues entstehen. Alles was ist, war schon immer gewesen.«

Sie stand auf und ging, ohne sich um die Wirkung ihrer Worte zu kümmern.

»Spielen Sie Schach?«, fragte Levin. »Sie haben ein Schachspiel hier. Früher habe ich gut gespielt, aber inzwischen vergesse ich mitten im Spiel meine Strategie. Ich kenne noch die Regeln, aber ich weiß nicht mehr, was ich mit einer bestimmten Stellung bezweckt habe. Kommen Sie mal.«

Er führte Cremer zu der Sitzecke mit grünen Ledersesseln, neben der ein Regal mit zerfledderten Kartons stand. Cremer ließ sich in einen der Sessel fallen und las die Titel der Spiele: Mensch-ärgere-Dich-nicht, Fang-den-Hut, ein Damebrett, Backgammon, Puzzles und mindestens sechs oder sieben verschiedene Varianten von Memory.

»Irgendwo müssen die Schachfiguren sein«, sagte Levin, aber in der Holzkiste, in der er sie vermutete, verstaubte nur ein Schokoladenhase.

»Schade«, sagte er, »ich kann mir vorstellen, dass Sie gut spielen.«

»Ich weiß nicht. Was vorher war, ist …«

Er schwieg und fuhr mit den Fingern über den schartigen Rand der Holzkiste.

»Weg«, ergänzte Levin fragend.

»Ja und nein«, sagte Cremer. »Ich weiß nicht, ob ich Schach gespielt habe, aber wenn Sie mir die Figuren geben, wüsste ich unter Umständen, was damit zu tun ist.«

Levin nickte, als wisse er, wie das sei, und Cremer stand auf und ging in das Zimmer, das er immer mehr als sein eigenes betrachtete, als hätte es nie eine andere Heimat für ihn gegeben.

Als sich die Tür öffnete, begriff er lange nicht, dass sie ihn meinten. Zuerst zogen sie ihn aus und steckten ihn in eine Dusche. Das Wasser war kalt, aber gerade deswegen so heilsam, und er stand darunter, bis er am ganzen Leib zitterte. Hinterher bekam er die Anstaltskleidung. Ein alter Trainingsanzug. Soldaten hatten ihn früher getragen. Ihr Schweiß hing noch drin, ihre Angst, ihre Träume, damit man vergaß, wer man war, aber das würde er nicht. Er würde sich an sich selber erinnern, auch wenn das mit jedem Tag schwieriger würde. Sie brachten ihn in einen Fotoraum und schnallten ihn auf einen Holzstuhl. Sein Kopf wurde fixiert und eine Lampe aufs Gesicht gerichtet.

»Nicht bewegen, 375.«

Das würde er nicht. Wenn er folgsam war, müsste er vielleicht nicht ins Schwarze zurück. Lieber sah er ins Licht und hörte Stimmen, selbst wenn sie ihm nur etwas befahlen. Er hielt den Kopf still, der Fotograf richtete den Apparat, doch dann verschwand er. Die Lampe surrte. Cremer saß reglos, stundenlang, obwohl im heiß wurde, vielleicht von dem Licht; heiß im Kopf, als ob ein Kohlenstückchen im Inneren glühte.

Viel später brachten sie ihn in die Zelle zurück. Seine Zelle, wo es eine Pritsche gab, ein Klo, einen Tisch. Er war ihnen dankbar. Hier gehörte er hin. Abends gab es heiße Kohlsuppe. Beim Essen fiel ihm eine Wimper aufs Brot. Er nahm sie vorsichtig, blies sie fort und wünschte sich was. Wimpernwünsche wurden wahr, das wusste er von seiner Mutter. Als Kind waren Wimpern kostbar gewesen; damals gab es viel, das Cremer für sich erhoffte. Jetzt wünschte er sich, Hannah noch einmal wiederzusehen, doch noch bevor dieser Wunsch gedacht war, fiel die nächste Wimper. Die dritte, vierte, ein ganzer Regen rieselte nieder, viel mehr Wimpern als er Anliegen hatte, und er wünschte sich, sie würden aufhören zu fallen, aber gerade dieser Wunsch erfüllte sich nicht.

Nach dem Frühstück befahl ihn ein Posten nach draußen. Cremer sollte ihm folgen, immer wieder stehen bleiben an roten Strichen auf dem Blümchenboden. *Nase zur Wand. Die Wand beißt nicht.*

Keine Angst bekommen, trotz der Geräusche im Rücken. Die Treppe hoch in den nächsten Stock. An der Decke Kameras. Eine Ampelanlage. Wieder ein Gang mit verschlossenen Türen. Der Posten schob ihn in die dritte von links, wies stumm auf den Hocker in der Ecke und ging. Die Tür ließ er offen. Cremer setzte sich, ohne sich anzulehnen, das hatte er inzwischen gelernt. Zwei Schreibtische waren aneinandergestellt wie ein T. Ein Telefon stand darauf, eine Schreibmaschine und eine Schaltanlage mit grünen und roten Knöpfen. Cremer überlegte, was das Drücken des roten Knopfes für ihn bedeutete. Ein Todesurteil? Dunkelzelle? Und ob der grüne in die Freiheit führte und ins Leben zurück.

»Aufrecht sitzen. Hände unter die Oberschenkel, aber sofort.«

Die Stimme erschreckte ihn. Kurz hatte er nicht aufgepasst, und schon überfielen sie einen. Er setzte sich auf die Hände. Feucht klebten sie auf dem Holz. Der Mann, der reinkam, war hager und grau; wie ein toter Habicht sah er aus, nur seine Augen lebten, bewegten sich und lauerten auf Beute.

»Wir fangen ganz von vorne an, 375. Name. Geburtsdatum. Geburtsort. Wohnort. Das Übliche eben. Also legen Sie los.«

Seine Stimme schnitt durch die Luft.

Cremer schwieg. Wenn er ihm ein einziges Wort sagen würde, wäre er ganz in seiner Hand und würde nie wieder aufhören können zu reden. Er biss sich auf die Lippen. Er würde ins Schweigen gehen wie ein Trappist. Ein Gelübde wäre sein Schweigen, eine Übung. Das würde Hannah gefallen. Sie machte aus allem eine Übung. Der Habicht wäre der Teufel, der ihn versucht.

Der Vogel stürzte sich auf ihn.

»Sie denken, Sie könnten hier sitzen und den Mund halten, was? Das haben schon ganz andere gedacht. Ganz andere als Sie. Und auch die haben es nicht geschafft. Keiner von denen, die hier so großmäulig schwiegen. Wissen Sie was? Das hier ist die rote Mühle, da kommen Sie oben rein und ganz klein wieder unten raus, das verspreche ich Ihnen. Wirklich ganz klein. Spielen Sie also nicht den Helden. Dazu sind Sie zu unwichtig. Viel zu unwichtig. Außerdem sieht Sie hier keiner. Da haben Sie also nichts davon. Am besten Sie kooperieren also jetzt gleich. Sie sind nicht mehr draußen, das haben Sie doch wohl gemerkt? Jetzt sind Sie bei uns, und wenn Sie hier jemals wieder rauskommen, dann sind Sie nicht mehr der Mensch, der Sie waren. Nicht mehr der, den Ihre Freunde erkennen. Oder Ihre Freundin. Sie haben doch eine Freundin? Noch, muss ich fast sagen. Wer weiß denn, wie weit ihre Geduld reicht. Ein paar Wochen lang? Ein paar Monate? Jahre? Paragraph 214, Absatz 1 bis 3. Das sind fünf Jahre Gefängnis. Fünf Jahre Höchststrafe. Hören Sie das? Das ist viel, wenn man so jung ist wie Sie. Verdammt viel.

Oder auch weniger, je nachdem, hängt ja nicht von mir ab. Sie haben das in der Hand. Sie allein. Soll keiner kommen und sagen, wir hätten Sie nicht gewarnt, 375.«

Cremer schwieg während des Angriffs des Habichts. Duckte sich weg wie eine Feldmaus und hoffte, dass der Schnabel ihm nicht das Fell aufreißen würde. Schwieg auf die Vorwürfe, die Fragen, die Anklagen. Schwieg, als ein anderer mit violettem Gesicht ins Zimmer stürmte, sich vor ihm aufbaute und ihn anbrüllte, dass er den Speichel im Gesicht spürte. Schwieg, als sie ihm etwas zu trinken anboten. Schwieg Stunden später zurück auf dem Weg in die Zelle.

Der Wärter, der ihn einschloss, schüttelte leise den Kopf, als ob er Mitleid hätte mit ihm. Die Zelle war plötzlich zum Ort der Zuflucht geworden. Hier schrie keiner und Cremer sang leise vor sich hin.

Einmal fassen, tief im Blute fühlen,
dies ist mein und es ist nur durch dich.
Klagt ein Vogel, ach, auch mein Gefieder
nässt der Regen, flieg ich durch die Welt.

Wenn er jetzt eine Gitarre hätte …, aber vielleicht brauchte es die nicht. Die Töne waren in seinem Kopf, die Griffe, das Gefühl, mit dem die Rechte die Saiten zupften, und die Linke die Akkorde griff. Noch einmal durch die Welt fliegen. Noch einmal an die Uni gehen, eine langweilige Vorlesung hören. Einmal mit Thomas am Bach sitzen und singen. Einmal mit Hannah Blumen klauen im Park.

Er wusste nicht, ob sein Schweigen heute ein Sieg war. Ob das Verhör schon begonnen hatte oder sie ihn erst studierten wie ein Insektenforscher den Käfer, den er einige Tage im Glas herumkrabbeln lässt, bevor er ihn aufspießt.

Nachts holten sie ihn wieder. Er hatte nicht geschlafen, denn dauernd war die Tür aufgegangen und das Licht hatte seine Träume zerfetzt. Wenigstens flackerte die Neonlampe nicht mehr. Sie brachten ihn in dasselbe Zimmer. Wieder der Hocker. Der Habicht saß hinter dem Schreibtisch. Er brauchte keinen Schlaf, er nährte sich vom Blut seiner Opfer.

»Na, immer noch so schweigsam, 375. Meinetwegen. Ist mir persönlich ja egal. Wissen Sie: Ich werde dafür bezahlt. Und zwar recht gut. Das ist mein Beruf. Wenn Sie reden, bekomme ich Geld, und wenn Sie nicht reden, dann auch. Macht keinen Unterschied für mich. Aber Sie werden reden. Es wird aus Ihnen sprudeln wie ein Wasserfall, so werden Sie reden, und wir werden kaum hinterherkommen mit dem Protokollieren. Wir handeln hier schließlich in Übereinstimmung mit den historischen Gesetzmäßigkeiten und dem gesellschaftlichen Fortschritt. Das Volk steht hinter mir, hinter dem, was ich tue. Sie sind allein und müssen sich an Ihre Situation gewöhnen. Sie sind nun einmal im Gefängnis. Da hilft Ihnen die Strategie nichts, mit der Sie sich draußen durchs Leben geschmuggelt haben. Hier müssen Sie flexibel sein. Verstehen Sie? Flexibel wie eine Weidenrute. Die übersteht jeden Sturm. Wer zu hart ist, der bricht. Sagt sogar Wolf Biermann. *Die allzu hart sind brechen.* Wäre doch schade um Sie. Zu brechen, meine ich. Also: wir fangen noch einmal von vorne an. Name. Geburtsdatum. Und so weiter.«

Die Sandpapierlider schliffen Cremers Augäpfel wund. Er bewegte sich nicht und sagte kein Wort. Solange er schwieg, würde ihm nichts geschehen. Er stellte sich tot, denn Habichte fressen kein Aas.

Einmal fiel er vom Hocker, aber sie prügelten ihn wieder hoch. Als es dämmerte, brachte man ihn wieder in seine Zelle. Die Pritsche war jetzt verboten, schließlich war Tag.

Wenn der Gong abends das Signal zum Schlafen gab, legte er sich hin, aber dann kamen sie wieder und holten ihn zum Verhör. Geträumt hatte er hier schon lange nichts mehr.

Inzwischen würde Hannah wissen, dass etwas passiert war. Ihre Freunde säßen am Tisch und diskutierten. Das konnten sie: reden. Reden und schreiben. Cremer war keiner von ihnen, er hatte immer abseits gesessen und fragte sich, wie man leben konnte in einer Welt, die nur aus Wörtern bestand. Ihn würden keine Wörter befreien, die die Schreiber wechselten an Hannahs Tisch. Trotzdem sehnte er sich nach ihnen. Nach Mario mit der Hasenscharte, der Lieder aus dem Mittelalter sammelte und zu einer Drehleier sang, die er selber gebaut hatte. Sylvia, die Gedichte an Mauern schrieb, fotografierte und die Bilder in Alben klebte. Gernot mit dem Manuskriptbündel, das er überall mitschleppte und aus dem er nur dann vorlas, wenn alle schon so betrunken waren, dass am nächsten Tag keiner mehr wusste, worum es ging. Stephan mit seinen Filmideen. Die schöne Gerda, die alles von Brecht aufsagen konnte, obwohl sie lispelte. »Verfremdungseffekt eben«, sagte sie, und wer würde ihr nach einem Blick in diese Augen je widersprechen. Jetzt gerade säßen sie dort, und keiner wüsste, was zu tun war. Kuli nicht, der Porno-Schmierfink, nicht der ehrliche Erich und nicht Hannah.

Cremer wusste ja selbst nichts.

Die Tür ging auf, der Wärter kam und holte ihn ab, die Treppen hinunter und ein paar Schritte über den Hof, wo er ihn in einen Käfig sperrte. Der Himmel war ein Rechteck, mal blau, mal wolkenverhangen. Die

Welt waren vier Wände. Die Erde war aus Beton. Keinen Menschen sah Cremer hier, nur Wachposten mit ihren Gewehren, hoch über ihm. Ein Flugzeug flog lautlos über den viereckigen Himmel. Später hörte er den Motor eines Lastwagens. Eine Taube gurrte, setzte sich auf den Stacheldraht und sah neugierig und mit ruckenden Kopfbewegungen zu ihm hinunter. In der Ecke welkte ein Löwenzahn.

Cremer durfte keinen Ton von sich geben, nicht springen, nicht rennen, sondern nur langsam gehen, an den Wänden vorbei, so dass sein Blick müde wurde vom Grau des Betons, das überall war und sich in ihn hineinfraß wie eine Krankheit.

Später brachten sie ihn wieder ins Zimmer.

Nachts das Verhör.

Schweigen.

Tagsüber der Käfig.

Verhör.

Käfig.

Manchmal versuchte er darin die Augen zu schließen und sich vorzustellen, irgendwo draußen zu gehen, in den Pilzen mit Hannah zum Beispiel, und die Wände zu erahnen, das konnte nicht schwierig sein. Zwölf Schritte geradeaus und acht zur Seite, eigentlich müsste er sich das merken können, doch es funktionierte nicht. Die Mauern waren nie da, wo er sie vermutete, als verschöbe sie einer, und immer wieder stieß er dagegen und musste aufpassen, keinen Ton von sich zu geben, denn jeder Laut war verboten. Es könnte ja eine Kontaktaufnahme sein mit einem in den anderen Käfigen, der sich wie er im allerkleinsten Kreise drehte und auf den Besuch eines Vogels wartete oder darauf, dass das Grau der Wände bis ins Innerste vordrang und er erlosch.

Einmal musste er husten und sofort ging die Tür auf. *So nicht 375.*

Sie schlugen ihn zusammen, zerrten ihn zurück in die Zelle und ließen ihn lange nicht mehr ins Freie. Dafür musste er dauernd ins Zimmer des Habichts. Tagelang saß Cremer auf dem Hocker. Nächtelang umkreiste ihn der Raubvogel. Ein Dicker stand manchmal neben Cremer und brüllte ihm hin und wieder ins Ohr. Andere kamen rein, schweigend, sahen ihn an, schüttelten den Kopf und gingen enttäuscht.

»Sie tun immer noch, als seien Sie der Erste hier, aber das sind Sie nicht, 375. Wir haben Erfahrung. Wir machen das schon seit Jahrzehnten. Keiner hält ewig durch. Manche schaffen es länger, zugegeben, aber keiner ewig. Und selbst die, die es lange schaffen: Was haben die davon? Was für einer wollen Sie sein, wenn Sie rauskommen? Das sollten Sie überlegen. Wenn Sie gar nicht kooperieren, dann stecken wir Sie in den Strafvollzug, unter Schwerkriminelle. Was meinen Sie, was da mit Ihnen passiert? So ein junges knackiges Kerlchen, da haben die gerade drauf gewartet. Und wer weiß: Vielleicht gewöhnen Sie sich daran und wollen hinterher gar nichts mehr wissen von Ihrer Freundin. Kann passieren. Vielleicht werden Sie aber auch nur krank, soll ja auch ganz schlecht sein das Essen dort. Also fangen Sie an mit uns zu reden, sonst passiert Ihnen das Schlimmste, 375. Sie sind hier der Beschuldigte.«

»Wessen werde ich denn beschuldigt?«

»Lenken Sie nicht ab. Wir stellen die Fragen. Nicht Sie.«

Cremer schwieg. Der Habicht blätterte durch einen Stapel Papiere, knipste die Lampe an und richtete den Strahl auf Cremers Gesicht.

»*Ich küsse das Blut vom Mund des Geliebten*. Ein Gedicht, ja? Haben Sie gestern aufgesagt in Ihrer Zelle. Verständlich. Gibt ja auch nichts zu lesen dort. Hübsches Gedicht. Sie lieben die Literatur, fast schade, dass wir Ihnen hier nichts anzubieten haben. Noch nicht, jedenfalls. Das könnte sich ändern, je nachdem. Von Hannah Opitz das Gedicht, nicht wahr? Kennen wir, haben wir schon im Original gelesen. Sie sind der Geliebte, noch sind Sie das, aber passen Sie auf, sonst wird eine Menge Blut von Ihrem Mund fließen, und es wird niemand da sein, der es wegküsst. Und wenn das ewig so weitergeht und wir das Gefühl bekommen, dass das alles nichts bringt, dann hängen Sie sich in der Zelle auf. Das ist schnell passiert. Drei Wärter, das Betttuch zerrissen, Knoten gemacht und eine Nachricht an die Angehörigen. Sie wären nicht der Erste, 375, der es nicht mehr aushält. Glauben Sie mir, ja? Nicht der Erste.«

Die nächsten Tage blieb Cremer allein in der Zelle: Immer wieder sortierte er Kamm, Seife, Zahnputzbecher, Zahncreme und Zahnbürste neu auf dem Waschbecken. Er deckte den Tisch mit dem Plasteteller, dem Löffel, dem Messer. Das Taschentuch faltete er als Serviette. Inzwischen konnte er den Mosaikfußboden auswendig. Zum Glück hatte er viel von Hannahs Gedichten gelernt, aber er sagte sie nicht mehr laut auf. Er sang auch nicht mehr, sondern zog sich noch tiefer ins Schweigen zurück. Ohne den Spiegel wüsste er kaum noch, wer er war. Manchmal sah er hinein und flüsterte seinen Namen. *Paul Cremer.* So hatte ihn lange keiner genannt.

Die Wimpern waren nicht nachgewachsen, aber noch zweimal hatten sie ihn auf den Stuhl geschnallt, um Fotos zu machen, dort vergessen und hinterher fielen ihm büschelweise die Haare vom Kopf.

Christiane Cremer fuhr die Einfahrt zur Klinik langsamer hoch, als sie es vor einem halben Jahr noch getan hätte. Die Welt war aus Glas. Eine unachtsame Berührung und sie würde zerfallen in Scherben, an denen man sich auf der Flucht die Füße zerschnitt. Es gab kein Versteck mehr, keine Höhle, um sich zu verkriechen. Jeder blickte auf sie und ihre vorsichtigen Bewegungen und dachte, sie wolle damit auf sich aufmerksam machen, dabei war das Gegenteil richtig: Verschwinden wollte sie und von keinem gesehen werden, doch dieser Wunsch war grotesk, denn jeder schaute auf sie seit dem Ereignis: die Nachbarn, die Landfrauen im Verein, Geschäftskunden und sogar hier in der Klinik die Schwestern und Ärzte. Eine Frau, deren Mann sich so etwas antat, konnte nicht frei sein von Schuld, dachten die anderen, und noch vor einer Weile hätte sie genauso gedacht. Sogar ihren Sohn ertappte sie manchmal, wie er sie zweifelnd ansah, ohne etwas zu sagen. Nur ihre Mutter schien zufrieden mit dem, was passiert war. Männer würden nie in der Familie bleiben, und was Paul getan habe, sei ein weiterer Beweis. Der Fluch des Abtes gegen die Salpeterer, das sei es.

Dabei hatte Christiane Cremer nie viel verlangt. Ein ganz normales Leben wäre schon ausreichend gewesen. Mehr nicht. Wenn es sein musste, auch weniger. Aber das war vorbei. Der Schatten des Vorfalls hatte sich auch auf die vergangenen Jahre gelegt. Was kommen würde, war genauso finster wie das, was war.

Sie parkte in möglichst großem Abstand zu dem benachbarten Wagen, schloss die Fahrertür ab, ging ein paar Meter, drehte wieder um, ging zurück und kontrollierte, ob die Tür wirklich zu war. Erst dann stakste sie den Kiesweg hoch zum Eingang der Klinik. Die Absätze versanken im Untergrund. Jeder Schritt war mühsam, der kleinste Gang zu einer Aufgabe geworden, bei der sie sich konzentrieren musste, um sie zu bestehen.

Man sah sie. Sicher sah man sie. Hinter jedem der Fenster stand einer und sah auf sie runter und schloss aus ihren Schritten auf die Schwere der Schuld. Sie fröstelte, als die Flügel der Eingangstür hinter ihr zufielen, obwohl sie die Schwester an der Pforte freundlich begrüßte und sofort bei Doktor Teske anrief, um sie zu melden. Als sie die Stimme des Psychologen hörte, ging es ihr wieder besser. Er war der Einzige hier, der sie verstand. In seinen Augen lag nie ein Vorwurf an sie.

Ein Schokoladenkrümel klebte in seinem Mundwinkel und blieb dort hängen, während sie einige Fragen der Krankenkasse besprachen. Es ging um viel Geld und ein Gutachten, das Teske schreiben musste. Wenn die Kasse nicht mehr zahlte, würde ihr Mann wieder heimkehren. Das wollte sie nicht, zumindest nicht so schnell, und Teske schien ihn gerne zu behandeln. Wenn es nach ihr ginge, konnte Paul noch viel länger hier bleiben. Dann telefonierte Teske kurz mit der Station, auf der ihr Mann lag, lächelte sie an und leckte sich dabei endlich die Schokolade von den Lippen.

»Überraschung«, sagte er, »kommen Sie mit.«

Er hielt sich kurz an der Lehne des Stuhls fest und verzog das Gesicht, als er seinen Rücken aufrichtete. Wie sie unterdrückte er einen Schmerz, das gefiel ihr.

Teske würde ihr Verbündeter sein, egal was hier passierte.

Sie folgte ihm über einen Weg aus roten Sandsteinplatten, der hinter dem Haus entlangführte zu einer Freiluftterrasse, auf der Tische und Stühle standen wie in einem richtigen Café. Nur einer der Tische war besetzt. Zwei Männer saßen sich gegenüber. Einer von ihnen redete, der andere hielt den Kopf leicht geneigt, als ob er so besser zuhören konnte. Sie kannte dieses Neigen des Kopfes und fing an zu zittern, aber Teske hielt sie sanft unterm linken Arm und sprach leise und unverständlich zu ihr. Sein Gemurmel hielt sie aufrecht, so dass sie den Weg schaffte bis zu Paul und dem anderen und mit Hilfe des Psychologen vorsichtig auf einen Stuhl glitt. Der Druck der Hand Teskes auf ihrer Schulter ließ langsam nach, bis sie ihn nicht mehr spürte und sie sich unendlich verlassen vorkam. Ihr Mann sah sie an, schweigend, ein wenig neugierig und gleichzeitig unbeteiligt. Während des Komas hatte sie sich so sehr gesehnt nach einem Blick aus seinen Augen, aber jetzt erreichte dieser sie nicht, sondern tastete nur die Oberfläche ihres Gesichts ab, mechanisch wie eine Kamera. Sie beschloss, nicht als Erste zu sprechen. Jetzt war es an ihm, etwas zu sagen, doch er schwieg. Genau gesagt, er schwieg nicht, denn Schweigen ist etwas Aktives, und er blieb einfach stumm. Schließlich drehte er den Kopf leicht, sah den Mann an, der die ganze Zeit mit ihnen am Tisch saß, wies mit einem beiläufigen Nicken in ihre Richtung und fragte: »Wer ist diese Frau? Was hat sie? Und warum ist sie hier?«

Christiane Cremer fing an zu lachen.

Sie schämte sich dafür, aber der Damm, den die Scham aufrichtete, war zu schwach angesichts der

Lächerlichkeit der Situation, der Lächerlichkeit ihres Mannes, der Lächerlichkeit ihres ganzen Lebens, das keine Tragödie geworden war durch den Unfall, wie sie befürchtet hatte, sondern eine Farce. Sie musste sich beherrschen; die Schwester, die gerade auf die Terrasse kam, sah sie schon an, als sei sie eine Patientin. Und was sollte Teske denken? Aber egal. Das war die Verantwortungslosigkeit des Wahnsinns. Da gefielen sich hier ja auch andere drin. »Wer ist dieser Mann? Was hat er? Warum ist er hier?« Sie keuchte die Worte zwischen zwei Lachkrämpfen heraus.

»Ich glaube, die Dame gehört zu Ihnen«, sagte der fremde Mann zu Paul, stand auf, verabschiedete sich umständlich von beiden und schleppte sich schließlich auf zwei Krücken davon. Das ernüchterte sie. Eigentlich war das alles nicht witzig. Auch der Psychologe war verschwunden. Sie war allein mit ihrem Mann.

Jetzt räusperte er sich und sah sie an.

»Wenn das so ist, vermute ich, dass Sie meine Frau sind.«

Sie kannte die Stimme. Wenigstens das hatte sich nicht verändert.

Er nahm den Löffel vom Untersetzer vor sich und rührte damit durch die leere Kaffeetasse.

»Und wir haben ein Kind zusammen«, sagte er, ohne den Blick von dem Löffel zu nehmen.

»Einen Sohn«, präzisierte sie. »Siebzehn Jahre alt.«

»Unter diesen Umständen fände ich es angebracht, wenn wir uns duzen«, sagte er. »Ich heiße Paul.«

»Ja«, sagte sie, »das wusste ich schon.«

Er ließ den Löffel los, reichte ihr die Hand über den Tisch, und sie schlug ein, obwohl er nicht nur sich umgebracht hatte. Auch sie hatte er getötet, ein Stück von ihr, einen Teil ihres Lebens, der nie wieder zurückkommen würde. Von wegen Selbstmörder. Es gab kein Selbst. Jedes Selbst war ein Anderes.

Er sah sie an und versuchte, sich alles einzuprägen.

Gesicht: breite Wangenknochen, freundlich, errötet schnell, blonde Härchen über der Oberlippe.

Ohren: klein, anliegend, beide Ohrläppchen durchstoßen, aber ohne Schmuck.

Brauen: ausgezupft und mit Stift nachgezogen.

Augen: graublau, verunsichert, sehen gerne zur Seite.

Wimpern: dunkel, sehr lang. Sind die echt?

Mund: groß, zu groß für das Gesicht und dennoch verbittert, eine seltsame Mischung.

Arme: braungebrannt, kräftig.

Hände: gepflegt, Nägel dunkelrot, Ehering und am kleinen Finger Ring mit rotem Edelstein.

Schultern: weit hochgezogen, Verteidigungsstellung.

Brüste: auffallend groß.

Ihn verunsicherte ihr Alter. Cremer war nicht jünger, aber ihm fehlten zwanzig Jahre an Lebenserfahrung; eine Zeit, die er nicht einmal ausgleichen konnte durch einen jugendlichen Körper. Er war unerfahren und gleichzeitig alt.

»You got old and wrinkled. I stayed seventeen«, sang er leise vor sich hin.

»Was?«, fragte sie.

»Leonard Cohen«, sagte Cremer. »Einer von den hohen Cs: Die anderen sind Nick Cave und John Cale. Bist du wirklich meine Frau? Und wenn ja, warum kennst du das Lied dann nicht?«

»Das war ich«, sagte sie und strich ihm die kurzen Haare ein wenig nach vorne, so dass die Spitzen über die Wundränder fielen. »Ob ich das immernoch bin, weiß ich nicht. Noch nicht. Und geteilt hast du nur wenig mit mir. Und ganz sicher nicht irgendwelche Musik.«

»Kannst du mir sagen, warum ich das getan habe?«, fragte er und wies auf seinen Kopf.

Sie schüttelte langsam den Kopf, stand auf und ging, ohne sich umzudrehen. Es war offensichtlich die falsche Frage gewesen. Er sah ihr nach, dem grünen Leinenkleid, das im Wind wehte, ihren wiegenden Schritten und ihren rotbraunen Haaren, die er jetzt zum ersten Mal wahrnahm, als sich das Licht der Sonne darin fing, und sehnte sich zurück nach jenem Leben im Zwischenreich, in dem alles so weich war, so zart, so gedämpft, dass er nicht begriff, warum er es jemals hatte verlassen können.

Er sah auf, als er das unregelmäßige Holpern der Krücken hörte, mit denen sich Levin langsam in seine Richtung schob.

»Ich schaffe es nicht«, rief der ihm zu, »helfen Sie mir«, und Cremer sprang auf und stützte ihn auf den letzten Metern.

»Meine Beine sind eigentlich noch in Ordnung«, sagte Levin, während er schnaufend auf die Sitzfläche sank, »aber sie wissen es nicht mehr. Der Tumor hat eine seiner Metastasen in die Steuerung der Motorik wachsen lassen, und sie sind unsicher, welches von beiden beim nächsten Schritt vorangehen muss. Außerdem spüre ich die Krücken nicht. Ich sehe nur, dass ich sie halte, aber sobald ich in eine andere Richtung blicke, falle ich hin. Die Stationsärztin will mich in einen Rollstuhl stecken, aber wenn ich erst einmal drin sitze, komme ich nie wieder raus. Sie soll mir lieber wieder Cortison geben, ein wunderbares Mittel, ich werde schon glücklich, wenn ich das nur sehe. Haben Sie das auch schon bekommen?«

Cremer schüttelte den Kopf.

»Die sind hier zu sparsam mit Medikamenten«, sagte

Levin. »Dauernd senken sie die Dosis so weit, bis wir wirklich fast krepieren, und steigern sie dann ganz langsam. Warum nicht umgekehrt? Spritzen, was reingeht, und dann schauen, wieviel Glück möglich ist, egal was die Nebenwirkungen sind. Glück ohne Nebenwirkung gibt es auch sonst nicht. Was meinen Sie?«

»Ich glaube, ich bin kein Experte fürs Glück. Wenn ich je einer war, habe ich es vergessen.«

»Sie immer mit Ihrem Vergessen. Es wird Zeit, sich zu erinnern. Allerdings ist das mit der Erinnerung ans Glück eine komische Sache, von vorne sieht es anders aus als von hinten. Ich habe Astronomie studiert. Nach meiner Promotion kam ich nach Chile an ein Observatorium in der Atacamawüste. Uralte braune Berge, seit Jahrtausenden ohne einen einzigen Regentropfen. Und auf einem von ihnen ein Plateau mit den Teleskopen, leuchtend und fremd wie Raumschiffe einer anderen, einer intelligenteren Zivilisation. Sie gehören zu dem Besten, was die Menschheit je hervorgebracht hat. Dort dachte ich, dass ich glücklich bin, in diesen einsamen Nächten am Computer, den Blick weit ins Universum und weit zurück in die Zeit. Nie wieder war ich so klein wie dort und gleichzeitig wie Gott, weil ich alles sah, ich als Einziger im Universum. Ich habe über Exoplanten promoviert, Planeten außerhalb unseres Sonnensystems, und wollte der Erste sein, der einen fotografiert, aber ich kam zu früh; vor zwei Jahren hat man das erste Foto gemacht, beim Braunen Zwerg 2M1207. Pech gehabt, könnte man meinen, aber das änderte nichts an dem Glück, das ich damals empfand. Dann wurde meine Frau schwanger, und sie wollte nicht, dass unser Kind in Chile aufwächst, also kehrten wir nach Deutschland zurück. Wir brauchten Geld und für Astronomen gab es hier keine Stelle, deswegen habe ich seitdem in der Softwareabteilung einer Firma für Buchhaltungsprogramme gearbeitet, langweilig, aber gut bezahlt. Außerdem hatte ich viel Zeit, um nachts rauszufahren, mein Teleskop in den Bergen aufzubauen und in den Himmel zu sehen. Das Fernrohr war tausendmal lichtschwächer als das in Chile, die Luft war verseucht von Staub und Licht aus den Städten, aber das Glück war dasselbe. Dort oben war ich glücklich. Aber seltsam: Wenn ich jetzt zurückdenke, dann lag das Glück ganz woanders: In dem Strauß aus Löwenzahn, Schnittlauch und Gänseblümchen etwa, den meine Tochter in einem Frühjahr gepflückt und im Zahnputzbecher auf meinen Arbeitstisch gestellt hat und der mir damals lästig war, weil ich aufpassen musste, dass ich nicht dranstoße. Oder in den verschlafenen Blicken meiner Frau, wenn ich nach durchwachter Nacht hinter dem Okular mit frischen Croissants nach Hause kam und ihr den Kaffee ans Bett brachte. Damals war mir das ganz unwichtig erschienen, aber jetzt sieht es so aus, als ob gerade darin das Glück meines Lebens gelegen hat. Vielleicht ist das mit dem Glück dem Doppler-Effekt unterworfen, und die Frequenz ändert sich, je nachdem ob sich das Glück auf einen zubewegt oder von einem weg. Aber entschuldigen Sie mich, das interessiert Sie gerade nicht wirklich. Sie sind beschäftigt. Ihre Frau war wieder hier?«

»Sie sagt zumindest, dass sie es ist. Glauben Sie, ich sollte das überprüfen lassen?«

»Sagt Ihnen Ockhams Rasiermesser etwas?«

Cremer schüttelte den Kopf.

»Es ist eine Regel, die besagt, dass von zwei Theorien diejenige der Wahrheit entspricht, die einfacher ist. In Ihrem Fall gibt es zwei Möglichkeiten. Die eine ist, dass Sie nach einem Selbstmordversuch das Gedächtnis verloren haben. Die andere, dass ein böser Geheimdienst Sie aus Ihrem Land verschleppt, Ihr Hirn operiert, das ganze Personal einer Klinik mit Ärzten, Schwestern und Patienten versucht, Sie verrückt zu machen, fiktive Familienangehörige auftauchen, um Sie zu verwirren, Zeitungen gefälscht und moderne Technologien vorgetäuscht werden, Ihr Körper künstlich um zwanzig Jahre gealtert wird und so weiter. Welche Hypothese kommt mit weniger Annahmen aus?«

»Warum Rasiermesser? Was wird rasiert?«

»Die überflüssigen Theorien werden weggeschnitten. Ich denke, Sie sollten damit beginnen. Der Bart muss ab.«

»Was mussten Sie rasieren?«, fragte Cremer.

»Ich bin zweiundvierzig. In zwei oder drei Wochen werde ich tot sein. Ich habe alle Wünsche abgeschnitten, alle Hoffnungen auf neue Medikamente, auf ein Wunder, auf eine Fehldiagnose. Dreißig oder vierzig Jahre, die ich noch hatte leben wollen, habe ich abrasiert.«

»War es schwierig?«

»Ockham lebte im dreizehnten Jahrhundert. Sein Rasiermesser ist alt, verrostet, stumpf und schartig. Die Rasur war schmerzhafter, als ich es mir vorstellen konnte. Das wird bei Ihnen nicht anders sein, verlassen Sie sich darauf.«

»Lohnt es sich?«

»Ob sich etwas lohnt, ist nie die Frage«, sagte Levin und stand auf. »Ich muss rein, mir ist kalt.«

Cremer blieb sitzen, schloss die Augen und hörte dem Wind zu, der im Kastanienbaum über ihm rauschte. Levin hatte recht. Er hatte eine Rasur dringend nötig.

Als Cremer Levin am nächsten Tag wiedertraf, war dessen Gesicht noch schwammiger geworden; die verquollenen Augen lagen tief in den Höhlen, und selbst die Stirn war aufgedunsen und fleischig, aber er konnte wieder sicherer laufen und stieg mit Cremer über eine Eisentreppe, die er vor einigen Wochen hinter einem Zimmer voller Putzeimer und Desinfektionsmittel gefunden hatte, hoch auf den Speicher. Jahrzehntelang hatte man bei jedem Umbau der Klinik gezögert, etwas wegzuwerfen, sondern dafür den Dachraum genutzt, der im sechsten Stockwerk über die gesamte Grundfläche ging. Die Tür zu dem Speicher schwang weit auf, nachdem Cremer einen Metallriegel zur Seite geschoben hatte, doch er konnte die entfernten Ecken des Raumes nur ahnen in dem grünlichen Licht, das durch die Dachfenster fiel. Die Luft war abgestanden und heiß. Tauben gurrten, Flügel schlugen gegen das Glas. Cremer zögerte, die Schwelle zu überschreiten, aber Levin ging voran, ohne darauf Rücksicht zu nehmen. Fast sah es so aus, als schwebte er, weil seine Füße im Staub verschwanden, der mit jedem Schritt aufwirbelte und sich nicht wieder legte.

Unter rußgeschwärzten Stützbalken standen Möbel. Weit in den Raum hinein ragte ein klobiger Schreibtisch aus Nussbaum mit unzähligen Fächern und einer rissigen Platte. Cremer ekelte sich, aber Levin öffnete eine der Schubladen. Er fischte Papierklumpen heraus, die hart wie Stein waren, angelaufene Spiegelscherben, einen zerbrochenen Schädelabguss aus Gips und einen langen, an der Spitze gebogenen Nagel.

»Ich möchte lieber nicht wissen, was man damit angerichtet hat«, sagte Cremer.

»Vielleicht Abtreibungen«, meinte Levin und wollte die Tür des Eichenschrankes öffnen, der hinter dem

Schreibtisch stand, doch sie klemmte. Cremer schob einen Besenstiel in den Türspalt, lehnte sich dagegen, bis ein Widerstand nachgab, die Tür aufschwang und im selben Moment ein Behälter aus dem obersten Regalbrett herausfiel. Er konnte das Glas erst im letzten Moment festhalten. Der Sturz hatte den Bodensatz aufgewirbelt. Weißliche Flocken wirbelten durcheinander wie in den Schneekugeln, die er als Kind geschüttelt hatte, um zu sehen, wie es auf die beschaulichen Landschaften schneite. Auch jetzt dauerte es eine Weile, bis das Gestöber sich wieder gelegt hatte und Cremer erkennen konnte, dass ein Gehirn in der Flüssigkeit schwamm. *Nummer 1 Martha Senckenberg* stand in altertümlicher Frakturschrift auf dem Fuß des Gefäßes. Sie war im Alter von vierunddreißig Jahren durch einen Axthieb gestorben. Der Präparator hatte die Schädeldecke entfernt und die Klinge freigelegt, die in der grauen Masse steckte.

Das Gehirn in dem Glaskolben daneben wirkte viel größer, weil es umarmt wurde von einem Tumor, der zuerst kaum zu erkennen war, so eng schmiegte er sich an jede Windung.

»So ähnlich wird es bei mir auch aussehen«, sagte Levin, »und manchmal wüsste ich gerne, warum. Ich glaube, dass jeder den Hirnschaden bekommt, der die Eigenheiten betont, die auch vorher schon da waren. Eine Hirnerkrankung oder ein Unfall schafft die Karikatur eines Charakters. Sie haben auch vorher gerne manches vergessen. Naumann hat auch als Journalist und vor seinem Unfall dauernd geredet, ohne viel zu sagen. Charlie hat schon bevor sie gegen die Mauer gefahren ist die Welt nicht konkret wahrgenommen, sondern als Zeichen. Ich verstehe nur nicht, was bei mir selber geschieht. Warum mein Gehirn diesen Tumor beherbergt, der auf den ersten Blick gar nichts Feindliches hat. Niemand hat mich je so ergriffen wie mein Tumor. Nie ist mir jemand so nahe gekommen, aber ich weiß nicht, was mir die Krankheit sagen will. Wenn ich das verstehen könnte, wäre ich froh, aber ich glaube, dass der Krebs genau das verhindert. Vielleicht ist das der Schlüssel? Vielleicht bin ich zu der Karikatur eines Menschen geworden, der sich verstehen will und dem das nicht gelingt.«

Ein paar der nächsten Gehirne des mittleren und unteren Regalbretts waren beschädigt durch Krankheit oder Unfall, andere sahen ganz normal aus und alle behielten ihre Geschichte für sich. Das dritte Hirn (schwere Epilepsie) sah nicht wesentlich anders aus als Hirn Nummer fünf (Intelligenzquotient von 155), sieben (Depression) oder neun (Debilität).

»Die sehen erschreckend unscheinbar aus«, sagte Levin, »aber das muss so sein. So wenig wie ein einziges Gehirn alle Geheimnisse der Welt erfassen kann, so wenig kann die Welt das Geheimnis eines einzigen Gehirns begreifen. Niemand weiß, wo sich das Ich verbirgt, wo die Liebe oder die Zeit. Vielleicht wird einmal in einigen Jahren Teske soweit sein, dass er aus dem Zustand eines Gehirns den Gedanken filtern kann, der gerade gedacht wird. Den Gedanken und das Gefühl, das den Menschen bewegt. Die Hirne Gestorbener wird man untersuchen, und Psychologen werden ihre Dissertation schreiben über letzte Gedanken. Schließlich wird es Kurse geben, in denen man lernt, im entscheidenden, im allerletzten Moment das Richtige zu denken, denn, wer weiß, vielleicht entscheidet nicht die Summe der Handlungen des ganzen Lebens darüber, ob man im Himmel landet oder der Hölle, sondern doch nur diese eine Sekunde.«

An der Wand lehnte ein Behandlungsstuhl, an der Längsseite verschiedene Metallklammern für Handgelenke und Beine, mit denen die Patienten während der Elektroschocks fixiert wurden. Cremer kippte den Stuhl auf den Boden, Levin legte sich hinein und ließ sich an den Beinen festschnallen. Die Scharniere für die Arme klemmten und ließen sich nicht mehr schließen. Levin drapierte ein paar der Drähte mit den Elektroden um seinen Kopf.

»Strom ab«, sagte er.

»Würden Sie es tun?«, fragte Cremer. »Würden Sie sich die Elektroschocks geben lassen, wenn die Ärzte sagen, dass es der einzige Weg wäre, um den Tumor zu besiegen?«

Levin öffnete die Augen wieder.

»Dafür ist es zu spät. Vor ein paar Wochen hätte ich noch alles versucht, aber das ist jetzt vorbei. Jetzt gehe ich auf den Tod zu, das ist eine Einbahnstraße. Wenden verboten. Ich kann nicht mehr ins Leben zurück. Bei Ihnen ist das anders: Sie haben noch vierzig Jahre vor sich. Würden Sie das mit sich machen lassen? Zehn Stromschläge und jede Erinnerung wäre wieder da? Mit allem, was dazugehört?«

»Das hieße, ich müsste mich entscheiden, mich auszulöschen, um der zu werden, der ich früher war. Das würde ich nicht tun.«

»Sind Sie zufrieden, der zu sein, der Sie sind?«

»Das bin ich nicht. Ich lebe nur halb. Ich merke, dass sich eine ganze Welt in meinem Hirn verkapselt hat, aber ich komme nicht dran. Unzählige Filme laufen dort ab, aber ich sehe sie nicht. Gespräche werden geführt, die ich nicht höre. Es duftet, aber ich rieche nichts. Was bei mir ankommt, sind nur die Gefühle. Plötzlich sind sie da: eine leise Trauer, die lange bleibt, ohne dass ich den Grund kenne. Ein Lächeln, das aus dem Nichts kommt und wie angeklebt im Gesicht hängt, so dass ich mich fühle wie ein Idiot. Ich werde in den blödesten Momenten aufgeregt, ohne Grund, so wie gestern im Speisezimmer. Sie haben es ja mitbekommen. Neulich passierte es bei einer Untersuchung der Stationsärztin. Ich entkam ihr halbnackt, die Kanüle noch in der Vene des linken Unterarmes. Manchmal muss ich loskichern, manchmal fast weinen. Wie könnte ich da zufrieden sein. Aber das ist nicht die Frage. Die Frage ist, ob ich ein anderer werden will.«

»Wir werden immer andere.«

»Aber nicht innerhalb von ein paar Sekunden.«

»Dann brauchen wir den Stuhl also nicht. Können Sie mich wieder befreien?«

Levin benötigte ein paar Minuten, bis er wieder laufen konnte, und Cremer stützte ihn. Sie durchquerten den Speicher und kamen auf der gegenüberliegenden Seite durch eine schmale Holztür in ein Treppenhaus, in dem sich eine Wendeltreppe mit gusseisernen Stufen noch höher schraubte und in einem achteckigen Turmzimmer endete. Um den Raum führte ein schmaler Balkon mit einer Sandsteinbalustrade, die so niedrig war, dass Cremer sich lieber mit der Hand an dem Blitzableiter festhielt, während er nach unten sah, wo der Parkplatz lag mit roten, blauen und silbernen Spielzeugautos in dieser Spielzeugwelt, wo Bauernhöfe, Kirschbäume, Kühe, Berge, Bäche und Kirchtürme so perfekt verteilt waren wie auf einem Apothekenkalender. Die Welt vibrierte vor Glück. Nur der Gasballon im Himmel machte ihm Angst. Die stürzten leicht ab und die Körper lagen dann zerschlagen am Boden.

Nichts hörte man hier oben außer dem Rauschen

des Windes in den Wipfeln der Fichten. Im Südwesten lag das Patientencafé. Die gelben Sonnenschirme waren aufgeklappt, und Cremer sah Charlie, die still mit einem Tablett in den Händen zu ihrem Platz ging, und Naumann, der erregt auf sie einredete.

»Hier ist der schönste Platz in der Klinik«, sagte Levin. »Ich habe ihn noch nie jemandem gezeigt, nicht einmal Charlie. Ich glaube, hier kommen die Schwestern und Therapeuten nie hoch. Während der Arbeit haben sie keine Zeit für Umwege, und hinterher wollen sie so schnell wie möglich nach Hause. Vermutlich wissen sie nicht einmal, dass es hier einen Turm gibt. Sie schauen nie nach oben, dazu sind sie zu beschäftigt. Es ist gar nicht ihre Klinik, auch wenn sie das glauben. Im Grunde ist es unsere.«

Cremer blickte zwei Tage später auf den Stapel Fotoalben, die ihm Christiane gebracht hatte. Er hatte sie erkannt an der Farbe der Haare, den Augenbrauen, der Art, wie sie *Ich* sagte, sehr schrill, so dass man zusammenzuckte. Er wusste, wer sie war, wer sie sein sollte: Das war seine Frau.

»Vielleicht helfen die ja«, hatte Christiane gesagt und ihm eine Plastiktüte mit den Alben gegeben. Auf den Rückseiten standen die Jahreszahlen. Sie müsse zurück ins Geschäft, er verstehe doch, und er nickte, obwohl das nicht stimmte. Er hätte sie gerne länger bei sich gehabt, denn etwas in ihm fing an sie zu mögen, vielleicht wegen des Leuchtens der Augen. Das war neu. Vor kurzem im Café war das noch nicht da gewesen, eine Art inneres Glühen, das er von Hannah kannte, wenn sie anfing von der Macht der Gedichte zu reden, die wie ein Blitz den Leser treffen, so dass sein ganzes Leben sich ändert. Wie eine Flamme müssen Worte sein, ein

Feuer, das alles Falsche verbrennt, hatte Hannah gesagt. Wer schreibt, schlägt Funken.

Cremer hätte gerne gewusst, wo der Glanz in den Augen seiner Frau herrührte. Welches Feuer in ihr war. Ob da so etwas wie Liebe brannte oder Verzweiflung, ob es Hass war auf ihn, weil er sie nicht erkannte, oder die Hoffnung, dass alles gut werden würde.

Das erste Album begann 1991.

Er spielte mit dem Einband, ein billiges, dunkelbraunes Kunstleder, auf dem in goldener Schreibschrift *Meine Bilder* geprägt war. Er fuhr mit der Spitze des Zeigefingers die Buchstaben nach und sah aus dem Fenster. Unten im Tal drängte sich eine Kuhherde im Schatten der Kirschbäume. Ihre Glocken klangen dumpf wie eine Mahnung. Er sah, wie sie gleichmäßig wiederkäuten, und beneidete sie um ihre Gelassenheit. Er wollte werden wie diese Kühe. Ein beunruhigender Gedanke, denn er war nicht neu. Er hatte ihn schon einmal gedacht, vielleicht gestern beim Blick aus dem Fenster, aber das war es nicht, er war älter, viel älter, und er versuchte ihm nachzugehen, doch er verlor seine Spur … Bevor er sich wirklich dazu entschließen konnte, hatten seine Finger das Album geöffnet.

Auf dem ersten Bild sitzt ein Mann in schwarzer Lederhose und im T-Shirt auf einem Motorrad, einer alten BMW mit Boxermotor. Er ist jung und schlank, das Gesicht kantig und frisch. Die kräftigen Arme liegen entspannt auf dem Lenker. Die Augen schauen nicht in die Kamera, sondern blicken geradeaus, auf ein Ziel, das weit hinter dem Rand des Bildes liegt. Das Motorrad fährt nicht, es steht vor einem klobigen Felsen, der größer ist als der Mann und aussieht, als würde er fallen.

Das war er.

Cremer wusste, dass er es war. Er erkannte sein Gesicht, so alt fühlte er sich jetzt, gerade, in diesem Moment. So sollte er aussehen beim Blick in den Spiegel. Seine Augen waren das, sein Mund; seine Hände, braungebrannt und jung, alles so jung, unschuldig und voller Erwartung dessen, was kommen würde. Vielleicht war es das, was so schmerzte. Der Mann auf dem Bild hatte eine Zukunft und sah ihr entgegen; das heißt, er könnte ihr entgegensehen, aber in seinen Augen war etwas Zurückhaltendes, Leidendes, ein Zögern, das nicht passte zu dem jungen Gesicht. Cremer wusste nicht, wie die Zukunft des Mannes ausgesehen hatte, die Zukunft, die seine Vergangenheit war, aber er wusste, dass sie mit einem Schuss in den Kopf endete. Nichts konnte geblieben sein von dem Optimismus, keine Hoffnung war mehr am Ende, kein Vertrauen, nur mutig war der Mann geblieben, mutig bis zum Schluss, sonst hätte er das nicht getan.

Das nächste Bild war ganz ähnlich, nur steht neben ihm eine Frau, seine Frau Christiane, einen Helm in der Hand. Auch sie jung, noch vor allem Anfang, ihr Gesicht verschlossen. Nicht einmal sich anzusehen wagen sie auf dem Bild, nur ihre Körper neigen sich leicht zueinander, und wie zufällig berührt ihre Hand seine Schulter.

Christiane war jung wie Hannah, aber ganz anders. Hannah hätte in die Kamera geschaut, nicht scheu, sondern sich selber und ihrer Wirkung bewusst, und ihre Gesten waren nicht leicht, sondern voller Bedeutung. Sie formte sich wie ihre Gedichte. Nichts war zufällig, alles hatte etwas zu sagen, und auch was einfach und leicht schien, war aus der Schwere geboren.

Offensichtlich hatten sie mit dem Motorrad eine Tour nach Italien gemacht. Es gab Fotos von Alpenpässen, einem grasgrünen See, an dessen Ufer sie Pizza essen; ein Bild, auf dem er Christiane im Arm hält, hinter ihnen der schiefe Turm von Pisa, der allerdings auf dem Bild fast gerade aussieht, weil der Fotoapparat bei der Aufnahme schräg gestanden hatte. Vermutlich hatten sie das Bild mit Selbstauslöser gemacht und die Kamera lehnte schief auf einem Stein. Vielleicht lachen sie deshalb beide auf dem Bild, unbeschwert und fast glücklich.

Auf der nächsten Seite ist Christiane schon schwanger. Breit und stolz reckt sie den Bauch ins Bild, der mit jedem Foto massiger wird. Ihr Gesicht quillt auf. Auf ein paar Fotos sieht sie genügsam aus wie die Kühe vor seinem Fenster. Cremer ist nur auf wenigen Bildern zu sehen und wenn, ist ihm unwohl. Sein Lächeln ist nicht echt. Dahinter steht eine Unsicherheit, die in dem Maße wächst, in dem der Bauch größer wird. Unbeholfen sieht er aus, wo er sie berührt, und einsam auf den Bildern, wo er das nicht tut, sondern neben ihr steht, genau gesagt, neben ihr und dem Kind, das ihn schon jetzt an den Rand drängt.

Etwas später heiraten sie. Er trägt einen schwarzen Anzug, der ihm zu weit ist, so dass er ihn nicht wirklich füllt; Christiane ein weißes Kleid, das sie noch breiter macht. Hinter ihr steht ein verhärmter, etwa sechzigjähriger Mann und eine seltsame Frau ohne Alter. Dreißig könnte sie sein oder siebzig, so glatt ist die Haut ihres Gesichts. Sie steht neben dem Mann und blickt auf den Bildern bedauernd auf Christiane. Das sind seine Schwiegereltern, vermutete Cremer.

Es folgen zu viele Bilder von ihrer Hochzeit. Cremer durchsägt einen Baumstamm, schwitzend, mit rotem Gesicht; schneidet mit Christiane den Kuchen an, noch immer außer Atem; tanzt mit seiner Schwiegermutter; wird von Männern mit Schnauzbart und

125

Feuerwehrhelm in die Luft geworfen und fährt in einer weißen Kutsche durch ein Dorf in einem abgelegenen Hochtal.

Er wusste nichts von den Menschen, nichts von den Orten, keine Einzelheiten des Festes. Nur seine Einsamkeit kannte er, auf allen Bildern war sie zu sehen. Selbst dort, wo er der Mittelpunkt des Fotos war, war er fremd, als ob ihn eine Blase umgab, die keiner je würde durchdringen können.

Die Hochzeit musste kurz vor der Geburt stattgefunden haben, denn auf dem nächsten Foto hält Christiane ein Neugeborenes auf dem Arm, mit wachen, neugierigen Augen und einem leicht geöffneten Mund, der aussieht, als würde er etwas sagen. Das war Thomas. Das war sein Sohn, der den Namen eines Gitarrespielers trug aus einer Welt, die es nicht mehr gab.

Cremer erkannte das Kind nicht, es sah nicht anders aus als alle Babys, nur sich selber erkannte er, wie er auf dem nächsten Foto seinen Sohn in den Schlaf wiegt, eingewickelt in ein weißes Tuch, aus dem nur der Kopf und die winzigen Finger herausschauen.

Auf dem Bild wissen Cremers kräftigen Hände nicht, wie sie das kleine Bündel halten sollen, und der Blick, den er auf seinen Sohn richtet, ist voll Stolz und voll Skepsis, obwohl ein Leuchten ausgeht von dem Gesicht des Kindes, das ihn auch jetzt noch anrührte.

Auf den nächsten Fotos erscheinen die Schwiegereltern und halten ihren Enkel wie eine Beute, die sie beschützen wollen vor ihrer Tochter und ihrem Mann. Das nächste Album:

Wickelbilder.

Badebilder.

Der erste Brei.

Taufe.

Der erste Geburtstag: ein Kuchen mit Kerze, rote Luftballons.

Schlittenfahrt im Winternebel.

Weihnachten.

Cremer selber ist nur auf wenigen der Fotos zu sehen. Meistens ist nur ihr Sohn drauf und hin und wieder auch Christiane, aber nur mit Kind, nie allein, als existierte sie nur durch ihn. Selten erscheinen andere Menschen, eine Frau, etwas älter als Christiane, aber mit ähnlichen Augen, vielleicht ihre Schwester. Ein dünner Mann, die Hände dunkel behaart, der auf jedem Bild ein Geschenk für den Sohn bringt, das viel zu groß ist.

Album Nummer drei:

Urlaub, irgendwo im Süden: Palmen, römische Ruinen, Sonnenbrand auf den Schultern.

Weinberge im Herbst.

Der zweite Geburtstag.

Wieder Weihnachten, in der gleichen Ecke der Baum, derselbe Schmuck, das Kind ein wenig größer, inzwischen steht es auf eigenen Beinen, hält einen Plastikring in den Händen und wirft dem Fotografen ein Lächeln zu.

Je älter der Junge auf den Bildern wurde, desto länger sah Cremer ihn an. Er merkte selbst nicht, dass er das tat.

Das hier soll alles also gewesen sein. Mehr war nicht passiert, ein Leben als Daumenkino. Mal werden Cremers Haare länger, dann militärisch kurz. Mal trägt er Koteletten, zwei Seiten später einen Kinnbart. Sein Mund wird schmaler, die Hüften breiter, und er schämte sich für das Bild, auf dem er in Badehose knietief im Meer steht. Irgendwo in den Bildern war das Geheimnis versteckt, das erklärte, was auf dem Berg passiert war, aber er fand es nicht in dieser ewigen Abfolge des Immergleichen:

Wieder war Weihnachten.

Wieder ein Geburtstag.

Wieder die Schwiegereltern.

Der Mann mit den behaarten Händen.

Urlaub.

Weihnachten.

Nur der Sohn wuchs, wurde nicht nur größer, sondern wuchs Cremer entgegen; bekam ein Dreirad, einen Schlitten, Fahrrad, Schulranzen, Ohrring, Mofa, Schlagzeug und Pickel, und war ihm auf den letzten Bildern ganz nah. Wenn er bereit war, das alles als Realität zu akzeptieren, dann nur wegen ihm.

Es piepste in seiner Jackentasche und Cremer suchte nach dem elektronischen Kalender. Der Psychologe hatte ihm das Gerät gegeben. Was das Hirn nicht mehr schafft, erledigt die Technik, hatte Teske gesagt. Jetzt piepste es immer, wenn ein Termin anstand. *Logopädie Frau Wernicke, grüner Gang, dritte Tür rechts* las Cremer auf dem kleinen Bildschirm. Ohne große Lust übte er, mit der Zungenspitze einen Punkt am Gaumen zu suchen, zu summen wie Bienen oder wie eine Schlange zu zischen. Lieber behielt er einen Sprachfehler, aber das sagte er nicht. Hinterher begegnete ihm auf dem Gang Teske. Der Psychologe sah zufrieden aus.

»Na, Herr Cremer, ich höre Sie machen große Fortschritte«, begrüßte er ihn. »Nicht mehr lange und wir können Sie nach Hause entlassen.«

Cremer wollte gerade nicken, als er die dünne Stimme Levins hörte, der auf einem Stuhl vor einem der Therapiezimmer saß.

»Passen Sie auf, Herr Cremer, dass Sie nicht auf den

Psychologen reinfallen«, sagte Levin und hob seine Hand wie zu einer Warnung. »Er glaubt an die Zukunft. Deswegen will er, dass Sie funktionieren. Wenn Sie alle Tests brav machen und die Übungen am Computer, haben Sie auch wieder eine Zukunft, denkt er zumindest.«

»Dagegen ist doch nichts einzuwenden«, sagte Teske. »Er kann dadurch zumindest die Voraussetzung für eine weitgehend selbstständige Gestaltung seiner Zukunft erlangen.«

»Doch das ist es«, sagte Levin. »Sie setzen falsche Prioritäten. Das Leben im Kopf ist wichtiger als das in der Realität. Entscheidend ist nicht, dass Cremer zu seiner Familie zurückkehrt. Dringender ist, dass er sich erinnert und aus der Vergangenheit die Kraft schöpft für ein Leben in der Zukunft, wie immer das aussehen mag.«

Cremer wurde unruhig. Die Neonröhre über ihnen flackerte. Die anderen störte das nicht, aber er hatte den Wunsch, einen Stuhl zu nehmen und sie zu zerschlagen.

»Er braucht keine Erinnerung an die Vergangenheit, um die Zukunft zu bewältigen«, sagte Teske. »Er kann alles neu lernen, was er braucht. Jetzt geht es darum, Strategien zu entwickeln, um seine Ausfälle zu kompensieren. Mit deren Hilfe und dank der technischen Unterstützung werden Sie bald wieder völlig normal leben können«, sagte er zu Cremer. »Das wollen Sie doch? Sie wollen doch, dass alles so wird, wie es war?«

»Um sich wieder zu erschießen?«, fragte Levin, bevor Cremer noch wusste, was er antworten sollte. »Herr Teske, Sie sind ein netter Mensch. Vielleicht sind Sie sogar ein guter Psychologe, aber hier liegen Sie völlig falsch. Sie kratzen nur an der Oberfläche.«

»Wir leben auch nur dort«, sagte Teske. »Nirgendwo anders. Leben heißt kriechen an der Oberfläche.«

»Das reden Sie sich ein, aber das glauben Sie nicht einmal selber. Wir müssen uns erinnern, um …«

»Honoré de Balzac sagte, dass die Erinnerungen das Leben verschönern, aber dass das Vergessen allein es erträglich macht. Versuchen Sie einfach, Cremers Verletzung unter diesem Aspekt zu sehen. Vielleicht ist der Gedächtnisverlust ein besonders krasser Fall von Verdrängung, um sich das Leben erträglich zu machen. Das kann ich nicht beurteilen, Sie können das nicht, und Herr Cremer kann das momentan auch nicht, und es wäre wünschenswert, er würde es nie können. Auch deswegen ist der Schwerpunkt unserer Arbeit mit ihm gerade nicht die Erinnerung. Herr Cremer muss nicht auf die Vergangenheit zurückschauen, sondern eine Perspektive für seine Zukunft entwickeln.«

»Aber die Erinnerung …«

»Ich glaube, Sie verwechseln die Erinnerung mit der Vergangenheit. Die Erinnerung bringt nicht das zurück, was einmal war. Sie ist ein konstruktiver Prozess, der so stark ist, dass er die Vergangenheit zwingt, sich an sie anzupassen. Was vergangen ist, bleibt für immer vorbei.«

»Die Vergangenheit ist zwar vergangen, doch sie kann transformiert werden, sonst blieben wir für immer ihr Opfer.«

»Hübscher Gedanke. Und wie machen wir das?«

»Gerade durch die Art und Weise, wie wir uns erinnern, können wir würdigen und heilen, was war.«

»Sieh an. Sie sind Philosoph.«

»Nein, das nicht. Aber beinahe tot. Und ich sehe deswegen, was andere nicht sehen. Es geht nicht um mich. Nicht mehr. Ich bin vorbei. Und es geht auch nicht um Sie. Was Sie mit Cremer machen, ist falsch. Denken Sie darüber nach.«

Teske wollte noch mehr sagen, aber Levin nahm seine Krücken und humpelte davon, ohne noch einmal zurückzublicken.

Die nächste Woche regnete es, aber anschließend wurde das Wetter besser. Ein Hoch über Skandinavien lenkte warme und trockene Luft nach Mitteleuropa. Die letzten Wolkenfelder lösten sich auf, und schon am frühen Morgen stand kein Nebel mehr in dem kleinen Tal. Selbst bei geschlossenem Fenster lag der Duft der Nadelbäume schwer in der Luft, als Cremer hinaussah und erstaunt war von dem Ausblick auf Bach und Wald, aber er hatte gelernt, mit diesen Überraschungen zu leben. Vieles war neu in seiner Welt, tauchte auf aus dem Nichts und verschwand wieder, obwohl es immer mehr Inseln der Erinnerung gab. Er trieb nicht mehr ganz verloren auf dem Meer des Vergessens. Er erinnerte sich an alles, was ihm gefiel. Die dunklen Augen der Schwester beispielsweise, Fabienne hieß sie, das wusste er inzwischen, die täglich zu ihm kam und die er vermisste, wenn sie ihren freien Tag hatte. Oder den Psychologen. Er ging gerne zu Teske. Hin und wieder machte der immer noch Tests mit ihm, aber zunehmend nachlässiger, als zweifle er selber am Sinn dessen, was er da tat. Manchmal vergaß er einfach, die Ergebnisse zu protokollieren, manchmal hielt er die Lösungsblätter so, dass Cremer die Ergebnisse ablesen konnte, oder er unterbrach einen Test kopfschüttelnd, um mit ihm zu reden. Natürlich ging es immer um das Geschehen auf dem Berg, ausgesprochen oder unausgesprochen war es das geheime Zentrum, um das sich alles drehte; kein Satz, kein einziges Wort konnte sich seiner Anziehungskraft entziehen, selbst wenn sie über das Wetter sprachen, von der Ehe oder vom Häuserbau.

Der Einzige an den er sich immer erinnerte, war Levin, der mit dem heißen Wetter immer schwächer geworden war und immer langsamer durch die Klinik humpelte, als habe er unendlich viel Zeit. Nach dem Frühstück saß Levin oft vor dem Aquarium, und am Mittag, wenn Cremer von den Therapien kam, saß er immer noch da, den Körper zusammengekauert und die Stirn gegen das Glas gelegt, das leicht beschlagen war von seinen unregelmäßigen Atemzügen. Seine Augen verfolgten die Fische, als sei er auf der Jagd. Wenn Cremer sich neben ihn setzte, brauchte Levin ein paar Minuten, bis er ganz zurückgekehrt war, wie ein Taucher, der langsam an die Oberfläche stieg, damit die Lunge nicht riss.

Am nächsten Tag zog sich Cremer seine Trainingsjacke über, um Levin zu suchen. Er traf ihn mit dessen Frau im Café, dem geheimnisvollsten Ort der Klinik, wo die Patienten genauso zu Gästen wurden wie ihre Besucher. Beide traten hier aus den Rollen heraus, die man ihnen sonst zuschrieb. Draußen und drinnen begegneten sie sich für einen kurzen Moment und es schien so etwas wie Erlösung möglich. Levin saß in einem Rollstuhl und aß ein Sandwich, das er mit beiden Händen festhalten musste. Seine Frau war klein, schwarzhaarig und saß steif am Tisch, als müsste sie etwas beweisen. Vor ihr lag ein belegtes Brötchen. Die Käsescheibe schwitzte, und das Tomatenstück war verrutscht und hatte eine schleimige Spur hinterlassen. Sie versuchte eine Olive mit der Gabel festzuhalten, während sie mit einem stumpfen Messer einen Brotfetzen eher abriss als schnitt.

Levin lud Cremer ein, sich zu ihnen zu setzen, und er tat es zögernd, weil er nicht eines ihrer letzten Gespräche stören wollte, aber sie sprachen nicht vom Tumor oder dem Tod, sondern der Kirschernte, die dieses Jahr besonders gut ausfallen würde, denn die Bäume in ihrem Garten trügen so viel, wie schon lange nicht mehr. Levin und seine Frau lobten die Bäume, zwischen denen man eine Hängematte spannen könne, in der sie früher ihre Tochter geschaukelt hätten. Frau Levin erklärte das Rezept für Schwarzwälder Kirschtorte, das von ihrer Großmutter stamme und durch die Generationen weitergereicht würde und jedes Mal eine kleine, noch weiter zur Perfektion beitragende Verbesserung erhalte. Von ihr beispielsweise stamme die Idee, die Kirschen kurz in Amaretto einzulegen. Inzwischen sei das Rezept in den Händen ihrer Tochter, auch wenn diese sicher noch ein oder zwei Jahrzehnte brauche, bis die Torte wirklich den Ansprüchen genüge, die man angesichts einer so langen Tradition an sie zu stellen sicherlich berechtigt sei. Cremer steuerte Hannahs Rezept für Rote Grütze bei, in die unbedingt eine Handvoll Walderdbeeren gehöre, für die Bassnote, wie Hannah das genannt hatte, ein Begriff, der Frau Levin zum Lachen brachte. Sie versprach, das unbedingt ausprobieren zu wollen, sicherlich schmecke das großartig, und Kirschen habe man ja wirklich genug, und wilde Erdbeeren gebe es im Schwarzwald reichlich, auch deswegen, weil die meisten Leute sie aus Angst vor dem Fuchsbandwurm nicht essen würden. Sie persönlich pflücke sie seit vierzig Jahren und habe noch nie einen Bandwurm bekommen. Cremer müsse sie zur Zeit der Ernte besuchen kommen, sagte sie, und dieses uns schloss nicht nur ihre Tochter mit ein, sondern auch ihren Mann, der neben ihr saß und dessen Zeit so knapp bemessen war, dass er sie nur in kleinen Häppchen zu sich nahm, damit sie länger hielt. Levin würde keine Kirschen mehr essen und nie mehr in der Hängematte liegen, den Blick im Laub über ihm. Für ihn war die Zeit der Walderdbeeren unerreichbar weit weg.

Die Frau legte Levin die Hand auf den abgemagerten Arm, ganz leicht und so, dass Cremer erschrak, als er sah, wie viel Liebe gezeigt werden konnte in einer so kleinen Bewegung. Sie müsse jetzt gehen, sagte sie entschuldigend, beugte sich vor und küsste ihren Mann auf den Mund, den er nur unter Grimassen spitzen konnte. Levin winkte ihr hinterher mit der rechten Hand, deren Finger verkrümmt waren, als hätte man sie ans Kreuz genagelt.

»Eine bemerkenswerte Frau«, sagte Cremer und Levin schwieg, zustimmend, wie Cremer hoffte, ohne sich sicher zu sein.

»Wir sind zusammen, seit ich zwanzig bin«, sagte Levin nach einer Pause. »Sie war die einzige Frau in meinem Leben. Ich hatte Glück.«

»Ich erinnere mich auch nur an eine Frau«, sagte Cremer. »Aber es hat vermutlich noch andere gegeben. Eine davon habe ich geheiratet. Aber waren Sie nie in Versuchung? Gab es nie den Reiz des Fremden? Den Wunsch, etwas Neues auszuprobieren?«

»Natürlich gab es das.«

»Haben Sie nachgegeben?«

»Nein. Nie.«

»Und, war es schwierig? Ich meine, schwierig zu widerstehen?«

»Natürlich war es schwierig. Sonst wäre es keine Versuchung gewesen, sondern nur eine gute Gelegenheit.«

»Weiß sie es?«, fragte Cremer zögernd. »Ich meine, das mit dem Tumor, und dass …«

Er schwieg, und Levin verzog die Lippen zu einem Lächeln, das im Gesicht hängenblieb, als hätte er es dort vergessen. Er fing an zu nicken, mit kurzen, heftigen Kopfbewegungen, die erst aufhörten, als er mit der Hand unter sein Kinn fasste.

»Ich möchte noch einmal auf den Turm und ins Land sehen. Glauben Sie, Sie können mir dabei behilflich sein?«

»Das klingt nach letztem Wunsch.«

»Weiß man nie in meiner Situation, könnte aber schon sein. Also gehen wir. Letzte Wünsche müssen erfüllt werden.«

Den Rollstuhl mussten sie im Zimmer mit den Kanistern voller Reinigungsmittel zurücklassen. Levin wuchtete sich dort nach oben, stand mit durchgedrückten und zitternden Knien und sah Cremer stolz an. Er legte einen Arm um dessen Schultern, und sie traten ins Treppenhaus, wo Cremer ihn Stufe für Stufe die Eisentreppe nach oben hob. Mit jedem Schritt wurde der andere schwerer. Die Gravitationskraft nahm zu, als ob die Erde selbst verhindern wollte, dass sie aufstiegen, und alles versuchte, um sie unten zu halten, aber Cremer fühlte sich verpflichtet und gab nicht auf, bis sie in das Turmzimmer kamen, wo er sich schwitzend gegen die Wand lehnte und bedauerte, dass hier kein Stuhl stand, um sich zu setzen. Levin sah durchs Fenster runter auf das Café.

»Ich sehe uns dort sitzen«, sagte er. »Da ist meine Frau, und daneben sitzen Sie. Ich erkenne Sie an dem schiefen Kopf. Sie reden von Kirschtorte, ich höre es genau. Ausgerechnet. Ich hasse Kirschen. Ich habe sie schon immer gehasst. Diese endlosen Sommertage auf der Leiter, die Hände rotverschmiert, eine Farbe, die sich für Tage nicht löst, sondern in die Hornhaut einfrisst, schwarz wird und bleibt, wie sehr man auch schrubbt. Diesen sauren Geruch in der ganzen Wohnung, wenn der Entsafter läuft. Und dann dieser Kuchen, der immer matschiger wird, als er sein sollte. Es wird nach zwei Jahrzehnten mein erster Sommer ohne Kirschen. Und ich werde sie nicht vermissen. Kein bisschen.«

Cremer wischte sich mit dem Ärmel seiner Jacke über die Stirn.

»Es ist heiß hier drin«, sagte Levin. »Könnten Sie mich rausbringen?«

Cremer öffnete die Tür und half Levin, der sich auf den Sandsteinbalkon führen ließ und auf die Balustrade setzte. Cremer sah ihn ungern dort.

»Wollen Sie nicht lieber reinkommen?«, fragte er, aber Levin schüttelte den Kopf.

»Hatten Sie sich vorher überlegt, wie es ist, wenn die Kugel Ihnen das Hirn zerfetzt? Hatten Sie eine Idee, vielleicht von einem Lichtblitz? Einem Feuer, das alles verbrennt? Oder den Wunsch, sich das Nichts hineinzujagen, das alles nichtet?«

»Wenn ich es mir so konkret vorstelle, bekomme ich Angst vor dem, was ich gemacht habe. Aber was ich damals gedacht habe, weiß ich nicht mehr.«

»Sie haben mir etwas voraus. Sie haben den Tod schon gesehen. Ich kann nur spekulieren, was bei mir sein wird. Noch ein oder zwei Tage und ich liege wieder im Bett, sagen die Ärzte zumindest. Mein Tumor sei gerade sehr produktiv, im Endspurt, sozusagen. Ein schönes Wort eigentlich, produktiv. Das ist die Perspektive des Tumors. Seltsam, dass die Ärzte die einnehmen. Stück für Stück verlasse ich schon seit Tagen meinen

Körper, und alles, was ich tun will, wird immer schwieriger: gehen, greifen oder sprechen. Nur was automatisch passiert, funktioniert noch einigermaßen. Ich verdaue. Ich schwitze. Ich atme. Bald wird auch das aufhören. Sie sagen es nicht so genau, aber ich habe nachgelesen. Irgendwann kommt der Moment, bei dem sich meine Lungen nicht mehr mit Atem füllen, weil der Impuls dazu blockiert ist. Ich werde wach sein, bei vollem Bewusstsein, und versuchen die verdammte Luft in mich zu pumpen. Dann werde ich zusehen, wie ich ersticke. Ich sterbe wie am Galgen. Ich bin kein Verbrecher, aber ich werde aufgeknüpft wie einer. Es gibt einen Film, den ich früher gerne gesehen habe. Zwei Gauner tun sich zusammen. Der eine liefert den Partner aus und kassiert das Kopfgeld. Der andere kommt an den Galgen, und sein Kumpan schießt ihn im letzten Moment vom Strick. Sie sehen, dass man mit einer Kugel auch durchaus etwas Vernünftiges anstellen kann, nur für den Fall, dass Ihnen noch einmal eine Waffe in die Hände gerät. Aber leider ist das nur ein Film. Ich sehe keinen, der mit dem Gewehr im Anschlag wartet, um mich zu retten. Sie etwa?«

Cremer verneinte.

Levin drehte sich um und sah ihn an. »Wissen Sie was«, sagte er lächelnd, »ich glaube, genau betrachtet, mag ich Kirschen doch.«

Dann ließ er sich fallen.

In dem Moment geschah das Wunderbare. Er stürzte nicht, sondern flog, schwebte in der Luft, als habe die Schwerkraft ihn schon aufgegeben, als gehöre er nicht mehr zu ihrem Reich, und mit einem Mal erfüllte ihn eine Freude, die so groß war, dass er sie kaum ertrug. Es war die Sehnsucht der Menschen zu fliegen, die Sehnsucht der gesamten Menschheit seit Jahrtausenden, die sich hier erfüllte, ausgerechnet in ihm, in diesem Moment, und so groß wie der Traum vom Fliegen war, so groß war sein Glück, wie ein heller Stern war es, der in ihm explodierte, und er rührte sich nicht, um dieses Gefühl nicht zu zerstören, und blickte weit in die Welt. Er sah die Streuobstwiesen im Talgrund, wo sich Sonnenscherben im Bach spiegelten; den blauschwarzen Buckel des Belchen; darüber den Himmel, voller Botschaften der Düsenjäger; den Kirchturm, der sich hinter einem Rebhang nach oben reckte; die Landstraße, wo ein Motorradfahrer den Gashahn aufriss, den Motor aufheulen ließ und sich in eine perfekte Kurve legte. Sah die Schwalben, seine Brüder und Schwestern; alles sah er gleichzeitig, und immer mehr fiel durchs Auge: die verdorrten Spitzen der Kiefern, das Prisma in den Zuckerstreuern im Café, die abgewetzten Ledergurte um die kräftigen Hälse der Kühe, die Heugabeln in den blassgrünen Haufen auf der Wiese, die Farbe, die vom Holz der Fensterrahmen blätterte, Nester von abgenagten Zapfen an den Wurzeln der Tannen, er sah jeden einzelnen Stein auf dem Kiesweg, die Grashalme, die Schuppen auf dem Kragen des Oberarztes, die Tabakkrümel, die der Ergotherapeut in seine Zigarette drehte, und als er den Kopf wandte, sah er Cremer, der so ungläubig dreinblickte, und er rief ihn zu sich, aber Cremer konnte nicht kommen, sondern stieg in den Himmel auf; immer kleiner wurde sein Gesicht, immer mehr verschwammen die Züge des anderen, bis er schließlich weit droben verschwand.

Cremer ging, als er den dritten Polizeiwagen in den Hof hineinfahren hörte. Der Fahrer stellte den Motor ab, aber nicht das Blaulicht. Cremer schaute hinein, bis

sein eigenes Herz im gleichen Takt schlug. Links von
der Treppe flatterten Absperrbänder, rotweiß wie der
Schwanz eines Drachens. Mitten im Hof eine Plastik-
plane, grau, zerknittert, festgeklemmt mit ein paar Stei-
nen, damit der Wind sie nicht anhob und den Blick
freigab auf das, was geblieben war von dem Freund.
Polizisten standen ratlos. Einer sprach in ein Funkgerät,
ein anderer schnäuzte sich in ein Taschentuch und faltete es umständlich zu einem kleinen Quadrat, das er in
die Innentasche der Uniformjacke steckte.

Cremer sah nach oben. Levin war weit gekommen.
Er wusste, wo er jetzt war, dort war er selbst schon gewesen. Eine Krankenschwester weinte leise an der
Schulter eines Zivildienstleistenden, der wegschaute,
als gehe ihn das nichts an. Inzwischen wussten alle, dass
es hier einen Turm gab.

Niemand hielt Cremer auf, als er durch den Haupt-
eingang die Klinik verließ. Die Sonne stand am Himmel, ein frischer Wind wehte, und er ging so, dass er
beides im Rücken hatte. Fast kniehoch stand das Gras
auf der Wiese hinter dem Haus, durch die er stapfte wie
ein Kind durch Laubhaufen im Herbst. Mit den Fingern streifte er Samen von den Rispen, ließ sie fliegen
und sah ihnen nach. Seine Füße taten sich schwer mit
dem unebenen Boden. Zu lange waren sie nur über
Krankenhausflure geschlurft, aber er würde nie wieder
dorthin zurückkehren. Levin war frei, und er war es
auch. Hinter der Wiese begann ein schmaler Weg, der
sich durch Weinberge schlängelte, als sei ihm egal, ob er
jemals irgendwo ankommen würde. Auch Cremer
wollte nicht ankommen. Wer ankam, wurde ein Jemand, er aber wollte ein Niemand sein, mehr noch als
Odysseus, der den einäugigen Riesen überlistet hatte,
indem er sich Niemand nannte. Cremer wollte es

wirklich werden. Er war Odysseus und Polyphem, der
Blender und der Geblendete.

*Niemand ist mein Name, und Niemand rufen mich Vater
und Mutter und all die anderen Gefährten.*

Sein Vater hatte ihm das vorgelesen. Die Sagen des
Altertums. Ein schweres Buch, in Leder gebunden.
Vorgelesen, weil Cremer die Buchstaben nicht entziffern konnte, denn die Schrift war alt und eckig und sah
aus, als hätte sie jemand erdacht, um sperrige Worte in
Holz zu schnitzen. Bei diesem Satz hatte er Angst bekommen, deshalb wusste er ihn noch. Damals hatte er
sich dicht an den Vater gedrängt und war froh, dass der
ihn Paul rief und nicht anders.

Die Brille mit den seltsamen Gläsern warf er ins
Gras. Inzwischen hatte er sehen gelernt. Links von ihm
senkten sich die Rebhänge in eine Ebene hinab, die ein
blasser Dunst halb vor ihm verbarg. Er konnte die Felder ahnen, einzelne Baumgruppen, Gehöfte, eine Autobahn in der Ferne. Aus dem Nebel erhob sich eine
Bergkette, blauschwarz und unerreichbar weit weg.
Rechts stiegen die Weinstöcke an, in Reih und Glied
gepflanzt wie Soldaten, bis sie die Baumgrenze erreichten. Die Trauben waren noch jung und hart. Er
pflückte eine von ihnen, zerbiss sie wie eine Nuss und
sofort zog sich alles in ihm zusammen. Nichts war zu
schmecken von der schweren Süße des Weins, den man
im Herbst daraus keltert. Einzelne grauweiße Wolken
zogen über den Himmel, aus denen hin und wieder ein
paar Tropfen fielen, die spurlos auf dem Boden ver-
dampften. Der feine Nebel, den die Traktoren auf man-
chen der Rebhänge versprühten, brannte in der Lunge.
Eine Gruppe von älteren Frauen mit Wanderstöcken
hechelte im Laufschritt an ihm vorbei, ganz außer
Atem, so dass sie seinen Gruß nicht erwidern konnten,

sondern wortlos und mit schwitzenden Gesichtern den
Berg hinaufstaksten wie Krebse auf der Flucht vor den
Möwen. Er folgte ihnen, soweit er das Geräusch ihrer
Stöcke hörte, und kam so durch Dörfer mit seltsamen
Namen – Ballrechten, Muggardt oder Grunern, Geis-
terstädte, in denen sich fast nichts rührte, höchstens
eine Fahrradklingel oder ein Rasenmäher, der die Stille
zermetzelte. Vor weißen Kirchtürmen plätscherte Wasser in rote Sandsteintröge. Als er müde wurde, legte er
sich auf einer Wiese in den Schatten eines Strohballens
und erwachte mit einem Lächeln im Gesicht, denn im
Traum war ihm Hannah erschienen.

Kurz darauf erreichte er ein Städtchen. Violette Häuser, ockerfarbene, rotbraune oder grasgrüne, mit hölzer-
nem Gebälk und verspielten Erkern, noch mehr aus der
Zeit gefallen als er selbst. Eigentlich gehörten Kutschen
hierher und Menschen, die langsam und würdevoll gingen, doch die gab es nicht, sondern nur einige Reise-
busse, die ihre Fracht in die Gassen leerten: Urlauber,
die mit ausgestreckten Armen Fotos machten und folgsam ihren Führern nachgingen, um nicht verlorenzuge-
hen. Früher hatte man die Kamera vors Auge gehalten,
dachte Cremer, aber er wurde unsicher, ob das wirklich
stimmte, als er die Bewegung der anderen sah. Nach
jedem Bild hasteten sie weiter und machten das nächste,
als ob die Häuser sich gleich auflösen würden. Es sah
seltsam aus. Zu seiner Zeit gab es außerdem weniger
Tätowierungen, weniger Pudel, und ältere Herren
wären nicht für eine Tour mit dem Fahrrad in gelbe
Plastikanzüge geschlüpft. Auch an Palmen in Blumen-
kübeln konnte er sich nicht erinnern. Die Autos waren
eckiger gewesen. Kinder schrien weniger. Nur die alten
Frauen sahen grau aus wie immer. Er fragte sich, ob der
Westen an den Veränderungen schuld war oder das Jahr

2007. Er war durch die Zeit gefallen und durch den Raum, kein Wunder, dass alles so anders war.

Auch die Sprache war neu. Viele Ausdrücke auf Anschlägen oder in Schaufenstern kannte er nicht: Headset. Hartz IV. Bonuspunkte. Mailen. Kundenkarte. Döner. Internet. I-Pod. Flatrate-Party. Er würde sich eine Liste anlegen müssen, um die neuen Wörter zu lernen und die neue Welt, die dahinterstand.

Zwei Kinder kamen ihm mit ihrer Mutter entgegen, in den Händen ein Eis. Sie starrten ihm auf den Kopf. Vor einer Gaststube saß eine sehr alte Dame im rosa Mantel und schwerem Goldschmuck, verlassen wie ein Hund, den man vor einer Metzgerei angeleint hat. Sie sah aus, als sei sie Sängerin gewesen, früher einmal, zu Zeiten der Schellackplatten, dachte Cremer und folgte einer der krummen Gassen zur Kirche. Hier war kein Mensch. Keine Schatten hasteten über die Straßen. Kein Kind schrie. Keine Autos fuhren und er hoffte, in dieser Einsamkeit zu vergehen. Der Kirchturm war massig, als gehörte er zu einer Burg. Er wäre gerne hinein, vielleicht wegen der Stille, die aus den bemalten Fenstern aufs Pflaster fiel, doch die Tür war verschlossen, also drehte er um und kam zurück zu dem Platz, an dem die ältere Dame noch immer saß. Er nickte ihr zu, denn außer ihm war sie der einzige Mensch in dem Städtchen, der kein Ziel hatte, und sie hob die Hand zu einem wissenden Gruß.

In der Mitte der Straße standen Touristen und fotografierten den Bergkegel, der sich im Fluchtpunkt der Hauptstraße erhob. Hier hatte Faust seine Experimente durchgeführt, Goethes Faust, betonte ein Lehrer verzweifelt, doch keiner der Schüler hörte ihm zu. Sie hatten eine Eisdiele entdeckt und ließen ihn stehen, obwohl er seine Hand noch erhoben hatte, um auf den

142

Berg zu zeigen. Früher waren die Lehrer anders gewesen, dachte Cremer, und die Schüler, aber es hatte auch weniger Eisdielen gegeben, sicher machte das den Unterschied aus.

Ein *Café Stohren* warb mit einer Leuchtreklame, die ihm vertraut erschien, eine geschwungene Schreibschrift in gedeckten Farben, und er trat durch die Glastüre in einen Verkaufsraum, der ihn überwältigte, so warm und süß roch es hier nach Schokolade, Marzipan, gerösteten Haselnüssen, Kaffee und Tee. Hinter einer Glastheke waren die Köder ausgeworfen: Schnittchen, Krapfen, Kuchen, Muffins, Zöpfe, Stollen, Fruchttörtchen, Striezel und Rollen.

Cremer setzte sich an einen Tisch, so dass er die Theke beobachten konnte. Ein gehäkeltes Deckchen lag auf der Glasplatte vor ihm. Er bestellte einen Mokka und eine Schwarzwälder Kirschtorte, für Levin, der jetzt in diesem Strudel aus Licht sein musste, der einen rauszog aus allem und in dem er selber die Orientierung verloren hatte, so dass er zurückgefallen war in diese Welt. Er aß den Kuchen langsam und voller Andacht, zuerst die Krone aus Schokoladenplätzchen. Was nach dem Lichtstrudel kam, wusste er nicht, aber er hatte es nicht eilig, es zu erfahren. Als er das letzte Stück in den Mund schob, stürzte sich eine Frau auf ihn, warf ihre Arme um seinen Hals, küsste ihn auf die Wange und ließ sich ihm gegenüber auf den Stuhl fallen.

»Mensch Paul, deine Frau erzählt überall, du bist krank und kannst dich an nichts erinnern und musst noch ewig in dieser Klinik bleiben, und jetzt sitzt du hier und isst Kuchen.«

Ihre kurzen Haare waren blondiert und standen vom Kopf ab. Hände und Unterarme waren fleischig und zupackend, und er spürte ihre Kraft, als sie die Finger auf seinen Schenkel legte und ihm zublinzelte.

»Schön, dass du wieder auf den Beinen bist. Du siehst prima aus. Du hast abgenommen. Steht dir eigentlich. Sie kochen nicht recht dort, das sieht man.«

Er hatte das Gefühl, dass er die Küche der Klinik verteidigen müsse, aber bevor er etwas sagen konnte, redete sie weiter.

»Zeig mal deinen Kopf, Paul.«

Sie strich ihm die Haare zurück und schrie leise auf.

»Oh nein. Das sieht ja grauenvoll aus. Das hätte ich dir nicht zugetraut. Warum machst du solche Sachen?«

»Weiß nicht. Sagen Sie es mir.«

»Mensch Paul, jetzt fang nicht an, mich zu siezen. Du weißt doch, wer ich bin. Paul? Das weißt du doch, oder? Du willst mich nur ärgern. Mach das nicht, einverstanden? Seit wann bist du draußen?«

»Seit gerade erst.«

»Und du wohnst wieder bei deiner Familie?«

»Noch nicht.«

»Aber du bist entlassen worden.«

»Ich glaube, ich habe mich selber entlassen.«

»Ganz der Alte. So kennen wir dich. Schießt sich einmal quer durch den Dickschädel und nichts passiert. Habe ich gleich gesagt: Beim Paul ist nichts drin, was kaputtgehen kann. Aber ich muss los. Paul, du meldest dich bei mir, versprich mir das, ja?«

Sie gab ihm einen Kuss auf den Mund, stand auf und ging mit kurzen, energischen Schritten davon, ohne sich noch einmal nach ihm umzudrehen. Er wollte ihr hinterher, aber war kaum bis zur Tür des Cafés gekommen, als eine knochige Hand sich in seine Schulter grub.

»Gegessen haben wir, getrunken auch, nur bezahlen wollen wir nicht. Aber so funktioniert das nicht bei uns, mein Herr«, sagte die Frau in weißer Schürze, die vor Wut und Aufregung rote Flecken auf den Wangen bekam. »Das macht sieben Euro fünfzig. Und zwar sofort.«

»Ja«, sagte Cremer erstaunt. »Das stimmt. Das habe ich ganz vergessen.«

»Das sagen alle. Also, sieben fünfzig.«

»Das würde ich gerne, allerdings habe ich gar kein Geld.«

»Aber Kuchen essen Sie trotzdem.«

»Ich hatte beim Bestellen leider nicht daran gedacht. Es tut mir leid. Ich bin ganz aus der Übung.«

»Ob Ihnen das leid tut oder nicht, ist eigentlich ganz egal. Jetzt kommen Sie mal mit rein. Das regeln wir dort.«

Cremer ließ sich von der Frau ohne Widerstand abführen und wartete im Backzimmer, wo ein kräftiger Lehrling mit teigverklebten Händen zu seiner Bewachung abgestellt wurde, bis die Polizei eintraf, ihn als vermissten Patienten identifizierte und zurück in die Klinik brachte.

Spät in der Nacht glotzte Cremer noch immer auf den Bildschirm des Fernsehers, auf dem ein Zug zu klassischer Musik durch eine ungeheuer triste Landschaft fuhr, hindurch zwischen Birkenwäldchen und Kohlfeldern, auf denen Bauern in grauen Kitteln bei der Ernte waren und der Eisenbahn winkend nachblickten, als würden sie nur alle paar Wochen eine sehen. Es hatte eine Weile gedauert, bis er mit der Fernbedienung zurechtgekommen war und den Knöpfen mit englischen Bezeichnungen. Er hatte anfangs versucht das System zu verstehen, doch das hatte nicht funktioniert. Erst als er es ganz seinen Fingern überlassen

145

hatte, war der Fernseher aufgeflimmert. Jetzt war sein Kopf so voll, dass er Angst hatte, die Narben an den Schläfen könnten aufplatzen und sich ein Schwall von Bildern ins Zimmer ergießen. Bilder von Frauen in schwarzen Kostümen, die Staubsauger verkauften. Von Laserschwertern und Autorennen in amerikanischen Großstädten. Von Zugvögeln in Afrika und einem blinden Bergsteiger. Er hatte Kugeln gesehen, die in Köpfe einschlugen, in Schaufenster, in eine Telefonzelle oder von Übermenschen im Flug festgehalten wurden. Er hatte ein Billardturnier in grotesker Ruhe gesehen, nur unterbrochen vom leisen Klacken und dem sporadischen Applaus eines unsichtbaren Publikums. Eine italienische Oper mit deutschen Untertiteln. Dicke Kinder im Dirndl, die jodelten. Wegen Mietschulden musste eine Familie ihre Wohnung verlassen. Zwei Männer unterhielten sich über ein Fußballspiel. Ein ungeborenes Kind starb an einem Schlaganfall. Wilhelm II. ritt in Schwarzweiß vorüber. Ein Koch dünstete Gemüse, während er spanische Weine verkostete. Heu wurde von Hand geerntet. In der Antarktis war es zu warm. Und immer wieder Nachrichten, auf allen Sendern, immer wieder die Deutschlandkarte im Hintergrund, die Großdeutschlandkarte, keine Grenze gab es mehr, keine Mauer, kein Politbüro. Er kannte nicht mehr die Namen der Fußballspieler. Kein Torsten Gütschow. Kein Andreas Thom, sondern junge Männer, die Lahm hießen oder Podolski. Auch Honecker war verschwunden und die *Aktuelle Kamera*. Selbst Kohl aus dem Westen gab es nicht mehr, dafür eine Frau Merkel, die Kanzlerin der Deutschen war, aller Deutschen außer ihm, denn er wusste nichts von ihr, er hatte sich weder für sie entschieden, noch gegen sie.

Die Bilder der endlosen Zugfahrt schläferten ihn ein. Rechts Birkenwäldchen, links der Kohl, eine leichte Kurve, Hügel voller Kohlfelder, auf ihrer Kuppe Birken. Zerfallene Bauernhäuser. Kohlbauern, winkend, und – sensationell – ein Fluss mit ein paar Pappeln, die der Wind bog.

Er drückte die Fernbedienung, um das Gerät auszuschalten, aber es funktionierte nicht, und er starrte weiterhin auf den Bildschirm, als er plötzlich ein Gesicht sah, das ihn auf dem Stuhl festnagelte und keine Chance ließ, sich zu bewegen.

Cremer wagte nicht einmal zu blinzeln angesichts der Augen, die ihn ansahen, unerbittlich, dabei nicht einmal unfreundlich, sondern mit einem gewissen kalten Interesse.

»Wir haben mit Menschen gearbeitet, für Menschen und gegen Menschen«, sagte der Mann in ein gelbes Mikrophon, das ihm eine junge Reporterin mit Pferdeschwanz vors Gesicht hielt. »Das war unsere Aufgabe, die haben wir erfüllt und darauf können wir stolz sein.«

Die Stimme weich und voll wie die eines Sängers.

Cremer kannte sie.

Sie müssen vorsichtig sein, 375. Sie müssen das sagen, was Sie meinen. Und Sie müssen meinen, was Sie sagen. Sonst wird es sehr schwierig.

Er war alt, sicher bald siebzig, aber nicht schwach, im Gegenteil, er sah aus, als sei er im Lauf der Jahre immer weiter verhärtet, immer unbeugsamer geworden. Alles Lebendige hatte ihn längst schon verlassen, so dass nichts mehr übrig war, das hätte sterben können. So überzeugt war seine Stimme von dem, was er sagte, wie Cremer es nie in seinem Leben von etwas sein würde.

»Und deswegen setzen wir uns ein für DDR-Bürger, die von der Siegerjustiz der Bundesrepublik bedroht sind wegen Aufgaben, die im Rahmen unserer Verfassung – der Verfassung der Deutschen Demokratischen Republik – legal gewesen sind.«

Noch immer sah der Mann ihn an, und Cremer spürte, dass er selber mit einem Mal aufrecht auf dem Stuhl saß und der Rücken die Lehne nicht einmal berührte, als ob er dem Gesicht im Fernseher Rechenschaft schuldete.

Die Frau mit dem Mikrophon stellte eine Frage, die Cremer nicht verstand, weil er versuchte den Ton lauter zu stellen und ihn dabei versehentlich ganz abdrehte. Als er den richtigen Knopf wiedergefunden hatte, hörte er ihn »… kämpfen daher gegen die Klischees, Verleumdungen und Horrordarstellungen der Arbeit des Ministeriums für Staatssicherheit und werden es nicht dulden, dass faschistische Verbrechen verharmlost werden und gleichzeitig der antifaschistische Widerstand diskriminiert und diffamiert wird.«

Die Journalistin bedankte sich, schaltete zurück in die Zentrale, wo der Sprecher in die Kamera blickte und einen Bericht über das Elend deutscher Rentner ankündigte, die auf Mallorca Anlagebetrügern zum Opfer gefallen waren.

Cremers Daumen drückte den richtigen Knopf an der Fernbedienung und der Nachrichtensprecher verschwand, aber im Dunkel des Zimmers leuchtete der Bildschirm grau, als hätten die unzähligen Programmfetzen eine Spur hinterlassen, die darauf genauso wenig ausgelöscht werden konnte wie in Cremers Kopf.

Tage später holten sie Cremer, brachten ihn in einen anderen Verhörraum und ließen ihn dort allein. Er war verunsichert. Das war nicht sein Zimmer, auch wenn es nicht anders aussah. Auch hier standen die Tische in T-Form, auch hier gab es ein graues Telefon auf dem Schreibtisch, die Schaltanlage mit Knöpfen, auch hier ging der Blick kaum durch die Gardinen über die Dächer einer Stadt, die er nicht kannte. Er saß auf dem Hocker, als die Tür aufging. Er erwartete den Habicht, aber der, der hereinkam, war kein Raubvogel, es war ein fünfzigjähriger Mann, groß, aufrecht, mit einem freundlichen Gesicht, das Cremer an jemanden erinnerte. Vielleicht die Augen, die sehr wach waren, sehr klar, aber kalt wie ein Kiesel aus einem Bergbach zur Schneeschmelze. Sie sahen ihn nicht an, sondern mehr durch ihn hindurch, ein wenig belustigt, aber selbst das kannte Cremer, und es störte ihn nicht.

»Jetzt setzen Sie sich erst mal auf den Stuhl hier, 375«, sagte der Mann. Seine Stimme war weich und voll wie die eines Sängers. »Das mit dem Hocker ist doch unbequem auf Dauer.«

Cremer setzte sich auf den Stuhl, der vor dem Schreibtisch stand, mit geradem Rücken, ohne sich anzulehnen. Seit Wochen hatte er nicht anders gesessen.

»Sie haben vergessen, wie man auf einem Stuhl sitzt«, sagte der Mann lächelnd. »Aber Sie werden sich wieder daran erinnern.«

Aus seiner Aktentasche holte er eine Thermoskanne mit zwei Bechern.

»Kaffee?«, fragte er Cremer.

Der sah ihn schweigend an.

»Ah, ich erinnere mich. Mein Vorgänger hatte mich gewarnt. 375 spreche nicht und sei nicht aussagebereit. Er war ein wenig grob geworden, vermutlich, neigt er dazu. Deswegen habe ich ihn auch abgezogen. Es tut mir leid, dass ich erst jetzt Zeit für Sie finde. Sie müssen nichts sagen. Ich gebe Ihnen den Kaffee, auch ohne dass Sie danach fragen.«

Er schob Cremer den Becher hin. Der Kaffee war stark und bitter und gut, und Cremer erinnerte sich an das letzte Frühstück bei Hannah. Sie hatte ihn gebeten zu bleiben und nicht nach Leipzig zu fahren. Zu schlecht sei das Wetter.

»Zucker?«, fragte der Mann.

»Gerne«, sagte Cremer und schob die Tasse über den Tisch. Es war so einfach, wieder etwas zu sagen. Ohne Sprache stirbt etwas im Menschen. Vielleicht wuchs bei den Schweigemönchen an ihrer Stelle etwas Neues, ein gewaltiges Gebet oder die Liebe zu Gott, doch hier im Gefängnis wucherte nur die Verzweiflung.

»Ich bin unschuldig«, sagte Cremer. Der Zucker hatte sich aufgelöst. Jetzt war der Kaffee richtig gut. »Ich habe nichts getan. Nichts, was gegen die Gesetze verstößt. Nichts, was es rechtfertigt, dass man mich hier festhält.«

»Das heißt also, dass Sie es durchaus anerkennen, dass es gerechtfertigt sein könnte, jemanden hier einzusperren, falls er, ich betone das, falls er gegen Gesetze verstößt?«

Cremer erschrak, so durchdringend war plötzlich die Stimme, so stechend wurde der Blick.

»So habe ich das nicht gemeint.«

»Sie müssen vorsichtig sein. Sie müssen das sagen, was Sie meinen. Und Sie müssen meinen, was Sie sagen. Sonst wird es sehr schwierig.«

»Warum bin ich hier?«

»Es gibt verschiedene Vorwürfe gegen Sie. Sehr ernste Vorwürfe. Und Ihre Frage zeigt, dass Sie es selber noch nicht realisiert haben. Wir wissen doch längst alles. Hören Sie doch um Ihrer selbst willen mit diesen Spielchen auf. Die Zeit für Spiele ist längst schon vorbei. Wir wissen, dass Sie aus der Universitätsbibliothek Papier gestohlen haben. Eine Menge Papier. Das hätten Sie nicht tun sollen. Damit haben Sie sich selber und dem Staat keinen guten Dienst erwiesen.«

Das wussten sie also. Cremer hatte eine Stelle als Hilfsbibliothekar, er musste Bücher in den Kellerarchiven einstellen, Bestellungen bearbeiten, Mahnungen schreiben. Der Stapel Papier hatte wochenlang herumgelegen. Er hatte ihn mitgenommen für Hannah. Sie war Schriftstellerin, sie brauchte Papier. Sie und ihre Freunde.

»Es tut mir leid«, sagte Cremer.

»Es wäre schlimm genug, wenn Sie damit nur die Hochschule geschädigt hätten. Aber Sie halten uns für zu blöd, doch das sind wir nicht. Wir wissen, was mit dem Papier geschah. Noch Kaffee?«

Cremer nickte, während der Mann ihm wieder einschenkte und zwei Stückchen Zucker in die Tasse fallen ließ.

»Am zwölften Januar steckten in Leipziger Briefkästen diese Flugblätter, aber das wissen Sie ja.«

Der Vernehmer holte ein Blatt aus seiner Tasche und schob es Cremer hin.

A U F R U F
an alle Bürger der Stadt Leipzig

70. Jahrestag der Ermordung zweier
Arbeiterführer — Rosa Luxemburg und
Karl Liebknecht, und wieder werden
Tausende Werktätige verpflichtet,
einer Kundgebung »beizuwohnen«, bei
der die Redner die jährlich wieder-
kehrenden Ansprachen halten.

Beide Arbeiterführer traten für die
allumfassenden politischen und öko-
nomischen Interessen der Arbeiterklasse ein, so auch für ein ungehin-
dertes Vereins- und Versammlungs-
leben, für eine freie, ungehemmte
Presse, für allgemeine Wahlen und
den freien Meinungskampf. Menschen,
die dieses Vermächtnis unter Beru-
fung auf die Verfassung unseres Landes nach 40 Jahren DDR-Geschichte
in Anspruch nehmen, werden immer
wieder kriminalisiert.

Der Tag der Ermordung von Rosa Luxemburg und Karl Liebknecht soll uns
Anlaß sein, weiter für eine Demokra-
tisierung unseres sozialistischen
Staates einzutreten. Es ist an der
Zeit, mutig und offen unsere Meinung
zu sagen, Schluß mit der uns lähmen-
den Teilnahmslosigkeit und Gleichgültigkeit.

Lassen Sie uns gemeinsam eintreten
— für das Recht auf freie Meinungsäußerung
— für die Versammlungs- und Vereini-
  gungsfreiheit
— für die Pressefreiheit und gegen
  das Verbot der Zeitschrift »Sput-
  nik« und kritischer sowjetischer
  Filme

Um nicht die offizielle Kundgebung
in ihrem eigenen Anliegen zu stören,
rufen wir Sie auf, gemäß Artikel 27
und 28 der Verfassung, sich

    am 15. Januar 1989 um 16 Uhr
auf dem Markt vor dem Alten Rathaus

zu versammeln, abschließend ist ein
Schweigemarsch mit Kerzen zu der Gedenkstätte in der Braustraße vorge-
sehen.

»Sozialistische Demokratie beginnt
aber nicht erst im gelobten Land,
wenn der Unterbau der sozialistischen Wirtschaft geschaffen ist.«

Rosa Luxemburg Ges. Werke Bd. 4 Aus-
gabe 1914-1919 S. 358-364
Initiative zur demokratischen Er-
neuerung unserer Gesellschaft

»Es hat eine Weile gedauert, bis wir das Papier zuordnen konnten und den Diebstahl aufgeklärt haben. Die Demonstration war nicht genehmigt gewesen. Es war nur eine Handvoll Leute da, und die meisten haben wir festgenommen und zugeführt. Schade eigentlich, dass Sie nicht dabei waren. Trotzdem 375: Das ist keine Lappalie, sondern ein frontaler Angriff auf unseren Staat. Auf die Partei der Arbeiterklasse. Auf die Machtorgane unserer sozialistischen Gesellschaft. Und mit so etwas unterstützt man die Handlanger des Imperialismus im Westen. Die warten doch gerade darauf. Was hätte Ihr Vater davon gehalten? Als er in Ihrem Alter war, kämpfte er unter Einsatz seines Lebens gegen den Faschismus. Und Sie arbeiten dem Feind in die Hände. Dabei sind Sie doch Ingenieur. Sie haben doch gar nichts mit diesen Spinnern gemeinsam. Diesen sogenannten Künstlern. Ihren abstrusen Machwerken, den billigen Plagiaten westlicher Schund- und Schmutzliteratur.«

Cremer trank den letzten Schluck Kaffee. Was wusste der schon von seinem Vater. Der Zucker floss zähflüssig in seinen Mund. Er hatte das Papier für Hannah gestohlen. Für sie und ihre Freunde. Damit der ehrliche Erich endlich die kleine Zeitung mit Liedtexten herausgeben konnte. Für die Notensammlung von Mario. Für Gernot, damit er dem Manuskript ein paar Seiten hinzufügen konnte, die dann doch niemand las. Für Hannahs Gedichte. Stephans Drehbuch. Nur dafür, doch das konnte er ihm jetzt nicht sagen. Wenn er redete und Namen nannte, würde er die anderen gefährden. Dann würden sie Hannah holen, schlimmstenfalls das. Gerade noch war er unschuldig gewesen. Ein Einzelner, der alleine für sich ging. Plötzlich war er zum Kämpfer für eine Sache geworden. Das war ihm fremd.

Sein Vater hatte immer gewünscht, dass er für etwas einstand. Laut und unbequem sollte sein Sohn werden, so wie er selbst damals, aber Cremer war immer einer von den Stillen gewesen. Still und zufrieden. Jetzt drängte sein Vernehmer ihn in eine Rolle, die ihm nicht zukam. Er drängte und Hannah. Hannah und Thomas. Die steckten beide dahinter. Immer wieder hatte er im Herbst Thomas in Leipzig Päckchen von Hannah gebracht. Nur Bücher, hatte sie gesagt, und er hatte nicht gefragt, warum auch, denn manches war ihm nicht wichtig gewesen, aber es waren keine Bücher, es war das Papier. Flugblätter, das passte zu Thomas. Den hatten die Lieder mehr geprägt als das Leben.

The times, they are a-changing.

Eines ihrer Lieder damals am Bach. Nur Worte, eine Melodie, ein paar Griffe auf der Gitarre G-C-D-G für den Refrain. Ein Lied nur, das hatten sie beide gewusst, dachte Cremer zumindest, doch er hatte sich in Thomas getäuscht, und der hatte nicht begriffen, wo die Kunst aufhörte und das Leben begann.

For the loser now will be later to win.

Das hatte Bob Dylan gesungen. Dylan und sie, aber Thomas hatte es nicht nur gesungen, sondern wirklich geglaubt. Cremer glaubte nicht an Demonstrationen. Deswegen hätte er sich geweigert, wenn er gewusst hätte, was sie planten. Er wollte kein Held sein. Er wollte ein ruhiges Leben. Ein lautloses Glück war ihm genug. Dass gerade er einsaß für die Taten der anderen, war ein dummes Versehen. Andererseits würde er den Knast besser überstehen als Thomas. Der war ja schon beim Militär fast zerbrochen. Und Hannah hielte es hier keinen Tag aus, ohne wahninnig zu werden. Kein Mensch, den er kannte, brauchte so viel Freiheit wie sie.

»Äußern Sie sich zu den Vorwürfen, 375.«

»In dem Flugblatt steht nichts Verbotenes. Alles, was da steht, ist …«

»Was verboten ist und was nicht, das entscheiden wir, nicht Sie. Aber die Sache mit dem Aufruf zur Demonstration ist nicht alles. Vor den Kommunalwahlen tauchten noch weitere Flugblätter auf. Auf dem gleichen Papier. Die kennen Sie doch auch.«

Er legte Cremer ein rotes Blatt mit weißen Buchstaben hin:

Mensch gehe zur Wahl;
Denn du bist ein denkender;
Bleibe es und stimme mit NEIN
Deine Stimme zählt

7. MAI

Nichts ist schwerer und nichts erfordert
mehr Charakter, als sich in offnem
Gegensatz zu seiner Zeit zu befinden,
als laut zu sagen: NEIN
LESEN   DENKEN   WEITERGEBEN

»Ich weiß, dass Sie glauben, 375, uns entgeht etwas, aber das tut es nicht. Überhaupt nichts entgeht uns. Wir sind diejenigen, die die Wahrheit finden, und wir sind die, die sie sagen. Vielleicht sogar als Einzige in diesem Staat. Das ist unser Schmerz: Dass nicht alle begreifen, wofür wir stehen. Und dass es noch immer so viel Lüge gibt. Dabei kommen doch die einzigen realistischen Berichte von uns. Alles andere ist doch ein Einheitsbrei aus Jubelmeldungen von den Betrieben, den Medien oder den Funktionären.«

Cremer sah ihn erstaunt an.

»Schauen Sie nicht so verwundert, 375. Das heißt nicht, dass ich irgendwie auf Ihrer Seite stehe. Im Gegenteil. Mit diesen Flugblättern ist die Grenze des Erträglichen längst überschritten. Das sind übelste Machwerke. Ein Angriff auf unseren sozialistischen Staat. Damit stellen Sie sich auf die Stufe von Krawczyk und Konsorten.«

»Aber es ist doch richtig, dass hier jede Meinungsäußerung unterdrückt wird und dass …«

»Beherrschen Sie sich gefälligst. Das ist Staatsverleumdung. Paragraph 220. Hier ist ein Gefängnis, das ist ein öffentlicher Raum. Wenn ich so etwas noch einmal von Ihnen höre, dann kriegen Sie noch ein paar Jahre drauf. Ich will nicht Ihre persönliche Meinung. Ich will Fakten. Sie wollen Ingenieur werden. Sie sind keiner von diesen Spinnern. Liefern Sie uns Fakten, dann kann ich vielleicht etwas für Sie tun.«

Er legte einige Fotos auf den Tisch. Unscharfe Aufnahmen. Die Gesichter verwackelt, aufgenommen mit dem Teleobjektiv.

»Kennen Sie die?«

Natürlich kannte er sie. Fast alle waren da: Erich, Gernot, Porno-Kuli, ein Schauspieler, dessen Namen er nicht kannte, ein angeblicher Regisseur, Gerda mit dem Lispeln, Stephan, zwei Umweltschützer. Ein Wissenschaftler vom VEB Geologische Erforschung und Erkundung. Eine Modegestalterin ohne Stelle. Ein Geigenbauer. Zwei oder drei der Leute, mit denen er an der Uni zu tun hatte, darunter ein wissenschaftlicher Assistent vom Seminar. Kein Bild von Hannah.

»Nie gesehen«, sagte Cremer. »Keinen von ihnen.«

»Das ist nicht die Art von Gespräch, die ich mir mit Ihnen gewünscht habe«, sagte der Vernehmer plötzlich.

»Wir beide wollten einen offenen Dialog führen und jetzt lügen Sie mir ins Gesicht. Denken Sie an die Universität. Ihr Stipendium. Das werden wir so nicht aufrechterhalten können, wenn Sie mich derart enttäuschen, und wenn ich ehrlich bin, dann schäme ich mich für Sie. So kommen wir nicht zusammen. Ich lasse Sie zurück in den Verwahrraum bringen. Überlegen Sie's sich. Wenn Sie hier heute auspacken, können Sie morgen wieder studieren. Wäre doch angenehmer als das hier. Ich kann warten.«

Er drückte einen Knopf, die Tür ging auf und Cremer wurde in seine Zelle geführt. Es war seltsam: Seit heute hatte es einen Sinn, dass er hier war. Gerade war er noch ein Opfer staatlicher Willkür gewesen. Jetzt war er ein Märtyrer des Widerstands. Ein Kämpfer. Sein Vater wäre stolz auf ihn. Hannah auch. Und Thomas. Für sie alle litt er hier. Für sie ließ er sich nachts wecken, starrte auf den Fußboden, drehte Kreise im Tigerkäfig und sank auf dem Hocker zusammen. Er war nicht unschuldig. Er war schuldig im Sinne der Anklage. Am liebsten hätte er sofort ein Geständnis unterschrieben, aber das verlangte keiner von ihm. So stark wie jetzt hatte er sich lange nicht mehr gefühlt.

Die nächsten Tage widersprach er seinem Vernehmer. Redete von Demokratie und Marktwirtschaft. Pressefreiheit und Grundrechten. Schließlich hatte Honecker die Menschenrechtsakte in Helsinki unterzeichnet. Gorbatschow. Perestroika. Je mehr er mit ihm diskutierte, desto weniger würde er daran zweifeln, dass Cremer wirklich hinter den Flugblättern steckte. Wenn er sich auf ihn als Täter einschoss, würden die anderen langsam vergessen. Der Vernehmer genoss seinen Widerstand. Endlich einer, der sich nicht feige verkroch. Immer wieder legte er Cremer Bilder vor. Hakte nach.

Was hat dieser für eine politische Haltung? Wie denkt jener über den Staat. Haben die beiden schon mal an Ausreise gedacht? Wer half beim Drucken der Flugblätter? Wer verteilte sie? Was ist als Nächstes geplant? Wer ist der Kopf der Gruppe? Wer das Herz? Die Hand? Wer sympathisierte? Wer rekrutierte neue Leute? Welche Mittel und Methoden wenden sie an? Wo werden die Machwerke verbreitet? An welchen Vorbildern orientieren sie sich? Welche Diskussionen über Kunst werden geführt? Wer ist progressiv? Wer schwankend? Suchend? Verirrt? Feindlich negativ? Manchmal wurde er wütend und flüsterte heiser. Ein paarmal kamen andere ins Zimmer. Der Schweiger umkreiste Cremers Stuhl und ging ohne ein Wort. Der Habicht schoss durch die Tür, wütend, weil ihm der andere die Beute entrissen hatte. Ein anderer brüllte.

Cremer leugnete alles, oder er erfand Namen, Adressen, Kontakte. Es war wie ein Spiel, bei dem von vornerein feststand, dass Cremer verliert, so dass er jedes Risiko eingehen konnte. Als er immer dreister wurde, hörten die Verhöre auf, und Cremer saß in der Zelle und vermisste seinen Vernehmer. Sein sarkastisches Lachen. Die bohrenden Fragen. Den Kaffee, immer zwei Stückchen Zucker pro Tasse. Die Geste, mit der er einen Arm hinter den Nacken legte, den Kopf dagegen lehnte und lange schweigend an die Decke sah. Die Überzeugung, die hinter dem stand, was er sagte. Das war vielleicht am beeindruckendsten. Er meinte immer genau, was er sagte. Bei ihm gab es keine Zweifel, kein Zögern. Er spielte nicht mit der Macht, sondern übte sie aus für ein höheres Ziel. Er hatte recht, wenn er ihn verfolgte. Manchmal sah er sich selber mit den Augen des Vernehmers. Wer war er schon? Ein Student. Vollwaise. Unsicher, aber aufsässig.

Politisch ungefestigt, aber voller Widerstandsgeist. Angehender Ingenieur, aber befreundet mit Künstlern. Sohn eines Spanienkämpfers, doch selbst ohne Kampfgeist. Sein Vernehmer hatte erkannt, dass er noch wandelbar war. Er fragte ihn nicht nur aus, sondern wollte ihn für das Gute gewinnen. Für das, was er für das Gute hielt. Es war schwierig, zu widerstehen. Manchmal hätte er ihm gerne zugestimmt. In vielem hatte er recht und dumm war er auch nicht, im Gegenteil. Das Einzige, was das verhinderte, war Hannah. Hätte es sie nicht gegeben, wäre er übergelaufen, ohne zu wissen, was das bedeutete. Er versuchte, sich wie früher an ihre Gedichte zu erinnern, aber es fiel ihm jetzt schwerer. Zwischen ihn und die Welt draußen war ein anderer getreten, den er nicht so leicht wegschieben konnte.

Erst nach ein paar Tagen holten sie ihn wieder. Die Verhörzimmer waren einen Stock über den Zellen. Die Ampelanlage im Treppenhaus regelte den Verkehr, und heute stieß ihn die Wache in die Kammer am Ende des Flurs, weil Schritte von oben her kamen, und er stellte sich das Gesicht zu den Schritten vor. Ein freundliches Gesicht, alle Häftlinge hatten sicher freundliche Gesichter und offene Augen, mit den sie einen ansahen. Männer gab es in seiner Vorstellung und Frauen, aber Hannah nicht, sie nicht, sie war draußen und frei, und er würde alles auf sich nehmen, damit das so blieb.

Sein Vernehmer schwieg, lehnte sich zurück in seinen Stuhl, holte ein Buch aus seiner Aktentasche und fing an zu lesen. Es war *Der Idiot* von Dostojewski. Er war noch ganz am Anfang, vielleicht erst bei der Bahnfahrt, in der Rogoschin den Fürst kennen lernte. Cremer fragte ihn, ob er die anderen Romane des

Russen gelesen hatte, aber der Vernehmer schüttelte den Kopf und legte den Zeigefinger auf den Mund.

Und las.

Er las sehr langsam. Manchmal bewegte er leise die Lippen, sicher bei den langen russischen Namen. Cremer erinnerte sich an die Figuren in dem Roman. Ganjetschka Ardalionowitsch oder Fürstin Belokonskaja. Mit achtzehn waren sie Dostojewskianer gewesen, Cremer noch mehr als Thomas und Hannah.

Die nächsten Stunden verbrachte er damit, sich die Handlung des Romans vorzustellen. Der Vernehmer war in der Zwischenzeit nicht viel weiter gekommen, vielleicht zu der Szene, wo der Fürst gerade Untermieter wurde bei dieser Familie, deren Namen Cremer vergessen hatte. Einmal verschwand der andere und ließ das Buch aufgeklappt auf dem Schreibtisch liegen. Cremer hätte gerne ein paar Seiten gelesen, aber er wagte es nicht. Heute bekam er keinen Kaffee. Der andere trank ihn allein, aß zwischendrin eine Schrippe mit Wurstscheiben. Las weiter. Manchmal schüttelte er den Kopf. Manchmal blätterte er ein paar Seiten zurück.

Cremer wurde unruhiger. Das Schweigen war seine Waffe gewesen, die einzige, die er hier hatte. Dass der andere ihm auch das nahm, war unfair. Das hätte er ihm gerne gesagt, aber das wäre eine Schwäche gewesen. Also schwieg er an gegen das Schweigen des anderen, aber sein eigenes Schweigen war schwach und verzagt und Cremer spürte, dass er verlor. Sein Vernehmer sollte ihn ansehen. Mit ihm reden. Oder auch nur ihn schlagen.

Der andere las einige Tage lang. Der Vernehmer hatte das Buch noch längst nicht fertig, als er ihn das nächste Mal empfing. Er war sehr ernst und begrüßte ihn mit einem Nicken. Cremer erwartete, dass er lesen würde, aber er reichte ihm ein paar Zeitungsausschnitte über den Tisch. Zeitungen aus dem Westen. *Massaker auf dem Platz des himmlischen Friedens. 5 000 Demonstranten getötet, 30 000 verletzt.*

Darunter ein Bild: ein kleiner Mann, von hinten fotografiert, mit zwei Einkaufstüten in den Händen vor einer Reihe von Panzern.

Der Vernehmer tippte auf die Schlagzeilen. »Lesen Sie das. So etwas wollen wir hier doch vermeiden. Tote auf den Straßen, das hatten wir schon '53, und das könnte wieder passieren. Nicht aus Frust, wie damals, sondern aus Hoffnung. Die Hoffnungen der Menschen werden zu groß, und das ist genauso gefährlich, sogar noch gefährlicher als ihre Unzufriedenheit, vor allem, wenn es falsche Hoffnungen sind, denn was machen die Menschen? Sie verketzern ihr Heimatland DDR. Sie beleidigen es. Sie stören die öffentliche Ordnung. Sie ignorieren die Normen des Zusammenlebens, die bei uns gelten, und das nicht zufällig, sondern in voller Absicht. Und wenn der Staat provoziert wird, dann muss er reagieren. Er wird reagieren. Sie müssen uns helfen mäßigend auf diejenigen einzuwirken, die sich selber gefährden. Die Spielchen sind vorbei, 375. Jetzt wird es ernst. Sie müssen sich der Verantwortung stellen. Wir brauchen Namen. Zusammenhänge. Jetzt. Nicht später. Die Unruhe draußen wächst. Sonst wären Sie auch schon wieder frei, aber an Ihnen wird ein Exempel statuiert. Es kursieren die wildesten Gerüchte darüber, was mit Ihnen passiert ist. Hier drin sind Sie momentan mehr wert als draußen. Gut, dass Sie keine Familie haben. Ansonsten dürften Sie vielleicht Briefe empfangen oder Besuch. Aber Sie sind ja ganz allein. Sie haben niemanden, wenn ich das richtig sehe. Wenn

Sie Fräulein Opitz geheiratet hätten, wäre das etwas anderes. Trotzdem kümmere ich mich darum, dass Ihre Studentenbude nicht ausgeräumt wird. Falls Sie jemals ins Wohnheim zurückkehren. Viel mehr kann ich gerade nicht tun. Mir sind die Hände gebunden. Leider. Also sagen Sie jetzt, was Sie wissen.«

Cremer las immer wieder die Schlagzeilen. Die Zeitungen waren echt. Westzeitungen. Was da stand, das stimmte. Dem Neuen Deutschland hätte er nicht getraut. Wenn auch hier die Panzer rollen? Wenn die sterben, die voller Hoffnungen sind? Seine Freunde? Wenn er dazu beitragen könnte, das zu verhindern mit Hilfe seines Vernehmers. Der wusste, was zu tun war. Cremer fragte sich, was Hannah ihm raten würde in seiner Situation, und schwieg; nicht weil er sich weigerte zu antworten, sondern aus Unsicherheit, aber der andere missverstand ihn und entließ ihn wütend in seine Zelle.

Manchmal kam die Einsamkeit als ein Schleier, der sich über die Augen legte, so dass alles schwarz wurde, und er glaubte, nie wieder zu sehen. Manchmal als ein Feuer, das anfing, irgendwo drinnen zu brennen. Manchmal als Kälte. Manchmal kam sie langsam und näherte sich ihm wie ein furchtsames Tier. Heute aber sprang sie ihn an und krallte sich fest in seinen Gliedern. Er war wie gelähmt, während sie das Blut aus ihm saugte, das Glück und das Leben. Nur einen kleinen Rest ließ sie ihm, gerade so viel, dass ihm die einfachsten Bewegungen mühsam gelangen.

Am nächsten Tag stand ein Tonbandgerät auf dem Tisch.

»Einfach anhören«, sagte der Vernehmer. »Keine Fragen stellen.«

Das Band knisterte. Schlechte Qualität, dachte Cre-

163

mer, aber dann hörte er das Läuten der Klingel. Der Klingel bei Hannah. Hörte die Tür, ihr leises Knarren und eine Begrüßung, unverfänglich, ein wenig steif; man kennt sich nicht wirklich, dachte Cremer, aber dennoch gab es eine Vertrautheit, die ihn irritierte, denn den Namen des anderen hatte er nie gehört. Korten. Peter Korten hieß er, oder nannte sich so, und hatte eine Stimme, die Cremer nicht mochte, weil sie zu sanft war und in ihrer Weichheit gleichzeitig so fordernd, als sei der andere ein Militär. Ah, wie schön, sie schreibe also gerade, das freue ihn natürlich, sagte die Stimme, und Cremer hörte die Schritte hin zur Schreibmaschine. Ob er sehen dürfe, woran sie arbeite, fragte die Stimme, das heißt eigentlich war es keine Frage, eher eine Feststellung, und Cremer freute sich auf ihren Widerstand, doch sie sagte nichts. Hannah blieb stumm. Sie war mitten in der Arbeit. Der Mann kam und störte sie und wollte sogar ihren Text sehen und sie reagierte nicht einmal. Das war seltsam, doch Cremer hatte keine Zeit zu überlegen, was das bedeuten konnte, denn der andere hatte bereits das Blatt mit einem Ratsch aus der Schreibmaschine gezogen. Hätte er das gewagt, wäre sie mit dem Küchenmesser auf ihn losgegangen, aber der Mann konnte sich das erlauben. Die Stasi ist bei ihr, dachte Cremer, und sie ist vollkommen eingeschüchtert, obwohl das nicht zu ihr passt, doch dann hörte er sie leise fragen: »Gefällt es Ihnen? Ich arbeite schon seit einer Woche daran, aber ich kriege es nicht richtig aufs Blatt. In meinem Kopf stimmt es noch, aber wenn ich es aufschreibe, hört es auf zu singen. Verstehen Sie, was ich meine?«

Mit ihm redete sie nie so über ihre Texte. Vielleicht war er zu dumm. Doch nur ein Techniker. Ein Mann aus einer anderen, etwas simplen Welt, der ihre Arbeit nicht wirklich beurteilen konnte.

Natürlich verstehe er, sagte der andere, er sehe sofort, worauf sie abziele, aber noch sei alles zu deutlich. Man merke die Absicht und sei daher verstimmt. Es fehle ihm der gewisse Zauber aus ihren anderen Gedichten, aber sie sei gerade in einer sehr schwierigen Phase, einem Moment des Übergangs, wenn er das sagen dürfe. Ob sie sich das Visum für Ungarn inzwischen besorgt habe, fragte die Stimme, jetzt sei die Gelegenheit günstig, niemand könne sagen, wie sich die Situation weiterentwickle. Nach dem Massaker in Peking müsse man auch hier mit allem rechnen.

Cremer hörte ihre Antwort nicht, so leise war sie, aber ahnte, dass sie Nein gesagt haben muss, denn die Stimme des Mannes war jetzt noch sanfter und sagte Prag, dann bleibe die Botschaft der Bundesrepublik in Prag. Da seien schon einige Dutzend DDR-Bürger und die Chancen seien groß, dass für sie eine Möglichkeit zur Ausreise geschaffen werde. Schließlich hätten er und sie eine Abmachung getroffen: Er stehe zu seinem Wort und werde sie im Westen verlegen, erfolgreich verlegen, denn sie sei jung, sie habe eine ganz eigene Stimme, ein Gesicht, das sich verkaufen ließe, und eine Biographie, die Leser anspreche. Hier verschleiße sie sich nur in mittelmäßiger Polit-Lyrik, das wolle niemand mehr lesen, auch wenn es wichtig war, dass sie so etwas geschrieben hatte. Widerstand sei gut fürs Marketing. Das Publikum wird sie schon deswegen lieben. Dennoch sei es dringend notwendig, dass sie übersiedle. Er verkaufe nicht ein paar Gedichte, das sei zu wenig, viel zu wenig, wer lese schon Gedichte? Er verkaufe sie als Gesamtpaket, das sei alles längst besprochen mit den zuständigen Redakteuren der entsprechenden Zeitungen und Kultursendungen. Er verkaufe ihr Leben. Ihr Gesicht. Ihre vom Staat zerstörte Jugend. Und ihre Verse, das gehöre zusammen, untrennbar, und wenn sie sich dagegen entscheide, dann habe sich das alles eben erledigt. Wenn ihr der Mut fehle, dann bleibe sie eine Als-ob-Künstlerin, wie all die anderen hier, diese Regisseure, deren Filme nur in ihrem Kopf existierten, die Romanciers, die den großen Wurf schreiben würden, wenn der böse, böse Staat sie nur ließe, die Dramaturgen, deren Bühnenentwürfe nie realisiert werden, die Musiker, die ihre Lieder auf Kassetten im Freundeskreis rumreichen, und die Dichter mit ihren schlecht gedruckten Zeitschriften, die niemand interessierten. Wenn das ihr Ziel sei, wolle er sie nicht aufhalten, überhaupt müsse er seine Zeit hier nicht vergeuden, sondern sich jemand anderen suchen. Der Osten sei heiß, aber in ein paar Monaten könne das schon vorbei sein, und das Land würde wieder ruhig sein wie ein Grab, der Staatsterror werde schon dafür sorgen. Lange werde die Führung das nicht mitmachen. Jetzt müsse sie reagieren und auf den Zug aufspringen, jetzt, sonst sei es zu spät.

Die Stimme war immer ruhiger geworden, immer weicher, fast verträumt, und erst im letzten Satz wurde sie scharf. Sofort entschuldigte sich der Mann dafür, dass er grob geworden sei. Er wolle ja nur ihr Bestes und wenn sie nicht über Prag ausreisen werde, dann gebe es immer noch die Möglichkeit, dass sie ihn heirate. So könne sie übersiedeln, ohne flüchten zu müssen. Überhaupt sei das ja vielleicht die einfachste Lösung. Man müsse die Ehe ja nicht sozusagen vollziehen, nicht gleich wenigstens, das nicht, sondern eben als ihr Sprungbrett in den Westen betrachten und dann sehen, was sich daraus entwickle. Gemeinsame Interessen hätten sie allemal und der Altersunterschied sei nicht so bedeutend, dass er ihnen im Weg stünde, überhaupt werde das Alter ja überschätzt, es gehe sowieso eher um eine Art von Seelenverwandtschaft. Eine Art geistiger Übereinkunft. Daran könne sie ermessen, wie ernst es ihm sei. Die Investition, die er zu tätigen bereit sei, müsse ihr das doch deutlich machen. Noch diese Woche könnten sie versuchen, sich die nötigen Unterlagen zu beschaffen.

Er hörte Hannahs Stimme, die sagte, sie würde es sich überlegen.

Der Vernehmer stellte das Tonband ab.

»Wir sehen uns morgen, 375. Nehmen Sie es nicht persönlich. Sie ist eine Dichterin. Die tun alles für eine Veröffentlichung. Aber denken Sie auch daran: Das Verbringen von Manuskripten antisozialistischen Inhalts ins Ausland zum Zwecke der Veröffentlichung stellt eine Schädigung des internationalen Ansehens der DDR dar. Andere Autoren sind doch auch bemüht, sich mit Kräften den gewachsenen Anforderungen der Zeit zu stellen und künstlerisch-operativ zu reagieren, und veröffentlichen hier bei uns. Ich mache Ihnen ein Angebot: Sie reden mit uns, wir lassen Sie frei und dann wirken Sie auf Ihre Freundin ein.«

Cremer lag ordnungsgemäß auf der Pritsche. Die Hände gefaltet. Den Blick nach oben.

Sicher hatten sie ihre Stimme gefälscht. Das war nicht ihre Stimme gewesen. So redete sie nicht. Sie benutzte andere Wörter. Weniger unsicher war sie, wenn sie sprach. Fragte weniger und forderte mehr. Die Stasi konnte Stimmen fälschen. Oder Hannah war es doch, aber dann war sie gezwungen worden, mit welchen Mitteln auch immer. Leicht konnte das nicht gewesen sein. Eine Möglichkeit wäre, dass das Gespräch älter war und vor Jahren schon aufgezeichnet worden war, doch das konnte eigentlich nicht sein, denn der Mann hatte von den Ereignissen in China gesprochen. Cremer versuchte sich Hannah vorzustellen, aber die Leinwand im Augenkino blieb dunkel. Dafür hörte er sie. Ein feines Knistern, wie das des Tonbandes und ihre Schritte über den Boden im Bad. Er hielt den Atem an und lauschte, um die leise Spur von ihr nicht zu verlieren, und hörte, wie sie sich auszieht. Kleider rutschen über Haut und landen im Waschkorb neben der Dusche. Es raschelt wie Wind in trockenen Blättern – der Duschvorhang. Das leise Klappern sind die Ringe, die über die Holzstange unter der Decke rutschen. Jetzt steht sie nackt unter der Brause. Eine Viertelstunde, so lange duscht sie mindestens, mehr als einmal hat er am Frühstückstisch vor dem kälter werdenden Kaffee gewartet, dass sie endlich aufhört. Er weiß, dass das Wasser über ihre kräftigen Schultern läuft, die Arme hinunterrinnt, ihre Brüste benetzt, deren Warzen leicht schielen, und über ihren weichen Bauch und ihr Geschlecht fließt, aber er hörte es nur und sah sie nicht mehr vor sich. Schultern. Arme. Brüste: Das waren reine Begriffe geworden, die keinen Inhalt mehr hatten. Hannahs Bild blieb verschwunden. Viel später erst dreht sie das Wasser ab. Mit den Zehen patscht sie in der Lache auf den gelbgrünen Kacheln des Bodens. Sicher ist sie auf der Suche nach einer Gedichtzeile, einem Reim, einem Wort, das ihr noch fehlt. Immer ist sie am Schreiben; egal, was sie macht, es arbeiten Wörter in ihr. Der Föhn knattert, und er hat wie immer Angst, er könnte in ihren Händen explodieren. Jetzt wäre er gerne bei ihr, um ihre Haare trockenzureiben, würde sie vorsichtig packen, mit dem Frotteehandtuch reiben, bis nur ein Schimmer

von Feuchtigkeit auf ihnen glänzt, ohne einen Hinter-
gedanken zu haben, obwohl sie nackt vor ihm steht; das
wäre wichtig, denn sonst würden die Haare in seinen
Händen spröde, und sie würde sich beschweren, dass es
kalt sei, und sich wieder anziehen.

Er wollte einschlafen, aber immer wieder tauchten
Wortfetzen von dem Tonband in seinem Kopf auf. Es
geschah etwas draußen im Land. Die Stimme auf dem
Band hatte von Ungarn erzählt. Hannah sollte dorthin
und von dort in den Westen. In Prag waren Flüchtlinge
in der westdeutschen Botschaft. Vielleicht hatte die
Konterrevolution schon begonnen, und deswegen ließ
man ihn nicht aus dem Knast. Es ging nicht um ihn.
Nicht um Papiere, um Flugblätter, um Demonstrationen, sondern darum, die anderen einzuschüchtern.
Wenn selbst ein harmloser Student verschwand, hieß
das für die anderen: die Lage ist ernst. Deswegen keine
Briefe, keine Besuche, keine Telefonate. Das ganze Verhör war vielleicht nur ein Spiel, und auch die Ergebnisse waren egal. 375 war eine Figur, die aus taktischen
Gründen geopfert wurde, während man weit weg –
in einer anderen Ecke des Spielfeldes – die wahre
Schlacht schlug. Aber das passierte im Krieg, das wusste
er von seinem Vater. Als Einzelner durchschaute man
nie, worum es ging. Man wurde an einen Platz gestellt,
bekam eine Waffe und den Befehl, den Feind zu erschießen. Warum gerade hier, erfuhr man nicht, und
selbst der Feind war schwer zu erkennen, doch das hier
war sein Krieg und 375 würde kämpfen.

Am nächsten Tag wurde es heiß in der Zelle. Draußen schien die Sonne, dass die Glasziegel gleißten. Außerdem glühte die Heizung. Er schwitzte. Gerne hätte
er sich ausgezogen, aber das war vermutlich verboten.
Er riskierte es nicht. Manchmal war es besser, das Ver-

botene schon vorher zu ahnen, damit sie ihn nicht bestraften. Auch wenn man die Macht ablehnte, musste man akzeptieren, dass es sie gab, sonst drohte wieder die schwarze Zelle.

Er hätte seinem Vater besser zuhören sollen, dann wäre ihm das hier nicht passiert. Vater war noch als Schüler aus Deutschland geflüchtet, um in Spanien gegen Franco zu kämpfen. Das musste 1936 gewesen sein. Monatelang stand Carl Cremer an einer Brücke, Wache haltend am Übergang über ein Flussbett. Wasser floss nie darin, und wenn es rauschte, dann war es ein trockener Wind. Ansonsten lag eine Stille über dem Land, das aussah wie Afrika in den Büchern der Kindheit. Auf der anderen Seite stand der Feind in der gleichen Wüste aus Stein. Unsichtbar war er, nicht zu hören, ganz selten ein Mörser, das Tackern eines Maschinengewehrs oder Motorengeräusche.

Manchmal vermisste er die Schule. Schön kühl war es im Klassenzimmer gewesen, anders als hier in Spanien, selbst im Hochsommer, weil alte Kastanienbäume vorm Fenster standen. Noch vor einem halben Jahr hatte er selbst Kastanien gesammelt. Die anderen hatten vielleicht gerade Geschichte, und Geiger mit der Prothese aus dem letzten Krieg würde von Wallenstein erzählen und auf seinen Platz schauen, der leer bleiben würde. Kattenbaum würde mit den Schülern den *Faust* durchnehmen und nicht wissen, wen er die Hauptrolle lesen lassen konnte, weil Cremer fehlte. Zuletzt hatten sie bei ihm *Die Räuber* gelesen. *Pfui über das schlappe Kastratenjahrhundert, zu nichts nütze, als die Taten der Vorzeit wiederzukäuen. Stelle mich vor ein Heer Kerls wie ich, und aus Deutschland soll eine Republik werden, gegen die Rom und Sparta Nonnenklöster sein sollten.*

Wegen solcher Sätze war er hier. Wegen Schiller war er nach Spanien gekommen, um für die Republik zu kämpfen, ohne das Wissen der Lehrer, der Familie, nicht einmal seinen Bruder hatte er eingeweiht. Selbst Doktor Wegener wusste nichts, der ihnen abends beim Bier erzählt hatte, dass in Spanien jetzt die Freiheit der Welt verteidigt werde und sich das Schicksal Europas entscheide.

Vom Schicksal war allerdings nichts zu spüren, wenn er im Schatten des Zeltes saß, die Pistole auf den Knien. Ein paarmal nur hatte er sie abgefeuert, bei der Ausbildung; jetzt mussten sie Kugeln sparen.

Die Brücke war so alt wie die Felsen ringsum; ein Bogen aus braunem Stein, der sich mühsam aus dem Boden erhob, etwas Höhe gewann und erschöpft auf der anderen Seite des Ufers niedersank, um sich in einem staubigen Weg fortzusetzen, der sich irgendwo in den Hügeln verlor. Hannibal hatte sie erbaut, behauptete Pedro, als er durch Spanien zog auf dem Weg nach Rom. Sie sah alt genug dafür aus und schwer genug für die Elefanten, aber er hatte immer das Gefühl, dass Pedro sich über ihn lustig machte, weil er jung war, die Sprache nicht sprach und nicht aus Liebe für sein Land kämpfte, sondern aus Idealismus, dabei wusste er nicht einmal, ob es sein eigener war oder er ihn nur geborgt hatte von Schiller.

Der andere Deutsche in dem Außenposten war jung wie er, aber ganz anders, sicher weil er nicht wirklich deutsch war, sondern aus dem Banat kam. Seine Sprache war seltsam, altmodisch und schwerfällig, überhaupt redete Albiez nicht viel. Er sah einen an aus ruhigen Augen, nickte mit dem breiten Kopf, als sei alles gesagt, und konnte stundenlang neben einem sitzen, ohne mehr als zwei Sätze zu sprechen. Albiez hatte nie etwas von Schiller gelesen. Er war kein Idealist, er war Bauer, und warum er jetzt Soldat war, sei eine lange Geschichte, hatte er gesagt und keine Anstalten gemacht, sie zu erzählen.

Leutnant Fritz Leissner kam am Abend mit dem Jeep und zwei deutschen Soldaten, um die Stellung zu inspizieren, das sagte er, aber Cremer glaubte es nicht. Er fühlte sich ausgefragt von dem Leutnant wie in der Schule, doch Leissner war gefährlicher als die Lehrer. Man erzählte, dass er zwei Polizisten erschossen habe, damals in Berlin, und dass man ihm nichts verraten dürfe, was er gegen einen verwenden konnte. Albiez hatte dennoch keine Furcht vor ihm. Man merkte, dass er nur vier Jahre lang eine Schule besucht hatte und seither seine Felder bestellte.

»Die Herren müssen alle verschwinden, rote wie braune«, sagte Albiez, als Leissner ihn fragte, warum er in den Interbrigaden kämpfte. »Sind eh alle gleich, die Hitlers und Stalins, müssen drum alle weg, mitsamt dem Staat. Haben wir früher auch keinen gehabt.«

Er paffte zufrieden seine Pfeife und machte sich nichts daraus, dass Leissner die Antworten protokollierte.

»Im Grunde ist's einfach«, sagte Albiez, obwohl Cremer ihn anstieß, um ihn zu warnen. »Das Land gehört dem, der's bestellt. Das ist der ganze Kommunismus. Alles andere ist von Übel.«

Leissner sagte nichts und ließ die Lider über die Pupillen hängen, als hätte er einen Vorhang geschlossen. Er ließ ihnen ein paar Bohnen da und einige Säcke mit Reis.

Am nächsten Tag hing der Himmel tief über dem Land. Mit der feuchten Luft waren die Mücken gekommen. Von weither hörten sie Flugzeugmotoren und dumpfe Detonationen, doch das hatte nichts mit ihnen zu tun. Sie waren zu unwichtig, als dass man sie bombardierte.

Viel später sahen sie einen Mann auf der anderen Seite des Ufers, seinen Esel beladen mit schweren Säcken aus Leintuch. Albiez stieß Cremer an und hob sein Gewehr. Gemeinsam gingen sie runter zur Brücke.

Der Mann hob die linke Hand und brüllte etwas auf Spanisch. Cremer rief nach Pedro, damit er übersetzte, aber der schlief seinen Rausch aus. Der Esel lief weiter und blieb erst auf dem Scheitel der Brücke stehen, den Kopf schon in der Republik, die Hinterbeine noch in Francos Gebiet. Der Mann stand unschlüssig daneben. Albiez und Cremer kamen langsam näher. Der andere war ein alter Mann. Staub saß in den Falten seines Gesichts, kurz und grau waren die Haare und der rechte Arm hing herunter, als sei er gelähmt.

»Flugzeuge«, sagte der Alte auf Spanisch und zeigte nach oben. »Viele.«

»Was ist in den Taschen?«, fragte Cremer.

Der Alte antwortete, aber Cremer verstand ihn nicht. Der Esel sah ihn vorwurfsvoll an. Er drehte sich um zu Albiez, um ihn zu fragen, aber sie waren nicht mehr allein und der Alte und sein Esel längst nicht mehr wichtig. Hinter Albiez standen die beiden Soldaten und Leissner. Albiez hielt sein Gewehr gesenkt. Zwei Läufe waren auf seine Brust gerichtet.

Die Soldaten schnauzten den Alten an, der plötzlich seinen Esel mit einer Rute schlug, so dass der einen Satz nach vorne machte und sich am äußersten Rand der Brücke an den Deutschen vorbeidrängte und ohne sich umzusehen hinter der nächsten Biegung des Weges verschwand. Leissner schwieg.

»Was soll das?«, fragte Cremer und starrte die Soldaten an. Er hatte eine Pistole. Notfalls würde er Albiez
verteidigen, aber warum? Die anderen gehörten zu den
Interbrigaden, wie sie. Der Feind stand auf der anderen
Seite der Brücke. Das sollte er ihnen sagen, auch wenn
sie das selbst wissen müssten.

»Linksabweichler«, sagte Leissner. »Verdammter
Anarchist.« Er nickte dem Soldaten zu. Cremer wollte
die Pistole ziehen, aber er konnte es nicht.

Der Soldat schoss.

Die Kugel traf Albiez aus höchstens zwei Metern in
die Brust, aber der Bauer wankte nicht, sondern sah an
sich hinunter, wo das schmutzige Hemd sich dunkler
färbte und röter. Erst die zweite Kugel riss ihn von den
Füßen und er sank vor Cremer in den Staub. Cremer
hätte schießen können, auf Leissner, der ungerührt
zusah, aber er wagte es nicht, sondern ließ die Pistole
fallen und ging vor Albiez auf die Knie. Das Blut war
überall, lief Cremer über die Fingerspitzen und er
ekelte sich und schämte sich gleichzeitig für dieses Gefühl. Albiez bewegte den Mund, doch Cremer verstand
kaum, was er sagte:

»Das ist der Fluch. Da kann man nichts machen.«

Damit schloss er die Augen. Cremer nickte und
wollte etwas sagen. So viele Wörter waren in ihm, so
oft hatte er dem Tod ins Auge geblickt in Gedichten
oder Romanen, aber was sollte er jetzt sagen, vielleicht:
*Auch das Schöne muss sterben, das Menschen und Götter be-
zwinget,* wie Schiller, aber hier war es eher wie in der
Ilias: *Hektor bemerkte es sofort, lief rasch herbei und trat zu
ihm. Er stieß ihm den Speer in die Brust. So nah bei den lieben Gefährten tötete er ihn. Diese wollten helfen, aber konnten es nicht, da sie selber voll Angst waren.*

Das war Cremer: selber voll Angst. Es war die letzte

174

Griechischarbeit gewesen, bei Doktor Mendel, Übersetzung und Analyse der rhetorischen Mittel, fünf Tage, bevor er nach Spanien gegangen war, doch was fing er jetzt damit an?

Leissner sah ihn lange an und legte den Zeigefinger auf die Lippen, bevor er sich umdrehte und ging.

Nach der Niederlage in Spanien versteckte sich Cremer in Frankreich. Einmal traf er Leissner wieder. Auch er war dort untergetaucht. Der Mörder von Albiez. Er war es, der ihn zum Tode verurteilt hatte, nicht die beiden Soldaten; die waren nur die Henker gewesen. Cremer bekam die zweite Chance, ihn zu erschießen, aber er nutzte sie nicht.

Drei Tage später saß Cremer wieder bei Teske im Auto. Die Vernehmung der Polizei hatte nichts ergeben, was man gegen ihn hätte verwenden können, und er weigerte sich, länger in der Klinik zu bleiben. Teske hatte versucht ihn dazu zu überreden, aber Cremer blieb bei seiner Entscheidung. Der Psychologe war sich unsicher, wie seine Frau ihn aufnehmen würde. Am Telefon klang sie so resigniert, dass er sich mehr Sorgen um sie machte als um ihren Mann, der seit dem Selbstmord von Levin erfüllt war von einer Zuversicht, die Teske nicht an ihm kannte, als ob der Tote ihm etwas mitgegeben hätte, das er selbst nicht mehr brauchte.

Cremer saß schweigend auf dem Beifahrersitz und sah nach draußen, wo die Welt verschwamm, weil sein Atem die Scheibe beschlug. Er sah glücklich aus, aber Teske fragte sich, ob das auch anhalten würde, wenn sie ankamen auf dem Hof, wo er ihn allein lassen würde mit seiner Frau. *Alleine mit seiner Frau.* Teske lächelte über diesen Gedanken, obwohl er stimmte. Wo sonst ist ein Mann so einsam wie an der Seite der Frau, die er einmal geliebt hat?

Sie fuhren durch ein langgestrecktes Tal in östliche Richtung. An den Nordhängen der Berge lagen die Wiesen und Höfe im Dunkel einer Nacht, die für Wochen und Monate nicht enden würde, während die Südseite geblendet wurde vom grellen Licht.

»Es gibt welche, die verbringen ihr Leben im Schatten«, sagte Cremer und zeigte aus dem Beifahrerfenster auf einen der düsteren Weiler.

»Winterhalter«, sagte Teske und schaltete einen Gang runter. »So hießen die Bauern auf der Schattenseite. Die anderen waren die Spiegelhalter. Die Namen gibt es heute noch oft in der Gegend. Aber warten Sie, bis wir bei Ihrem Hof sind. Das ist ein Winterhalter-Hof; ich hatte Sie gewarnt, dass es finster dort ist, aber Sie wollten nicht hören. Erkennen Sie den Weg dorthin?«

»Nein, noch nicht, aber vielleicht ist das auch nicht so wichtig. Vielleicht reicht es aus, wenn der Weg mich erkennt. Wenn mein Haus mich erkennt, meine Frau, mein Sohn. Wenn ihr Erkennen mich heimführt. Verstehen Sie, was ich meine? Ich habe immer Angst, dass meine Worte nicht ausreichen.«

»Natürlich verstehe ich das. Das sage ich ja auch schon die ganze Zeit, nur Levin wollte, dass Sie sich unbedingt erinnern. Das war sein Rosenkranz: Erinnere dich, Erinnere dich, Erinnere dich. Aber darum geht es nicht, nicht in Ihrem Fall zumindest. Außerdem werden Sie sich erinnern, warten Sie's ab, und wenn Sie Pech haben, bedauern Sie dann, dass Sie es tun.«

Cremer wischte mit dem Ärmel die Scheibe sauber und sah in das Tal, in dem ein paar Bauernhöfe lagen, als hätte sie eine Welle dort angespült. Teske bog rechts auf einen schmalen Fahrweg ab. Er fuhr langsam bergauf und Cremer erschrak, als er den Stacheldraht sah, der die Weiden begrenzte, ohne zu wissen, warum.

Der Weg endete an einem riesigen Felsklotz, neben dem Teske den Wagen parkte. Cremer stieg aus und legte die Hand auf den Stein, der rau war, kalt und fremd wie er. Vermutlich hatte irgendein Gletscherstrom in der vergangenen Eiszeit ihn aus den Alpen gebrochen und hierher geschleppt. Auch er gehörte an einen anderen Ort, und wenn Steine fühlen könnten, würde er vermisst an einer fernen Klamm, einem Grat zwischen zwei Gipfeln oder einer abgelegenen Scharte. Etwas an diesem Stein war Cremer vertraut, und vielleicht hätte er sich daran erinnert, aber das Bellen eines Hundes erschreckte ihn, und er wollte sich gerade umdrehen, als ihn der Sprung eines schwarzbraunen Bernhardiners umriss. Der Hund legte seine Pfoten auf Cremers Schultern, und er roch den vertrauten Geruch des feuchten Fells. Der Hund leckte sein erhitztes Gesicht.

»Lass das, Basti«, keuchte Cremer unter der Last des Tieres, schob dessen Maul zur Seite und richtete sich wieder auf.

»Basti also«, sagte Teske vergnügt. »Ich hab's Ihnen ja gesagt. Es kommt alles zurück.«

Cremer streichelte den Hund, ohne sich um den Psychologen zu kümmern. Als er wieder aufsah, stand Teske an der Tür des Hauses und redete mit gesenktem Kopf auf die Frau ein, die Cremer als seine eigene zu akzeptieren immer bereiter war. Beide sahen auf ihn hinunter, als er aufstand und sich die Haare des Hundes von den Kleidern strich.

Das Haus war wirklich ein Winterhalter-Hof. Der Schatten hatte sich eingenistet unter dem heruntergezogenen Dach, den Brettern des windschiefen Balkons und den schweren Balken der Front, so dass auch drei oder vier Tage Sonnenschein ihn nicht daraus vertreiben würden, sondern höchstens dafür sorgten, dass er noch tiefer hineinkroch ins verwitterte Holz.

Cremer begrüßte seine Frau mit einem Händedruck. Sie lächelte unglücklich dabei und sah Teske nach, der Cremers Koffer aus dem Auto holte. Solange schwiegen beide, sie verunsichert und er in dem Gefühl einer freundlichen Übereinkunft mit Christiane, mit der er nach Italien gefahren war, die er geheiratet hatte und mit der er einen Sohn hatte, Thomas. Er hatte sich in der Klinik alle wichtigen Namen auf Karten geschrieben und auswendig gelernt.

Thomas. Sohn, 17 Jahre.

Als Cremer in dem Alter war, kannte er Hannah schon und liebte sie aus der Ferne. Ein stilles Beobachten ihrer Schritte auf dem Schulhof, der Art, wie sie den Rauch einer Zigarette inhalierte, kurz innehielt und voller Verachtung wieder in die Freiheit entließ, wo er verschwand, als hätte er nie existiert. Vielleicht gab es auch im Leben von Thomas eine Hannah, doch das würde er nie erfahren. So etwas teilen Kinder nicht mit ihren Eltern.

Christiane bat ihn ins Haus. Der Stützbalken über der Türschwelle hing so tief, dass Cremer den Kopf einzog, obwohl das nicht nötig gewesen wäre. Der Flur dahinter war dunkel, und im ersten Moment konnte er nichts erkennen, nur riechen, das ging, denn jahrhundertelang war hier unten der Stall der Tiere gewesen. Ihre Exkremente hatten den Boden getränkt, und der scharfe Geruch der Gülle würde auch nicht verschwinden, wenn man die Wände verputzen oder den Holzboden abschleifen würde. Jede Bohle knarrte mit einem anderen Ton. Von draußen hörte er das Schnattern der Gänse, ein Geräusch, das gefehlt hatte, das merkte er, als es plötzlich erklang. Cremer ging die Stufen der Treppe nach oben, während die Finger übers Geländer strichen wie die von Generationen von Männern, Frauen und Kindern zuvor, die ihm die Hände reichten durch die Glätte des Holzes. Alles hier begrüßte ihn, sogar die Standuhr, deren unerbittliches Ticken durch die Wände drang und die dumpf und doch unüberhörbar die Stunde schlug.

Alte Töne gab es hier und alte Gerüche. Alles kannte er, ohne es zu erkennen. Seine Nase erinnerte sich, seine Ohren freuten sich über die Klänge, nur sein Kopf blieb verschlossen, und es war Cremer, als wehrte sich etwas in ihm gegen alles Vertraute. Er öffnete die Tür zum Wohnzimmer im ersten Stock vorsichtig. Hier roch es nicht nach Stall, sondern nach dem Feuer im Ofen neben der Tür. Blauweiße Kacheln mit Motiven aus dem Leben der Bauern: das Dreschen des Korns, Viehauftrieb, Aussaat oder das Rauchen der Pfeife auf dem Baumstumpf neben dem Hof nach getaner Arbeit. Um den Ofen lief eine Sitzbank. Cremer tastete mit den Fingerspitzen darüber wie ein Blinder beim Lesen eines Buches in Brailleschrift. Anschließend befühlte er den Sekretär mit den Intarsien aus Wurzelholz, die er ausgebessert hatte, und den ebonisierten Messingkapitellen, an denen er damals fast verzweifelt war. Dann kauerte er vor dem Ahorntisch, fuhr über die an den Ecken abgeschrägte Platte und die Einlegearbeiten am Fußsteg, die er freigelegt hatte unter sechs oder sieben Schichten von Holzlack. Er berührte die Kanten der Kommode mit den gesockelten Füßen, von denen nur noch drei auffindbar gewesen waren, den Nussbaumschrank, die Vitrine mit der verspiegelten Rückwand, die er ganz neu hatte schreinern müssen, und das Nähtischchen mit dem runden Zargenkasten. Die schwere Eichentruhe umarmte er; den Hochzeitsschrank vom Bodensee liebkosten seine Hände, und einen wurmstichigen Stuhl hob er hoch und prüfte, ob die Zapfen noch fest genug saßen.

Teske und Christiane standen an der Tür und beobachteten das seltsame Ritual.

»Vertrauen Sie Ihren Händen«, sagte Teske.

»Es ist seltsam«, sagte Cremer. »Meine Finger wissen,

dass sie das hier nicht nur kennen, sondern selber erschaffen haben. Das ist ihr Werk, jede Maserung des Holzes spricht zu ihnen, jedes Astloch, jeder Lack, aber da drin, da …«

Er tippte sich an die Stirn. »Der Kopfmann gibt nicht so schnell auf.«

»Aber die Informationen Ihrer Hände werden auch im Gehirn verarbeitet.«

»Dann gibt es da unterschiedliche Teile. Eines nimmt wahr und ein anderes sagt *Ich*. Die beiden Teile mögen sich nicht.«

»Lassen Sie sich Zeit, Herr Cremer, und haben Sie nicht zu große Erwartungen am Anfang. Wichtig ist jetzt erst einmal, dass Sie mit dem Kalender ihre Tage strukturieren, dass Sie den Prozess begleiten durch die ambulanten Termine und dass Sie psychotherapeutische Hilfe in Anspruch nehmen, um den Vorfall aufzuarbeiten. Das gilt auch für Sie, Frau Cremer. Nehmen Sie sich genug Zeit für die Eingewöhnung, für sich und Ihren Sohn. Ist der auch da?«

»Der ist bei Freunden und kommt später.«

»Und Ihre Mutter?«

»Die kocht unten und bringt sicher gleich das Essen. Leber und handgeschabte Spätzle mit geschmelzten Zwiebeln, dein Lieblingsessen. Ihr könnt euch schon setzen.«

»Ich bin gespannt«, sagte Cremer und setzte sich an den Tisch, vor dem er gerade noch gekniet hatte.

»Ist das mein Platz?«, fragte er.

Seine Frau nickte stumm und Teske lächelte. Wenn das so weiterging, würde das eine weiche Landung für Cremer werden.

Die Tür ging knarrend auf und die alterslose Frau kam herein. Sie trug ein Tablett mit einer dampfenden

Schüssel Spätzle und einem Servierteller, auf dem die Leber in einer braunen, kräftigen Soße schwamm. Sie stellte das Essen auf den Tisch, setzte sich ebenfalls und faltete ihre Hände zu einem kurzen Gebet. Cremers Frau biss die Lippen zusammen und schielte mit gesenktem Kopf zu Teske, aber dem war die Situation nicht peinlich. Seit seine Frau in Hamburg war, musste er für sich selbst kochen. Spätzle standen nie auf seinem Programm, und dafür nahm er auch Gebete in Kauf.

»Wie gefällt Ihnen der Hof?«, fragte die alte Frau Teske und sah ihn mit ihren grauen und wachen Augen an. Die Haut ihres Gesichts war nicht älter als die ihrer Tochter, auch wenn ihre Züge die einer Greisin waren.

»Beeindruckend«, sagte Teske kauend. »Muss uralt sein.«

»Vierhundert Jahre«, sagte sie. »Damals hatte der erste Albiez den Wald hier gerodet. Dafür war er frei und alle, die nach ihm kamen.«

»Mutter bitte. Nicht schon wieder die alten Geschichten«, beschwerte sich Frau Cremer. »Das interessiert unseren Gast nicht.«

Teske wollte ihr nicht widersprechen, obwohl sie Unrecht hatte, doch die Alte ignorierte den Einspruch der Tochter.

»Deswegen sind wir aus dem Banat zurückgekehrt hierher in den Hotzenwald, damals nach dem Krieg. Der Hof stand leer, niemand wollte hier wohnen und es war viel Arbeit, das können Sie glauben.«

»Und woher wussten Sie, dass es Ihrer ist?«, fragte Teske.

»In der Familie hatte man immer von dem Ort unten im Tal erzählt, und die Leute hier im Dorf wussten, dass das der Salpeterer-Hof ist. Im Dorf geht keine

Geschichte verloren, anders als in der Stadt. Hier erinnern sich die Leute an das, was war.«

»Und vergessen dabei all das, was sein könnte«, sagte Frau Cremer. »Sie sitzen im Dunkel der Vergangenheit. Es ist doch sehr düster hier, stimmt's, Herr Teske?«

Er antwortete nicht, denn es klingelte.

»Das sind Oliver und Sandra«, sagte Frau Cremer und sprang auf, eine Spur zu schnell und zu erleichtert, wie Cremer fand, der nicht wusste, ob sie vor ihm flüchtete, ihrer Mutter oder dem Psychologen.

Kurz darauf kam sie mit drei Gästen zurück.

Cremer erkannte den dünnen Mann mit den behaarten Händen aus dem Fotoalbum. Er sah noch hagerer aus als auf den Bildern. Sein Rücken war nach vorne gebeugt, und sein Hals versuchte das auszugleichen, indem er sich nach oben reckte, so dass der Mann aussah wie ein hungriger Geier auf der Suche nach Aas. Er stellte sich Teske mit einem festen Händedruck vor. »Leonhardt, mit dt am Schluss. Sie sind sicher Herr Doktor Teske. Ich habe viel von Ihnen gehört. Sie haben ihn wieder soweit hergestellt, dass man ihn freilassen kann. Ja?«

Teske nickte, weil er nicht wusste, was er darauf hätte sagen können, und der Mann schlug Cremer kurz und freundschaftlich auf die Schulter und murmelte etwas, das wie schön, dich zu sehen klang, aber er sah ihn dabei nicht an, sondern über ihn hinweg ins Gesicht seiner Frau mit den blonden, kurzen Haaren. Cremer kannte sie aus dem Café, in dem er den Kuchen nicht hatte bezahlen können. Sie kam auf ihn zu, drückte ihm rechts und links einen feuchten Kuss auf die Wange und setzte sich neben Teske auf einen der Stühle, die Frau Cremer aus dem Nebenraum geholt hatte.

»Sandra Leonhardt«, stellte sie sich Teske vor. »Das *dt*
müssen Sie nicht extra sprechen. Und das ist unser
Pfarrer Kiefer. Der macht sich Sorgen um die arme
Seele von Paul, ich meine Herrn Cremer, stimmt's?«

Der Pfarrer lächelte gequält und zögerte kurz, sich
neben Frau Leonhardt zu setzen, aber es war kein anderer Platz mehr frei, also sank er leise seufzend auf den
Stuhl. Alles an ihm war weich, rund und freundlich, als
ob der Glaube an Gott alle Ecken und Kanten abge-
schliffen hätte. Nur die Augen blickten hart und fällten
Urteile, die er sich eigentlich nicht erlaubte. Vorsichtshalber rückte er etwas von ihr ab.

»Paul Cremer wie er leibt und lebt«, sagte Frau Leonhardt zufrieden, während ihr Mann eine der Wein-
flaschen entkorkte, die er mitgebracht hatte, und Frau
Cremer die Teller abräumte und Gläser aus dem
Schrank holte. »Gleich spielen wir Doppelkopf, und
alles wird, wie es immer war, nicht?«

»Natürlich ist er wie immer«, sagte ihr Mann und
schenkte die Gläser voll, nur Cremer bedeckte seines
mit der Hand. »Alles kann einer vergessen, nur nicht
sich selbst, sein eigenes Wesen. Schreibt Schopen-
hauer«, sagte er zu Teske. »Da hat er unbedingt recht.«

Sie redeten über ihn, als sei er gar nicht da, dachte
Cremer. Vielleicht war er doch tot und längst ein Geist
und wusste es nicht.

»Sie müssen entschuldigen«, sagte Frau Leonhardt
mit einem Blick auf ihren Mann, den Cremer genauso
wenig deuten konnte wie die der anderen. Er konnte
die Worte verstehen, die sie sagten, aber nicht ihre Gesichter. In der Klinik war das einfacher gewesen. Es gab
keinen Unterschied zwischen dem, was einer sagte,
und der Art, wie er dabei aussah. Hier sprachen die
Augen anders als die Münder, das verunsicherte ihn.

Nur bei der Alten gab es das nicht. Die war wie er oder die anderen Patienten.

»Er ist Lehrer am Kolleg in Sankt Blasien. Oberstudienrat. Er kann nicht anders.«

»Aus Sankt Blasien ist noch nie was Gutes gekommen«, sagte Frau Albiez bitter. »Noch nie.«

Cremer mochte die Eindeutigkeit ihres Gesichts und ihrer Worte. Etwas an ihr erinnerte ihn an Charlie. Sie konnte nicht lügen, das war es. Nicht aus Liebe zur Wahrheit, sondern aus einer Unfähigkeit heraus, einer Naivität, die sie gleichzeitig erhöhte und verletzbar machte.

»Mutter«, sagte Christiane. »Ich will nicht, dass du unsere Gäste ...«

»Ohne den Fluch des Abtes, hätte auch Paul sich nicht in den Kopf geschossen. Er hat dich geheiratet. Er ist einer von uns geworden. Das hat er teuer bezahlt.«

»Sie kennen das Kloster in Sankt Blasien sicher?«, fragte Leonhardt Teske und schenkte sich Wein nach. »Die drittgrößte Kuppel der Christenheit, und das mitten im Schwarzwald. Leider wurde das Kloster 1806 säkularisiert, und die Mönche zogen nach Kärnten mitsamt den Kunstschätzen und den Gebeinen von zwölf Habsburger Herzögen. Ein herber Verlust für die Gegend, die Kunst meine ich, nicht die Knochen.«

»Er ist immer froh, wenn er das jemandem wieder erzählen kann, der es noch nicht dreimal gehört hat«, sagte Frau Leonhardt und berührte Teske dabei mit der linken Hand einen Moment länger am Oberarm, als es ihm recht war. Cremer sah seinen Unwillen und lächelte ihm zu. »Aber wie wär's, Oliver, erzähle es doch Paul, mit ein bisschen Glück hat er es vergessen und wird ein dankbarer Zuhörer sein. Er hat doch ziemlich viel vergessen, oder nicht, Herr Teske?«

Cremer las Bedauern in Teskes Augen, weil man ihm hier etwas aufzwang, dem er sich kaum entziehen konnte. Er hatte es einfacher, denn nach einem Kopfschuss konnte man sich das Schweigen erlauben.

»Was er weiß und was nicht, werden Sie im Umgang mit ihm feststellen und nicht dadurch, dass Sie mich fragen. Fragen Sie ihn.«

Cremer gefiel, dass Teske versuchte seine Würde zu wahren.

»Na Paul, kennst du noch die Geschichte mit der Kuppel von Sankt Blasien und den Herzögen?«, fragte Sandra ihn.

»Wegen der Kuppel wollten die Mönche die Salpeterer zu Leibeigenen machen«, sagte Frau Albiez. »Sie brauchten das Geld. Wegen dieser verdammten Kuppel haben sie uns vertrieben, vor über zweihundert Jahren.«

»Ich will dieses Wort heute nicht mehr hören«, sagte Frau Cremer.

»Welches?«, fragte Frau Leonhardt und kicherte. »Kuppel? Ist doch nichts dabei, oder?«

»Wenn Sie das hier überfordert, dann ziehen Sie sich einfach zurück«, sagte Teske zu Cremer. »Nach der Ruhe in der Klinik ist das hier ein bisschen viel.«

»Der muss nur ins richtige Leben«, sagte Frau Leonhardt und patschte Cremer ihre Hand auf den Oberschenkel. »Dafür sorgen wir schon.«

»Wir?«, fragte ihr Mann mit einer Betonung, die Cremer seltsam berührte.

»Ich bin ja so froh, dass Sie noch leben«, sagte der Pfarrer zu Cremer. Die ganze Zeit hatte er auf eine Pause gewartet, um endlich auch etwas sagen zu können. Seine Stimme war hell und klang fremd. Hin und wieder überschlug sie sich ein wenig, als wäre er gerade im Stimmbruch. »Wir hätten sonst gar nicht gewusst, wo wir sie hätten begraben sollen, denn das, was Sie sich angetan haben, steht ja im Widerspruch zu …«

»Aber den dicken Huber habt ihr im Gottesacker verscharrt, trotz allem, nicht wahr? Genau gesagt: seine Reste, denn so viel war ja nicht übrig«, sagte Frau Leonhardt.

»So redet man nicht über Tote«, sagte Frau Albiez.

»Das war ein Unfall gewesen«, sagte der Pfarrer. »Alle wussten, wie der Huber mit dem Motorrad fährt. Das war zu erwarten.«

»Auf ebener Strecke gegen den einzigen Baum weit und breit?«, fragte Sandra. »Na ja, ich weiß nicht. Vielleicht wollte Paul ja auch nur Rehe jagen …«

»… und der Kopf ist dazwischengeraten«, sagte ihr Mann und prostete Cremer zu, als habe er gerade etwas sehr Witziges gesagt.

Der Pfarrer verzog das Gesicht und schenkte sich das zweite Glas Wein nach. »Mit so etwas spaßt man nicht. Wenn der Herr …«

»Typisch Zugezogene«, sagte Frau Leonhardt. Der Wein war leer und sie hielt ihrem Mann die nächste Flasche hin, damit er sie entkorkte.

»Wo kommen Sie denn her?«, fragte Teske den Pfarrer.

»Lübeck. Und ich frage mich, warum Gott mich hierher verschlagen hat.«

»Frage ich mich bei Cremer auch«, sagte Teske.

Jetzt fing auch er an, über ihn zu sprechen, dachte Cremer und fühlte sich von ihm verraten.

»Der Salpeter war's«, sagte Frau Albiez. »Der hat ihn hergeführt.«

»Mutter! Ich habe dir ausdrücklich gesagt, dass …«

»Um hier zu leben, muss man hier geboren sein«, sagte Leonhardt bedeutungsvoll und goss Wein nach.

Diesmal passte Cremer nicht auf, und er bekam sein Glas randvoll eingeschenkt. »Sonst bringt's einen um.«

»Sind Sie beide von hier?«, fragte Teske das Ehepaar Leonhardt.

»Er schon, aber ich nicht«, antwortete die Frau. »Aber ich bringe mich nicht um, auch wenn er das andeuten will. Allerhöchstens schieße ich mir auch so ein kleines Loch da rein und komme zu Ihnen, nicht wahr, Herr Teske. Wie muss ich denn schießen, damit nichts Schlimmes passiert und Sie sich anschließend um mich kümmern?«

»Herr Cremer hat das schon ganz richtig gemacht, aber trotzdem würde ich es nicht empfehlen.«

»Wie hast du denn die Pistole gehalten, Paul? Weißt du das noch?«

»Ich würde mich ungern erschießen, sondern am liebsten in Ruhe verbluten wie Seneca«, sagte Leonhardt und deklamierte: »Mors dolorum omnium exsolutio est et finis ultra quem mala nostra non exeunt, quae nos in illam tranquillitatem in qua antequam nasceremur iacuimus reponit.«

»Übersetzung«, forderte seine Frau, ohne ihn dabei anzusehen. Stattdessen starrte sie auf Cremers Narben am Kopf.

»Der Tod löscht alle Schmerzen aus. Er ist ihr Ende und über ihn geht unser Leiden nicht hinaus. Er führt uns wieder in den gleichen Ruhezustand zurück, in dem wir uns vor der Geburt befunden haben. Das sagt er in der Trostschrift an Marcia.«

»Blasphemisches Zeug«, sagte der Pfarrer und litt darunter, dass er so sehr in die Defensive geraten war. Jetzt zitierten schon irgendwelche Lehrer die Klassiker. Eigentlich war das seine Aufgabe, aber er hatte den Seneca auch gelesen: »Schrieb er aber nicht auch, mein lieber Herr Leonhardt, dass wir die Welt schlechter verlassen, als wir sie betreten haben, wegen unserer Sünden? Und bedürfen wir nicht gerade deswegen der Gnade des Herrn?«

Er lehnte sich zufrieden zurück und sah den Lehrer an, der krampfhaft überlegte, mit welchem Zitat er ihn widerlegen konnte.

»Müsst ihr gerade jetzt über den Tod reden?«, fragte Christiane.

»Wir haben doch selten einen so schönen Anlass, oder?«, sagte Frau Leonhardt. »Wir haben einen Auferstandenen unter uns. Und man sieht sogar noch die Wunden der Dornenkrone.«

»Ich bedaure zutiefst, dass Sie in meinem Kirchenchor singen«, sagte der Pfarrer, »und wenn wir genügend Soprane im Dorf hätten, dann würden Sie das nicht mehr tun. Mit Ihnen hole ich mir ja die reinste Ketzerei in die Kirche.«

»Ich versuche doch nur, den Selbstmord von seiner spaßigen Seite …«

»Ich verbiete euch, darüber zu sprechen«, sagte Frau Cremer. »Und spaßig ist das schon zweimal nicht.«

»Lieber sprechen als tun, nicht wahr, Herr Doktor Teske«, sagte Frau Leonhardt und sah ihn erwartungsvoll an.

»Herr Cremer«, sagte Teske, ohne auf sie einzugehen. »Hätten Sie Lust eine Runde mit mir rauszugehen?«

»Aha. Der Herr Psychologe meint, wir tun Paul nicht gut. Er meint, er sei besser für ihn als seine Familie.«

Frau Leonhardt war lauter geworden als notwendig. Der Wein hatte ihre Wangen erhitzt, und ihre Augen leuchteten ein bisschen zu sehr, wie Cremer fand, als sie ihn ansah.

»Ihr seid nicht seine Familie«, sagte seine Frau sehr ruhig und sehr langsam.

»Aber Oliver wäre fast deine Familie geworden, wenn du ihn genommen hättest statt Paul, oder?«

»Das ist so lange her«, sagte Leonhardt, »das ist doch wirklich längst verjährt und darf nicht zur Anklage gebracht werden.«

»Dann säße jetzt der andere hier mit einer Kugel im Kopf«, sagte Frau Albiez. »Jeder zweite Mann hat sich bei uns umgebracht. Nur manche wussten nicht, dass sie es tun, wenn sie bei Tauwetter raus sind aufs Eis, besoffen aufs Dach stiegen oder als Freiwillige in irgendwelche Kriege. Ist eh gleich für die, die zurückbleiben. Ich bin auch ohne Vater aufgewachsen, und mir hat es auch nicht geschadet, im Gegenteil. Wäre Paul gegangen, wäre das vielleicht auch das Beste gewesen für Thomas.«

»Was wäre das Beste für mich gewesen?«, fragte der Junge, der plötzlich im Türrahmen stand.

»Du sollst nicht immer so hier reinschleichen«, sagte Frau Cremer. »Und warum kommst du so spät? Du hättest längst hier sein sollen.«

Cremer sah den Eintretenden aufmerksam an. Er war erst siebzehn Jahre alt, sah aber älter aus, breiter und kräftiger als er damals gewesen war. Als ob er viel Sport treiben würde. Alles an ihm war cool: die leicht schläfrigen Augen in dem gelangweilten Gesicht, das ironische Lächeln auf den schmalen Lippen, die verschränkten Arme vor der Lederjacke. Außer ihm und wenigen Auserwählten waren alle anderen unwürdig, davon war er ganz und gar überzeugt. Cremer erkannte ihn von den Fotos. Er sah das Baby, eingepackt in Filztücher in einer Wiege neben dem Bett, das Kleinkind, das er in den Händen geschaukelt hatte; wie er eine

Laterne hielt beim Lichterumzug im Kindergarten, den Schuljungen, Schlittenfahrer, Schlagzeugspieler, aus all dem war er noch nicht herausgewachsen, sondern schälte sich gerade erst. Cremer mochte ihn, weil er wusste, wo er herkam, und er mochte den jungen Mann, der er sein würde. Außerdem sah er sich selber in ihm. Die Lederjacke, die er trug, hätte seine eigene sein können.

Die beiden Freunde, die mit ihm in der Tür standen, waren etwas älter. Der eine war braungebrannt, gut gekleidet und frisch frisiert und nickte den Erwachsenen aufmerksam zu, aber mit einem Gesichtsausdruck, der sich gleichzeitig von seiner Höflichkeit distanzierte. Der andere hatte einen schmächtigen Körper und ein bleiches Gesicht, bewegte sich nicht, sagte nichts und schien trotzdem der Anführer zu sein.

»Das ist er«, sagte Thomas und wies auf Cremer. »Ich habe ihn mir schlimmer vorgestellt.«

»War ja auch ein krasses Programm, was? Voll durch. Man glaubt es nicht«, sagte der Gutfrisierte. »Respekt, Herr Cremer.«

Christiane Cremer hielt ihr Weinglas wie eine Waffe, und einen Moment glaubte Cremer, sie würde es auf ihren Sohn werfen oder es in der Faust zerdrücken, dann beherrschte sie sich und sagte leise: »Geht wieder. Ich will euch hier nicht mehr sehen.«

»Aber ich wohne doch hier«, sagte Thomas, drehte sich zu seinen Freunden, als gebe es dort eine Bestätigung. »Ich wollte den Patienten sehen. Du hast es doch auch nicht ohne Verstärkung ertragen. Hallo, Herr Cremer.«

»Hallo, Thomas. Es ist schön dich zu sehen«, sagte Cremer. Niemand merkte, dass es das Erste war, was er an dem Abend gesagt hatte. Er meinte, was er sagte, und

Thomas spürte das. Es brachte ihn aus dem Konzept. Er wollte nicht, dass sich jemand über ihn freute, erst recht nicht sein Vater, der ihn verlassen hatte, vor Monaten schon, und er wurde noch grober, weil er hinten im Hals die Tränen schmeckte. Das verzieh er seinem Vater nicht.

»Er spricht«, sagte Thomas. »Er kann wirklich sprechen. Und er kennt meinen Namen. Rührend, nicht?«

»Du bist betrunken«, sagte seine Mutter. »Und du bist Moped gefahren in deinem Zustand. Das darfst du nicht und das weißt du auch.«

»Er darf sich umbringen, und ich darf das nicht?«

»Du fährst auch Moped?«, fragte Cremer. »Was für eins? Und hast du dran rumgeschraubt? Ich habe an meinen Mopeds immer rumgebastelt.«

»Ach ja? Weiß ich nichts von. Du warst doch immer dagegen, dass ich mir eins kaufe.«

»Es ist halt auch viel zu gefährlich«, sagte Frau Cremer.

»So ein Blödsinn«, sagte Thomas. »Sich in den Kopf schießen: Das ist gefährlich.«

Für einen Moment konnte Frau Cremer nichts mehr antworten und der Pfarrer, der seit dem Eintreten von Thomas gewartet hatte, nutzte die Chance: »Du solltest mit mehr Respekt mit deiner Mutter reden.«

»Nur mit meiner Mutter?«, fragte Thomas. »Oder auch mit dem da?«. Er nickte in Richtung seines Vaters und verwirrte den Pfarrer, der sich fragte, ob er etwas Falsches gesagt hatte, und sich korrigieren wollte: »Natürlich mit beiden Eltern. So wie es geschrieben steht, denn …«

»Jetzt hören Sie doch mit diesem religiösen Quatsch auf.« Leonhardt schüttelte angewidert den Kopf. »Können Sie denn gar nichts anderes von sich geben? Die Jungen waren doch schon immer so. Die Jugend von heute liebt den Luxus, hat schlechte Manieren und verachtet die Autorität. Sie widersprechen ihren Eltern, legen die Beine übereinander und tyrannisieren ihre Lehrer. Das schrieb schon Platon im vierten Jahrhundert vor Christus. Warum sollte gerade Thomas anders sein? Komm her, mein Junge, und setz' dich zu uns.«

»Ich denke, ich gehe jetzt«, sagte der Pfarrer. »Ich bin ja hier weder notwendig, noch erwünscht, also ist es am besten, ich verabschiede mich. Ich bedanke mich für den interessanten Abend bei Ihnen allen.«

»Bitte bleiben Sie doch«, sagte Frau Cremer. »Herr Leonhardt ist manchmal ein wenig … impulsiv, aber er meint es nicht so.«

»Ich sage Ihnen auch meinen Konfirmationsspruch auf«, bot Thomas an, der auf einem der antiken Stühle neben Leonhardt Platz genommen hatte. Seine Freunde hatten sich etwas weiter ins Zimmer gewagt, waren aber immer noch fluchtbereit. »Bleiben Sie dann, Herr Pfarrer?«

»Der Junge ist das nächste Opfer des Fluchs«, sagte Frau Albiez. »Dem steht das ins Gesicht geschrieben. Lang lebt der nicht, erst recht nicht, wenn er so weitermacht wie bisher.«

»Ein echter Albiez eben«, sagte Frau Cremer.

»Nein«, widersprach ihre Mutter. »Ein Albiez weiß, wogegen er kämpft, aber der Junge hat keine Ahnung. Muss das Erbe der Cremers sein. Bei uns gab es das nicht.«

»Was wissen Sie von den Kämpfen unserer Familie?«, fragte Cremer die Alte. »Gar nichts.«

»Das stimmt«, sagte Thomas. »Geh doch ins Banat

zurück, Oma. Ist doch jetzt auch in Europa, die lassen dich sicher gerne rein.«

Cremer sah ihn erstaunt an. Für einen kurzen Moment hatten sie auf der gleichen Seite gestanden.

»Jetzt übertreibst du«, sagte der Gutfrisierte. »Deine Oma hat dir wirklich nichts getan. Das ist eine ganz feine Dame.«

»Ist das hier ein repräsentativer Abend?«, fragte Teske.

»Achtung Kinder«, sagte Frau Leonhardt. »Wir haben einen Psychologen zu Gast. Benehmt euch gefälligst.«

»Dem Auto nach ja ein schlecht bezahlter Job«, meinte Thomas. »Ist doch Ihr Golf da draußen. Hat der überhaupt noch TÜV?«

»Danke der Nachfrage«, entgegnete Teske ungerührt. »Die Psychologie hat festgestellt, dass in der Pubertät der präfrontale Kortex umgebaut wird. Ihr schlechtes Benehmen ist also nur eine Folge der verminderten Impulskontrolle im Rahmen von Umbauarbeiten. Wenn die abgeschlossen sind, normalisiert sich das wieder.«

»Na, wenn ich mich hier umschaue, dann zweifle ich daran«, sagte der Pfarrer. »Sind Sie sicher, dass das alles wieder in Ordnung kommt? Oder bleiben manche im Umbaustadium stehen?«

»Ich dachte immer, die sind so ekelhaft, damit man froh ist, wenn die endlich ausziehen«, sagte Frau Leonhardt.

»Noch jemand, der mit interessanten Theorien aufwarten kann?«, fragte Thomas. »Oder war's das jetzt? Deswegen bin ich wirklich nicht hier. He du, Patient, was kannst du denn noch außer sprechen? Erinnerst du dich an alles wieder? Wusstest du noch, wie das hier zugeht?«

»Hier geht gar nichts zu«, sagte Frau Cremer.

»Da hat der Junge ausnahmsweise recht«, sagte Frau Leonhardt und strich Cremer über die Narben an der Schläfe. »Vielleicht sollten Sie ihn doch in die Klinik mitnehmen, Herr Teske. Er sieht ja noch so verletzlich aus.«

»Kannst du nicht mal jetzt die Finger von ihm lassen?«, fragte Frau Cremer.

»Irgendeiner muss sich doch um ihn kümmern.«

»Was die Frau Leonhardt so unter kümmern versteht«, sagte Thomas kichernd zu seinen Freunden, die inzwischen am Tisch standen. »Das können wir uns schon vorstellen, da kennen wir sie ja auch …«

Er hätte noch weitergeredet, aber Leonhardt holte mit der behaarten Hand aus und wollte Thomas gerade ins Gesicht schlagen, was Cremer verhinderte, der aufgesprungen war und den Arm des dünnen Mannes festhielt. Eine Weinflasche war dabei umgefallen, und der Grauburgunder floss über den Tisch, ohne dass sich einer drum kümmerte, denn inzwischen standen fast alle und schrien durcheinander. Die Frauen beschuldigten sich gegenseitig, angefangen zu haben, während der Oberstudienrat sein Patenkind beschimpfte. Teske versuchte vergeblich, ihn zu beruhigen, Frau Albiez fing an, auf Rumänisch zu fluchen. Der Gutfrisierte legte die Hand auf die Schultern von Thomas und flüsterte ihm etwas ins Ohr. Der Bleiche blickte zufrieden aufs Chaos, und der Pfarrer sah aus, als würde er gleich anfangen zu beten.

»Und ich dachte, ich hätte ein Problem mit dem Kopf«, sagte Cremer, der sich längst wieder gesetzt hatte. plötzlich mit leiser und kaum verständlicher Stimme.

Es wurde still am Tisch. Von weither schlug die Standuhr. Wie eine Welle breitete sich ein Gefühl von

Scham aus, das so groß war, dass keiner es mehr wagte, den anderen anzusehen. Jetzt verband sie nichts mehr, denn streiten konnten sie zwar gemeinsam, doch schämen musste sich jeder allein. Sie waren einsam geworden, tranken schweigend noch einen Schluck Wein, räumten stumm die Gläser beiseite und verabschiedeten sich mit einem kurzen Nicken, ohne sich in die Augen zu sehen, denn sie vergaben weder sich selbst noch den anderen. Auch Teske ging, beunruhigt und erst nach einem letzten Versuch, Cremer zu überreden, doch mit ihm zu kommen. Der Psychologe drückte ihm lange die Hand zum Abschied und fuhr in eine Nacht, die schwärzer war, als er es vom Rheintal her kannte.

Cremers Frau stand neben ihm im Türrahmen. Gemeinsam sahen sie den Rücklichtern nach, bis nichts mehr zu erkennen war.

»Ich mach dann mal die Küche«, sagte sie. »Das ganze Geschirr und die Gläser.«

»Ich helfe dir.«

»Lass mal. Geh lieber zu Thomas. Du weißt, wo er ist?«

»Wenn ich nicht versuche, sein Zimmer zu finden, dann schon.«

»Zweiter Stock. Neben dem Wohnzimmer die erste Tür links.«

Cremer ging hoch, ohne zu wissen, was genau er erwartete von dem Gespräch. Er klopfte an die Tür zum Zimmer seines Sohnes, aber bekam keine Antwort. Schließlich trat er ohne Aufforderung ein. Thomas lag auf dem Bett, Kopfhörer in den Ohren, die Augen geschlossen. Das Zimmer war dunkel, nur die Dioden der Anlage glühten im Takt einer Musik. Cremer spürte die Bässe mehr, als das er sie hörte. Ein dünner Lichtstrahl fiel aus dem Flur ins Gesicht von Thomas, der merken musste, dass er nicht mehr allein war, und sich trotzdem nicht rührte. Cremer fürchtete schon einen Wettkampf, bei dem der siegte, der am längsten ausharren würde, da riss sich Thomas die Kopfhörer raus. Jetzt erkannte Cremer das Lied. *Somebody to Love.* Jefferson Airplane. Eine seiner Lieblingsbands, aber in dieser Version des Stücks kam selbst die schneidende Stimme der Sängerin kaum an gegen das Schlagzeug und den Bass.

Thomas richtete sich auf und fragte ihn, was er hier wolle.

Cremer überlegte, was die richtige Antwort wäre, aber fand so schnell keine, die ausreichend war.

»Was willst du? Was machst du? Wer bist du?«, fragte Thomas ihn wieder.

»Ich bin dein Vater«, sagte Cremer und versuchte gleichzeitig, sich zu überzeugen und seinen Sohn.

»Ich habe keinen Vater. Mein Vater hat sich erschossen. Er ist tot.«

»Mein Vater ist auch tot«, sagte Cremer. »Er starb, als ich etwas älter war als du. Aber trotzdem habe ich einen Vater. Er ist da, auf eine seltsame Art und Weise, mal mehr und mal weniger. In meinen Erinnerungen habe ich einen Vater und manchmal, ganz selten, habe ich das Gefühl, er sei bei mir.«

Thomas sah ihn erstaunt an. »Das wusste ich nicht. Das mit deinem Vater. Aber das ist ja kein Wunder. Ich weiß eigentlich gar nichts von dir. Du warst nie da. Immer warst du hinter diesem blöden Gerümpel verschwunden.«

»Ich weiß auch nichts mehr von mir. Erzählst du mir was? Habe ich geraucht? Das habe ich vergessen, so wie den ganzen Rest. Ich würde jetzt gerne eine rauchen. Hast du Zigaretten?«

»Du hättest mich geschlagen, wenn du mich beim Rauchen erwischt hättest.«

»Soll ich mich jetzt entschuldigen, jemand gewesen zu sein, der ich nicht mehr bin?«

»Sei doch nicht so empfindlich. Du hast wirklich keinen Grund dazu«, sagte Thomas. »Lass uns auf den Balkon gehen.«

Er öffnete eine niedrige Tür neben dem Regal mit der Anlage. Sie führte auf eine schmale Holzbalustrade, die sich um den ganzen Hof zog. Thomas reichte Cremer ein Päckchen Camel und hielt ihm ein Feuerzeug hin. Beide rauchten schweigend. Ein kalter Wind kam von den Bergen her. Der Himmel war wolkenlos, und Cremer suchte den Großen Wagen, fand ihn aber nicht. Vermutlich verdeckte das Dach ihn.

»Wie war ich so? Ich meine: Wie war ich so als Vater?«

»Als du im Koma lagst, hast du auch nicht viel weniger geredet als vorher.«

»Hört sich nicht wirklich nach einem guten Vater an.«

»Kann man so sagen. Aber eigentlich warst du kein schlechter Vater. Du warst gar kein Vater. Du warst immer in der Nähe, aber nie da. Nie wirklich. Das Einzige, was ich von dir hatte, waren Regeln. Du hattest für alles eine Regel. Dass man fünfmal am Tag die Zähne putzt. Dass eine Dusche nur drei Minuten dauert. Dass man keine Tür öffnet, ohne vorher angeklopft zu haben. Dass man sich nur nachts auf Betts legen darf. Und so weiter.«

»Das war ich? Das klingt grauenhaft. Ich wäre gern anders gewesen.«

»Warst du aber nicht. Und jetzt ist es zu spät. Übrigens noch danke, trotz allem.«

»Wofür?«, fragte Cremer.

»Dass du dazwischen bist, als Onkel Oliver mich schlagen wollte. Das hätte ich nicht ertragen.«

Cremer hustete. Er war das Rauchen nicht mehr gewöhnt.

»Vielleicht hättest du dir vor fünfzehn Jahren in den Kopf schießen sollen. Dann hätte ich auch etwas davon gehabt«, sagte Thomas. Er drückte seine Zigarette in einem Blumentopf aus und ging wieder rein. Cremer folgte ihm. Sein Sohn saß auf dem Bett, die Beine angezogen und die Arme um die Knie gelegt.

»Wie hast du mich genannt, früher meine ich«, fragte Cremer. »Was hast du gesagt. War ich Vater? Papi? Papa? Vati? Oder hast du mich Paul gerufen?«

»Du glaubst, ich falle darauf rein? Auf diesen Trick? Du willst, dass ich es sage. Das willst du. Aber das mache ich nicht. Sicher nicht. So lange haben wir gewartet, dass du endlich aufwachst, aber du bist nicht aufgewacht, du bist dagelegen, mit diesen Schläuchen in dir wie eine Maschine, und irgendwann wusste ich, dass es vorbei ist, dass du tot bist, dass du dich umgebracht hast und nie wieder zurückkommen wirst. Hörst du. Jeden Tag, jede Minute, jede Sekunde habe ich mir das sagen müssen, um es zu kapieren. Und jetzt plötzlich stehst du da und sagst: Tschuldigung. War nur so ein Versehen. Mich gibt's doch noch.«

Er verschluckte sich und Cremer streckte die Hand nach ihm aus. Thomas drehte sich zum Nachttisch und knipste die Lampe an. Der Strahl fiel direkt durch Cremers Augen und blendete ihn.

Gleißendes Licht.

Keine Bewegung.

Aufrecht sitzen.

Nicht anlehnen.

Augen nicht schließen.

Gesichter im Schatten, die Fragen stellten, immer wieder, nach Hannah, nach der Gruppe, den Freunden. Wie denkt der? Plant diese? Wer unterstützt? Handelt? Schreibt? Will in den Westen? Wann? Warum?

Bis jetzt waren wir nett zu Ihnen gewesen, 375, aber wir können auch anders, ganz anders, falls es nötig sein sollte.

Immer mehr Fragen, bis der Kopf wund wurde und sich nach Dunkelheit sehnte und Ruhe, die es geben würde, wenn er antworten würde, ein paar Namen nur, Zusammenhänge, nicht mehr als ein kleiner Verrat und alles wird gut.

Nicht einschlafen, 375. Wir haben alle Zeit der Welt. Die ganze Nacht, wenn es sein muss, aber so kommen wir nicht weiter.

Sanft die Stimme des Vernehmers, die aus dem Schatten kam, und von einer Freundlichkeit war, die ihn traf wie ein Hieb.

Wir wissen es sowieso schon, aber von Ihnen wollen wir es hören, von Ihnen, 375. Von Ihnen, und Sie sollten nicht lügen, das würde uns enttäuschen, und das wollen Sie nicht.

Der andere war der Herr des Lichts. Er hatte die Stimme seines Vaters, seinen Körper, sogar die Frisur mit den braunen Borsten, die jedem Kamm widerstanden. Schon deswegen vertraute er ihm und hätte er ihm gerne alles gesagt, aber ein Teil von ihm wehrte sich, wütend und bockig wie ein beleidigtes Kind, wurde zornig und wild, trat plötzlich gegen das Licht, das einen Bogen beschrieb und nach hinten fiel, das sah er noch, bevor die Schläge ihn trafen.

»Was sollte das denn jetzt?«, fragte Thomas und sammelte die Scherben der Glühbirne aus seinem Bett.

»Gerade noch so ganz locker und plötzlich so etwas.«

Ihm imponierte dieser Ausbruch von Gewalt, und er sah seinen Vater erstaunt an.

»Was genau willst du eigentlich hier?«, fragte er ihn. »Warum bist du zurückgekommen? Weiter als du kann man doch eigentlich gar nicht weg? Weißt du, was du hier willst?«

Eine Spülmaschine brummte beruhigend. Wasser rauschte. Holz knarrte. Cremer wusste keine Antwort.

»Du warst hier nie richtig froh«, sagte Thomas. »War ich daran schuld? War ich schuld, dass es dir nicht gutging? Hat das da etwas mit mir zu tun?«

Er zeigt auf Cremers Narben.

Der schüttelte den Kopf.

»Ich weiß nicht, warum ich das getan habe, aber ich weiß, dass es nichts mit dir zu tun hat. Das muss eine alte Geschichte sein. Wenn es dich nicht gegeben hätte, dann hätte ich das vielleicht schon viel früher getan. Vielleicht habe ich ja gewartet, bis du alt genug bist. Aber du hast gar nichts damit zu tun.«

Thomas streckte sich langsam im Bett aus und deckte sich zu.

»Sicher?«, fragte er.

»Ganz sicher. Schlaf gut, Thomas.«

»Du auch«, sagte sein Sohn.

Cremer schloss die Tür hinter sich. Seine Frau war nicht mehr in der Küche im Erdgeschoss. Er stieg die Treppen wieder nach oben. Das Wohnzimmer lag leer, nur eine Ahnung des Streits hing noch in der Luft wie ein Dunst, und er blieb auf der Schwelle stehen und fragte sich, worum genau es gegangen war. Sie hatten zu schnell für ihn gesprochen, das Eine gesagt, das Andere gemeint und etwas Drittes getan. Er musste die

Sprache der Menschen neu lernen. Verstehen, was der Tonfall machte mit der Bedeutung der Wörter, wie er sie verstärkte, verbog oder ins Gegenteil kehrte. Das hätte der Psychologe ihm beibringen sollen. Auf alles war er vorbereitet, aber nicht darauf, dass er nichts mehr verstand.

Eine schmale Stiege führte in den dritten Stock. Hier gab es einen neuen Geruch, weich duftend vom Heu, das früher hier lag. Rechts war ein Schlafzimmer, hohe Decken, ein schweres Ehebett mit geschnitztem Kopfteil aus Eiche. Man würde an den Träumen merken, ob in dem Bett, in dem man schlief, schon mal einer gestorben sei, hatte Hannah gesagt. Das Bett hier sah aus, als ob es seit Generationen vererbt worden war und eine ganze Reihe von Ahnen darin den letzten Atemzug getan hatte. In der Nacht würden sie mit dürren Fingern nach den Seelen der Schlafenden greifen. Wer hier lag, würde unruhig träumen. Als Cremer die mittlere Tür öffnete, kam ihm eine Dampfwolke entgegen. Seine Frau stand vor einem Waschbecken, ein blaues Handtuch um den Körper gewickelt, die Zahnbürste im Mund.

»Ich bin gleich fertig. Ich habe noch geduscht«, sagte sie durch den Schaum der Zahncreme hindurch mit einer Stimme, die unbefangen klingen sollte, aber vor Aufregung nach oben kippte, ohne dass sie es merkte. Das Wasser tropfte ihr von den nassen Haaren auf die Schultern.

»Du willst sicher auch erst mal duschen nach der Klinik, oder?«, fragte sie ihn und sah ihn an, als erwartete sie, dass er sich vor ihren Augen ausziehen würde. Bei Hannah gingen sie an heißen Sommertagen den ganzen Tag nackt, aber hier hätte er sich geschämt, und er schüttelte den Kopf. Stattdessen wartete er vor der

Tür, bis sie fertig war. Es dauerte lange, bis sie an ihm vorbei ins Schlafzimmer huschte.

Vor dem Spiegelschrank im Bad stand ein Zahnputzbecher mit einer verpackten Zahnbürste. Er nahm an, dass sie für ihn war, genau wie der frisch gewaschene Schlafanzug, der auf dem Rand der Badewanne lag. Er zog sich um und wusste nicht, ob er seine Kleider hier im Bad lassen sollte. Andererseits wäre es komisch, damit ins Schlafzimmer zu kommen. Es war auch so schon seltsam genug. Er wusste nicht einmal, auf welcher Seite des Bettes er lag. Schließlich stopfte er alles in das Regal, in dem die Handtücher gestapelt waren, geordnet nach Größe und Farbe. Vor der Tür des Schlafzimmers blieb er kurz stehen, hob die Hand, um anzuklopfen, entschied sich im letzten Moment dagegen, drückte die Klinke entschlossener hinunter als nötig und trat ein. Seine Frau lag schon im Bett, auf der Türseite, so dass er einmal ringsum gehen musste. Auf dem Nachttisch auf seiner Seite brannte ein Licht, gedämpft durch einen Lampenschirm aus Pergament. Das Bett knarrte ein wenig, als er sich auf den Rand setzte, und er hatte den Eindruck, dass seine Frau noch ein wenig weiter weg rutschte von ihm.

Cremer löschte das Licht, legte sich auf den Rücken und deckte sich zu. Das Kopfkissen war weicher, als er es gern hatte, aber er wagte nicht, es zusammenzuschieben. Seine Frau atmete leise und gleichmäßig, als ob sie schliefe, aber das glaubte er ihr nicht. Trotzdem war er dankbar dafür, dass sie schwieg, und versuchte sich dem Takt ihres Atems anzupassen. Ein Wind zerrte am Haus. Das ganze Gebäude schwankte, nicht sehr, nur als Mahnung, nichts für zu sicher zu halten. Die Fensterläden waren geschlossen und durch kleine Ritzen drangen Streifen des Mondlichts. Er wusste, dass es hier nach Heu roch, aber jetzt atmete er nur den Duft des Waschmittels, das nicht nur im Schlafanzug hing, sondern auch in der Decke. Wenn der Wind kurz schwieg, war es sehr still, für einen Moment, dann winselte der Hund, schnatterte eine Gans in ihrem Schlaf, trippelten Mäuse durch das Gebälk.

»Wir waren doch glücklich gewesen«, flüsterte plötzlich seine Frau neben ihm, ohne sich zu bewegen. »Wir waren ganz normal gewesen. Ganz normal glücklich.«

»Ich weiß«, sagte Cremer, der das Gefühl hatte, er sei ihr etwas schuldig und müsse sie trösten. »Ich habe es gesehen an den Fotos in den Alben.«

»Das hast du selber immer gesagt. Dass du glücklich bist. Ich habe dich oft gefragt, weil du nicht immer so ausgesehen hast, aber du warst es. Hast du gesagt. Glücklich. Und ich glaube nicht, dass du mich angelogen hast. Du warst es wirklich. Und dann muss etwas passiert sein. Irgendwas, ich weiß auch nicht.«

»Gab es irgendwelche Anzeichen?«, fragte Cremer. »Eine Vorwarnung?«

»Nichts gab es, überhaupt nichts. Du warst wie immer. Ganz normal eben. Du hast es getan, als ob du zum Einkaufen gefahren bist. Wir hatten keine Ahnung.«

Jetzt schluchzte sie und Cremer wusste nicht, ob es passend sein würde, wenn er sie umarmt, und entschied sich dagegen.

»Einfach so«, wimmerte sie, warf sich plötzlich herum und klammerte sich an ihn. Ihr Gesicht war heiß und feucht und der Geruch ihres Körpers fremd, gleichzeitig scharf und dumpf, so dass er kurz den Atem anhielt.

»Du hast alles kaputtgemacht«, sagte sie.

»Es tut mir leid«, sagte er unglücklich und strich mit der Hand vorsichtig über ihren Kopf, aber es war die falsche Bewegung, denn sie zuckte zurück, als ekle sie die Berührung, und rollte wieder auf ihre Seite des Betts, weg von ihm und seiner Hilflosigkeit. Jetzt sagte sie nichts mehr, sie weinte nicht einmal mehr, aber er spürte ihr Zittern am Vibrieren des Betts und suchte sie noch einmal mit zögernder Hand, spürte ihre Schulter, doch sie zog die Decke hoch, und er versuchte vergeblich zu schlafen.

Er blieb im Bett, bis er am nächsten Morgen seine Frau aus dem Badezimmer kommen hörte, und zog sich schnell und schuldbewusst an. Thomas und Christiane saßen beim Frühstück, als er ins Esszimmer kam, und sie stand schnell auf, weil sie nach Badenweiler müsse ins Geschäft, er solle es sich solange hier gemütlich machen. Thomas werde ihm alles zeigen.

»Habe ich auch ein Zimmer?«, fragte Cremer ihn, als seine Frau gegangen war.

»Oben neben dem Bad«, sagte Thomas. »Aber ich will Musik hören. Ich hoffe, du kommst alleine zurecht.«

Cremer stieg die Treppe hoch. Sein Zimmer war hoch wie das Schlafzimmer. Uraltes Gebälk hielt Decke und Wände. Ein Fernseher. Stereoanlage. Schallplatten. Eine Gitarre, die D-Saite gerissen und ein rotes Plektron zwischen die drei hohen Saiten geklemmt. Ein Schreibtisch, darauf Papiere und Ordner, die Tastatur eines Computers, Stifte, Büroklammern. Ein Chaos wie bei Teske, dachte er, nur ohne Pralinen. Er setzte sich und klappte einen der Ordner auf. Er enthielt die Geschäftszahlen vom vergangenen Jahr. Cremer verstand nicht alles, aber wenn stimmte, was er las, war er reich. Ein seltsamer Gedanke. Zeit seines Lebens war er arm gewesen, nicht wirklich arm, aber nie hatte er etwas Wertvolles besessen und erst recht nicht viel Geld. Reichtum war etwas Verwerfliches, Zeichen einer falschen Gesinnung, von Betrug und Verbrechen. Vielleicht war er schuldig geworden, um Geld anzuhäufen, und hatte sich selber gerichtet, doch in den Zahlen vor ihm las er nichts, was ihn verurteilen würde.

In den Regalen standen großformatige Bücher: Hugh Honours *Lexikon Antiquitäten und Kunsthandwerk* oder Gert Nagels *Standardwerk der Fayencen*, Bildbände mit Gläsern und Bauernmöbeln, Verzeichnisse von deutschen Museen, Auktionskataloge, eine Anleitung zum Reparieren alter Uhren, das *Lehrbuch der Porzellanmanufakturen*, Führer zum Spielzeugmuseum in Nürnberg, ein Buch über Zinn vom Mittelalter bis zur Gegenwart, Kunstpreis-Jahrbücher, Farbtafeln mit dekorativer Marinemalerei. Er zog ein paar heraus und blätterte sie durch, ohne zu wissen, wie er zum Antiquitätenhändler geworden war. Es hatte mit der Familie zu tun, natürlich, der Familie seiner Frau. Er hatte die Firma des Schwiegervaters übernommen, der jetzt wieder im Banat war, angeblich, man hatte ja offenbar nichts mehr von ihm gehört. Ausgerechnet Antiquitäten. Er hatte Ingenieur werden wollen. Die Zukunft entwerfen, nicht die Vergangenheit restaurieren. Alles war falsch hier. Westen statt Osten. Reich statt arm. Christiane statt Hannah. Alt statt jung. Fremd ging er durch sein Leben als ein Reisender ohne Rückfahrkarte.

An den Balken neben dem Schreibtisch waren Zeichnungen von Thomas gepinnt, rechts unten das Jahr, in dem sie entstanden waren. Ganz oben auf einem Blatt, dessen Ecken schon eingerollt waren, ein paar Kreise und Striche, vielleicht ein Auto oder ein Zug. Auf dem nächsten eine Raupe, bunt und fett. Ein

Strichmännchen, das kopfüber von einem Haus herunterstürzt. Zwei Bilder mit seltsamen Maschinen. Ein Vulkanausbruch. Gespenster, in den Händen Morgensterne und Äxte. Eine Blumenwiese, grün der Rasen und die Stängel, aber die getrockneten Blüten, die darauf klebten, längst braun und zerbröselt. Es war das letzte Bild. 1999 stand darunter. Cremer hätte gerne gewusst, was damals passiert war. Ob es einen Grund dafür gab, dass Thomas ihm nichts mehr malte oder einfach der Platz nicht ausreichte für weitere Bilder. Er erinnerte sich an Levin und den Wiesenblumenstrauß seiner Tochter. Das war Levins Glück gewesen, als er an sein Leben zurückdachte, kurz vor seinem Tod. Vielleicht waren die Bilder hier sein Glück, und er wusste es nicht.

Er durchsuchte die Schreibtischschubladen, wühlte im Kleiderschrank, scheiterte an der Nummernkombination des Tresors und durchsuchte einen alten Überseekoffer auf der Suche nach Spuren von sich, aber fast alles hier war Oberfläche, reine Materie, die nichts zu tun hatte mit ihm. Nur die Bilder des Sohnes waren anders, sie allein rührten ihn an.

Er kniete vor den Schallplatten, die unten im Regal standen. Viele kannte er nicht, Johnny Cash zum Beispiel, von dem sechs oder sieben Alben im Regal standen. Ein alter Mann mit aufgeschwemmtem Gesicht. An andere erinnerte er sich. Jimi Hendrix. Pink Floyd. Wishbone Ash. The Doors. *Surrealistic Pillow* von Jefferson Airplane. Das legte er auf.

When the truth is found to be lies
And all the joy within you dies
Don't you want somebody to love
Don't you need somebody to love
Wouldn't you love somebody to love
You better find somebody to love

Cremer sang leise mit und hatte nicht gemerkt, dass Thomas ins Zimmer gekommen war.

»Was hörst du denn da?«, fragte er. »Das kenne ich als Remix.«

»Das war unsere Musik. Zwanzig Jahre zu spät kamen wir, aber das war egal. Grace Slick singt hier. So eine Stimme gibt es kein zweites Mal. Die waren auch in Woodstock dabei. Hier schau mal.«

Er zog das Woodstock-Album aus dem Regal und klappte es auseinander. Auf der Rückseite war das Bild des nackten Paares, das im Fluss badete.

»Meine damalige Freundin und ich hatten uns immer gewünscht, dass wir es wären, die dort schwimmen, zu dieser Zeit und in der Freiheit. Im Hintergrund hätte Alvin Lee *I'm Going Home* gespielt und sein Gitarrensolo das Wasser zum Schäumen gebracht.«

»Peinlich«, sagte Thomas. »Außerdem hast du nie Musik gehört. Du hast die Platten ein paar Wochen vor deinem Schuss in den Kopf angeschleppt, als du noch trauriger durchs Leben gelaufen bist als sonst. Zusammen mit dem Plattenspieler und der Gitarre. Noch mehr altes Gerümpel, habe ich gedacht. Aber hier lief nie Musik. Und die Gitarre ist reine Dekoration.«

»Warte mal kurz«, sagte Cremer und nahm die Gitarre. Die D-Saite war ganz unten gerissen, aber noch lang genug, so dass er sie wieder einfädeln konnte. Sein Sohn sah ihm skeptisch zu, wie er die Saiten stimmte.

Ohne zu überlegen spielte Cremer g-moll – F, immer wieder, in diesem langsamen, hypnotischen Rhythmus, und eine Melodie stieg nach oben und Worte, von denen er nicht mehr wusste, dass er sie hatte, und die er sang, zuerst leise und suchend, dann immer lauter, wenn auch nicht immer richtig:

Einmal wissen: Dieses bleibt für immer
ist nicht Rausch, der schon die Nacht verklagt,
ist nicht Farbenschmelz noch Kerzenschimmer
von dem Grau des Morgen längst verjagt.

Einmal fassen, tief im Blute fühlen,
dies ist mein und es ist nur durch dich,
nicht die Stirne mehr am Fenster kühlen
dran ein Nebel schwer vorüberstrich.

Einmal fassen, tief im Blute fühlen,
dies ist mein und es ist nur durch dich.
Klagt ein Vogel, ach, auch mein Gefieder
nässt der Regen, flieg ich durch die Welt.

Flieg ich durch die Welt.
Immer wieder diese eine Zeile.
Flieg ich durch die Welt.

Hannah, nackt, die auf ihm lag. Ein paar herunterge-
brannte Kerzenstummel. Das Kratzen der Nadel und
das Lied, das ihnen den Takt schlug, und nie wieder
aufhörte, als ob die Platte einen Sprung hatte, so dass
eine Ahnung in beiden wuchs, dass Liebe etwas Ewi-
ges war, ohne Anfang und ohne Ende, egal was sein
würde. In diesem Moment hatte er sich ein Kind gewünscht, das erste Mal in seinem Leben, als Zeugnis,
dass etwas Unauslöschliches geschah. Das Kind, das damals nicht gezeugt worden war, saß jetzt vor ihm und
sah ihn völlig entgeistert an.

»Was ist los?«, fragte ihn Cremer. »Singe ich so falsch?
Kann gut sein. Ich konnte noch nie richtig singen.
Aber ich hatte einen Freund. Thomas hieß er, so wie
du. Der konnte das wirklich.«

»Ich wusste gar nicht, dass du Gitarre spielen kannst. Was ist das für ein Lied? Wer spielt das?«

»City. Die Band gibt es sicher nicht mehr. Vor über fünfundzwanzig Jahren war ich auf einem ihrer Konzerte mit Thomas. Wir haben unsere erste Zigarette geraucht, unser erstes Bier getrunken und beschlossen, Musiker zu werden. Gemeinsam würden wir auf der Bühne stehen und genau solche Lieder spielen. Lieder, die eine Macht haben, der man sich nicht entziehen kann. Wie Wellen müssen sie sein, die einen fortreißen, so dass jeder Widerstand zwecklos ist. Na ja. Es ist eben anders gekommen. Bei mir jedenfalls, nicht bei Thomas. Der gab die Gitarre nie aus der Hand, höchstens zum Schlafen, und selbst dann stand sie immer neben dem Bett. Thomas hätte sich sicher nicht in den Kopf geschossen. Eher ein Lied darüber geschrieben.«

»Ich kenne dich nicht«, sagte Thomas. »Ich weiß nicht, wer du bist, aber ich mag dich so lieber.«

Er stand schnell auf, als hätte er zuviel gesagt, und ging, während Cremers Finger weiter auf der Gitarre herumspielten.

Was hier passierte, das kannte er, wenn auch aus der anderen Perspektive. Einmal hatte sein Vater ihm etwas vorgesungen, ein einziges Mal, als die Vergangenheit noch Gegenwart war und er noch ein Sohn.

Die Heimat ist weit.

Das war das Lied seines Vaters.

Sonst sang sein Vater nie und zu Recht, denn seine Stimme traf die Töne nur halb, aber es war nicht um die Musik gegangen, sondern um das, was sein Vater beim Singen empfand. Cremer hatte nichts wissen wollen von den Gefühlen des Vaters, und jetzt war es zu spät, und das Lied war das Einzige, das geblieben war von seinem Kampf in Spanien. Das Lied und die Geschichte, wie er einmal fast Fritz Leissner erschossen hätte, und alles wäre anders geworden.

Die Heimat ist weit.

Doch wir sind bereit.

Zu kämpfen, zu sterben für dich.

So ging es weiter. Er erinnerte sich an sein FDJ-Liederbuch *Leben.Singen.Kämpfen.* Da war das Lied drin, aber es war nicht ganz richtig, die falschen Worte waren es, denn es ging nicht ums Sterben.

Zu kämpfen, zu siegen für dich.

SIEGEN.

Das war es. Nicht sterben. Jetzt stimmte es, aber die Finger konnten das Lied nicht ganz spielen, denn ein Akkord fehlte. D-Dur ausgerechnet. Er sah seine linke Hand an und versuchte, die Finger an die richtige Stelle zu setzen, aber es funktionierte nicht. Es war unsinnig, gerade noch hatte er viel schwierigere Griffe gespielt, und D-Dur war einer der ersten Akkorde, die man lernte, doch weder der Kopf noch die Finger wussten, was zu tun war. Frustriert stellte Cremer die Gitarre zurück und ging die Treppen runter vors Haus.

Der Bernhardiner bellte, als er ihn sah, und Cremer machte ihn von der Kette los. Basti stürmte über einen schmalen Weg den Hang hinauf, und Cremer folgte ihm langsam, warf immer wieder den Stock fort, den der Hund anschleppte, und pfiff eine halbe Stunde vergebens, als das Tier eine Witterung aufgenommen hatte und im Gebüsch verschwunden war. Basti sah zufrieden aus, als er endlich wieder auftauchte, und blieb auf dem Rückweg eng an der Seite Cremers.

Vor dem Haus stand schon die Alte, seine Schwiegermutter, und zwickte ihn in den rechten Oberarm, als wollte sie sich vergewissern, dass er real sei.

»Gefällt es dir hier?«, fragte sie ihn.

»Ich weiß noch nicht. Vieles ist fremd. Und dann ist es so dunkel.«

»Schon immer gab es die Höfe im Licht und die im Schatten«, sagte seine Schwiegermutter. »Wer früher am Nordhang geboren wurde, blieb immer ein Kind der Finsternis mit milchigen Augen und riesigen Pupillen. Auch in mondlosen Nächten konnten sie sehen wie Katzen. Ihre Haut war weiß und unempfindlich gegen Kälte. Selbst zur Zeit der Herbststürme gingen sie barfuß und fast nackt, und im Winter hackten sie Löcher ins Eis und sprangen ins Wasser der Teiche. Ihre Haare wuchsen so langsam, dass sie die nur alle zwei Jahre schneiden mussten. Die Fingernägel schnitten sie nie. Sie schliefen nur kurz, dafür so tief, dass manche aus dem Schlaf nie wieder erwachten, obwohl sie jung und gesund waren. Sie tauchten einfach nicht mehr auf aus den Träumen und blieben darin verschollen. Die anderen versuchten nie, sie zu wecken, sondern ließen ihre Körper liegen, bis der Leib kalt wurde. Oft dauerte das vier oder fünf Tage. Man begrub sie in feuchter Erde und beneidete sie ein wenig darum, bevor man sie vergaß, was ganz schnell ging. Nie hatte einer von ihnen je einen von der Sonnenseite des Tals berührt. Angesehen schon, aus der Ferne beobachtet, denn weit ist es nicht bis dorthin, vielleicht ein paar Kilometer, doch die Schwelle zwischen den Welten war höher, als manche Mauer zwischen zwei Ländern.«

Sie drehte sich mit dem letzten Wort um und lief mit trippelnden Schritten davon. Cremer wusste nicht, was sie ihm damit sagen wollte, aber immerhin redete sie mit ihm, im Gegensatz zu seiner Frau, die in den nächsten Tagen gar nicht mehr mit ihm sprach, abgesehen von kurzen Anweisungen, wann gegessen wird, wo die Schmutzwäsche hingehört, wie oft der Hund gefüttert werden muss, und dass er sich doch bitteschön endlich an die Kombination des Tresors erinnern solle wegen der fehlenden Unterlagen. Nachts lagen sie nebeneinander wie Fremde, und als er sie fragte, ob er nicht eine Matratze in sein Zimmer legen solle, zuckte sie schweigend mit den Schultern.

Thomas war in der Schule und hinterher meistens mit Freunden unterwegs. Cremer saß viel in seinem Zimmer, spielte Gitarre oder ließ die alten Platten laufen.

Am dritten Abend ließ er die Gitarre in der Ecke stehen und nahm sich stattdessen mal wieder den kleinen Tresor im Kleiderschrank vor. Er hatte noch immer keine Ahnung, welche Zahlen er probieren könnte, also überlegte er diesmal nicht, sondern ließ seine Finger auf, dem Tastenfeld spielen. Rote Digitalziffern leuchteten auf und plötzlich gab es ein dumpfes Klacken. 24111968 war die Nummer, und die Tür ließ sich öffnen. Zuerst ertastete er Geld, einen ganzen Stapel Scheine. Darunter lagen Rechnungen, Bestellungen, Verträge für Lieferungen und ein Ordner mit Bankauszügen. Noch weiter hinten ertastete Cremer einen verschlossenen Umschlag. Er riss ihn auf und schüttete den Inhalt auf den Boden. Zuerst fiel sein Wehrdienstausweis heraus und die ovale Erkennungsmarke. Der rote Ausweis der Gesellschaft für Sport und Technik. Das zerfledderte Mitgliedsbuch der Konsum-Genossenschaft mit den siamesischen Zwillingen auf dem Umschlag. Der rosafarbene Lappen der Geburtsurkunde. Das Heftchen mit den braunweißen Rauten der Gesellschaft der Deutsch-Sowjetischen Freundschaft. Der blaue Reisepass.

Sie rochen wie früher. Aus dem Papier dünstete der Duft seiner Vergangenheit, und er hielt sich den ganzen Stapel unter die Nase, sog den Geruch tief ein, schloss die Augen, und für einen kurzen Moment war er dort, doch es hielt nicht lange, denn das Aroma verflüchtigte sich, mischte sich mit dem Heuduft des Zimmers und verschwand, ohne dass er es halten konnte.

Als Nächstes fand er einen Ausschnitt aus einer Musikzeitschrift. Es war ein Artikel über White Stripes, eine Band, die er nicht kannte, und er fragte sich, warum er ausgerechnet den hier aufbewahrte. Er drehte das Blatt um. Auf der Rückseite war ein Nachruf auf Thomas Steffany, gestorben am 22. September 2006. Die Redaktion von Rolling Stone verabschiedete sich von ihrem langjährigen Mitarbeiter, der seit den neunziger Jahren zuerst als freier Journalist und dann als Redakteur wesentliche Impulse gesetzt und gleichzeitig als Gitarrist bewiesen habe, dass Theorie und Praxis der Musik zusammengehörten. Er werde der Redaktion und den Lesern des Rolling Stone fehlen.

Cremer starrte lang aufs Blatt, bis er begriff, dass ihm wieder einer gestorben war. Ihm würde Thomas noch mehr fehlen. Ob sie ihn zusammen mit der Gitarre beerdigt hatten? Das war früher sein Wunsch gewesen, früher, als sie noch zusammen am Bach saßen, als sie jung waren, jung und unsterblich. Als ihnen niemand etwas anhaben konnte. Thomas war tot, und nur der Name lebte fort in seinem Sohn, aber das war kein Trost. Nie mehr würde er einen Freund finden wie Thomas. Wenn er überhaupt noch einmal einen fand.

Er wollte den Tresor zuklappen, aber ganz hinten lag ein Buch, völlig zerlesen, ein Taschenbuch *Gedichte aus der DDR. Eine Anthologie.* Es klappte in seiner Hand auseinander auf den Seiten 134 und 135, weil ein Foto eingelegt war.

Hannahs Foto.

Sie steht im Hauseingang und blinzelt hoch in die
Sonne. Ihre Augen sind nicht zu sehen, zum Glück,
denn das hätte er nicht ertragen. Neben ihr in der
Mauer sind die Einschusslöcher aus dem Krieg, fünf
Stück. Immer wenn er zu ihr ging, spreizte er die
rechte Hand und legte jede Fingerkuppe in eines, denn
das brachte Glück. Er wusste noch, wie er das Bild gemacht hatte. Es war ein Sonntag gewesen, den ganzen
Morgen hatten sie im Bett gefrühstückt, als sie plötzlich unruhig geworden war, weil das Zeitverschwen-
dung sei. Raus müsse man bei dem Wetter, an die Luft
und einen Ausflug machen. Er hatte die Schwalbe aus
dem Hof geholt, und sie war noch mal nach oben, um
die Helme zu holen. Er stand auf der anderen Straßen-
seite, der Motor lief schon, und hielt die Kamera in den
Händen, um sie zu überraschen. Sie mochte es nicht,
wenn man sie fotografierte. Am besten war es, sie
merkte es nicht. Auch diesmal hatte es nur beinahe ge-
klappt. Geblendet stand sie einen Moment auf dem
Gehsteig, sah ins Licht, und er drückte den Auslöser,
den das Knattern des Motors übertönte. Dennoch
drehte sie den Kopf, so dass er sich ertappt fühlte, als er
den Apparat wieder einsteckte.

Sie trägt das rote Kleid auf dem Foto. Natürlich war
es nicht rot, sondern dunkelgrau, es war ein Schwarz-
weißbild, aber er sah sie in Farbe, das grüne Halstuch
und die gelben Sandalen. Ihr Mund war halb geöffnet,
als trinke sie das Licht der Sonne. Er wusste nicht mehr,
wohin sie gefahren waren an diesem Tag, nur diesen
Moment wusste er noch, die Helme in ihrer Hand, das
besonnte Gesicht, die Augen, der offene Mund, wie der
Kameraverschluss schnappte, während der Motor seinen ganzen Körper vibrieren ließ und die Tauben auf
den Dächern unter dem blauen Himmel saßen und

gurrten. Er legte das Bild zurück in das Buch und las die erste Zeile des Gedichts auf der Seite.

ich küsse das blut vom mund des geliebten
Hannah Opitz stand darüber, *Ohne Titel, 1988.*

Er las nicht weiter. Er kannte die Zeilen gut, viel zu gut, denn er war der Geliebte gewesen, dem träufelte sie *süßes gift in das ohr, dass der kleine tod ihn abholen kam.* Es waren nicht die einzigen Strophen, die sie über ihn geschrieben hatte, über sie beide, und er war damals wütend gewesen, weil er ein Teil ihrer Gedichte wurde. Das wollte er nicht. Er wollte Teil ihres Lebens sein und nicht *mit blauen flügeln stürzen ins ungeduldige heft.* Sie missbrauche ihn, hatte er gesagt, weil er fürchtete, dass sie manches, was sie gemeinsam erlebten, nur tat, um eine Erfahrung zu machen, die sie in ihre Verse goss. Nichts war sicher vor ihr. Noch das Zarteste blühte ein zweites Mal in ihren Gedichten. Wenn sie über die Liebe schrieb, zweifelte er sogar, dass sie ihn liebte, denn wenn sie es täte, dann würde ihr das genügen, und sie müsste es nicht in Verse fassen, in denen er eine Rolle bekam, gegen die jeder Widerstand zwecklos war. *blaue flügel.* Was hatte das mit ihm zu tun? Er würde Ingenieur werden. Blaupausen, das war seine Welt, nicht blaue Flügel. Manchmal war sie wie eine Kannibalin, die ihn auffraß, das hatte er ihr auch gesagt, und einige Tage später las sie ihm ein Gedicht vor, in dem *die hungrige göttin den sträubenden knaben verzehrt.*

Er solle froh darüber sein, hatte sie gemeint. Sie lerne etwas Neues, einen anderen Tonfall, der weniger bitter sei, weniger kämpfe gegen die Verhältnisse. Wenn sie über die Liebe schrieb, sei das zwar ein Rückschritt für sie als politisch Handelnde, aber ein Fortschritt für ihre Gedichte. Er glaubte ihr halb und las misstrauisch, immer auf der Suche nach Spuren von sich und seinem Leben mit ihr. War er der Henker mit dem Beil in der Hand, der sanft über den Hals der Verurteilten strich? War sein Blick beim Frühstück morgenmüde und kalt? Saugte er die Lust aus den Augen der Liebsten? Und wenn er es nicht war, wer war es dann?

Er sah wieder auf das Foto. Er hatte Hannah als Menschen lieber gemocht als die Dichterin. Er wäre auch vollständig, wenn er nicht Ingenieur würde, doch bei ihr war das Schreiben Teil ihres Seins.

»Na, ist sie das?«, fragte sein Sohn, der plötzlich vor ihm stand. »Deine Woodstock-Freundin? Sieht gar nicht aus wie ein Hippie.«

Cremer verdeckte das Bild zuerst erschreckt mit seiner Hand, dann reichte er es Thomas, der es zögernd nahm und vor sich auf den Tisch legte.

»Hübsch. Damals jedenfalls. Aber das Bild ist uralt. Wer weiß, wie sie jetzt aussieht. Wo lebt sie denn? Habt ihr noch Kontakt, oder gibt's nur das eine Foto?«

»Das Bild ist alles. Aber mein Kopf ist voll von Erinnerungen.«

»Aber uns hast du vergessen. Typisch.«

»Aber jetzt werde ich dich nicht mehr vergessen.«

»Na ja. Warten wir's ab. Ob ich das glauben soll, weiß ich noch nicht.«

Thomas tippte auf das Foto.

»Was ist mit ihr? Liebst du sie? Die Frau da? Ich meine, wenn wir und alles hier verschwunden ist. Der Psychologe hat uns erklärt, du fühlst dich wie Anfang zwanzig.«

»Was ist, wenn ich Ja sage?«

»Dann musst du versuchen, sie zu finden.«

»Das geht nicht. Ich bin gerade erst zu euch zurückgekehrt.«

»Du bist hier nicht zurückgekehrt. Du kommst hier ganz neu her und bringst alles durcheinander. Vor allem Mama. Ihr ging es viel besser, als du im Krankenhaus warst. Sogar besser als vorher, vor dem Schuss in den Kopf. Die kam alleine ganz gut klar. Der Psychologe konnte dir nicht wirklich helfen, und wir können es auch nicht. Vielleicht kann es die Frau auf dem Foto.«

Thomas stand auf.

»Probieren kannst du es ja. Was kann jetzt noch Schlimmes passieren? Einen Versuch ist es wert.«

Teske schreckte aus dem Schlaf auf, starrte kurz in die Dunkelheit und suchte unter dem Bett nach den Hausschuhen. Das Telefon klingelte immernoch. Vielleicht war der Anrufbeantworter defekt, denn so lange sollte es eigentlich nicht klingeln. Es war zu früh für Telefonate. Kurz nach halb sechs, da sollte man eigentlich noch schlafen. Sein Rücken schmerzte. Er müsste mal wieder zum Chiropraktiker, um ein paar Wirbel einrenken zu lassen. Das Lästige am Altern war, dass der Körper kaputtging, während der Kopf noch funktionierte. Andersherum wäre es einfacher, dann bekäme man nicht mit, wie alles immer brüchiger wurde.

Das Klingeln hatte noch immer nicht aufgehört. Er ging in den Flur und tastete im Dunkeln nach dem Hörer.

»Er ist weg«, sagte eine Stimme, die er nicht erkannte, noch bevor er sich mit Namen melden konnte.

»Langsam«, sagte er. »Ich hatte noch keinen Kaffee. Wer ist was?«

»Mein Mann«, sagte sie. »Paul Cremer. Vor ein paar Tagen haben Sie ihn gebracht, und jetzt ist er verschwunden.«

Cremer fuhr langsam im dritten Gang und genoss das Gefühl seiner Freiheit. Die ersten Kurven waren noch schwierig gewesen, und ein- oder zweimal waren die Räder in den weichen Schotter neben dem Asphalt gerutscht, aber fanden immer wieder zurück auf die Straße. Je weniger Gedanken er sich machte, wie es ging, umso leichter war es. Das Nicht-Denken war eine Übung, die ihm immer besser gelang. Vermutlich ließ sich ein Großteil des Lebens mit dem Rückenmark einfacher bewältigen als mit dem Gehirn.

Als er den Wagen gestartet hatte mit dem Schlüssel, der neben der Haustür am Haken hing, war auch die Musik angegangen. Ein alter Mann sang, krank, aber kraftvoll. Cremer erkannte nicht die Stimme, aber die Stimmung. Er hörte den nahen Tod heraus und das Gewicht eines langen und schwierigen Lebens. Es ging um einen Zug, auf den man den Sänger bringen sollte, damit er dort mit seinem Koffer hinausfahren kann in die Welt. So ähnlich fühlte sich Cremer.

Manchmal hing der Nebel fett in einer Talsenke, und der Wagen tauchte hinein, und er bekam Angst, weil er fürchtete, er würde nie wieder auftauchen, doch beim nächsten Berg wurde ihm die Welt wieder klar. Er wusste nicht mehr den Weg, den Teske mit ihm gekommen war, und fuhr Richtung Westen. Wo das war, zeigten die Sterne. Dort lag Badenweiler, am Rand des Schwarzwaldes. Wenn er von dort weiter Richtung Rheintal steuerte, würde er die Autobahn finden. Beim Spaziergang nach Levins Tod hatte er sie gesehen und nicht wieder vergessen. Überhaupt vergaß er immer weniger von dem, was er erlebte. Er zweifelte daran, dass es an den Übungen im Krankenhaus lag. Manchmal nachts, wenn er wachlag, hatte er gespürt, wie sich sein Hirn selbst repariert. Tief in seinem Kopf wurden Bahnen gelegt, Nervenstränge wieder verbunden, Schaltkreise erneuert, Zellen wiederbelebt.

Es gab keinen Ort auf der Welt, an dem er jetzt glücklicher wäre als in seinem Wagen.

Es dauerte nicht lange, und er kam in die Stadt. Badenweiler war tot. Kein Mensch auf der Straße, hinter keinem Fenster ein Licht und nur ganz in der Ferne das Geräusch eines startenden Motors. Auch die Klinik am Rand der Stadt lag schweigend und schwarz. Cremer ließ den Wagen auf dem Parkplatz ausrollen. Gegen die Sterne des Himmels stand schwer der Turm, von dem aus Levin aufgebrochen war in die Freiheit. Cremer hob grüßend die Hand, denn etwas von dem Freund war immernoch hier. So schnell ging man nicht von einer Welt in die nächste, selbst, wenn man es geschickter anstellte als Cremer. Ihm war, als grüße Levin zurück.

Noch könnte er aussteigen, klingeln und der Nachtschwester sagen, er wolle hierbleiben. Morgen würde ihn Teske begrüßen, an seinem Bett stehen, sehr aufrecht und mit Schmerz in den Augen, ihm die Hand auf die Schulter legen und sagen, wie gut es sei, ihn wiederzusehen. Anschließend wäre Logopädie, die Chi-Gong-Gruppe fürs Körpergefühl oder das Aufmerksamkeitstraining am Computer. Charlie würde er wieder treffen. Sie nähme ihn bei der Hand und würde Schönes und Unverständliches sagen. Er würde am Fenster stehen und den Kirschen beim Reifen zusehen. Kinder würden kommen und sie pflücken, heimlich, damit sie der Bauer nicht sieht. Später würden die Blätter fallen, und eines Tages läge der Reif auf den Wiesen.

Cremer startete den Wagen wieder. Er war kein Niemand, er war ein Jemand, besser gesagt: Er war Paul

Cremer, vierzig Jahre alt, und heute war die erste Nacht vom Rest seines Lebens. Er fuhr einen Bogen auf dem Parkplatz und ließ das Krankenhaus hinter sich. Kurz nach Badenweiler wurden die Straßen weniger kurvig, und wenige Kilometer später wiesen blaue Schilder zur Autobahn. Die Musik lief noch immer, als Cremer die Ausfahrt hochfuhr. Die Stimme des Sängers schmeckte nach Rauch. Der Mercedes beschleunigte mühelos, und erst als er auf den Tacho sah, merkte er, dass er über zweihundert fuhr. Er nahm den Fuß sehr vorsichtig vom Gaspedal. Andere Autos waren kaum unterwegs. Ein paar Wohnmobile, einige kleinere Lieferwagen, die Namen ihrer Firmen auf die Seitenwände lackiert.

Berlin 831 Kilometer.

Das stand auf einem Schild am Straßenrand.

Achthundert Kilometer und ein halbes Leben. Das stand nicht da, natürlich. Cremer lachte ins leere Auto hinein. Ein langer Weg, aber nicht zu lange in diesem Wagen. Nur würde er tanken müssen, aber die nächste Raststelle wurde bald angezeigt.

Die Zapfsäulen lagen im blauen Licht der Tankstelle; Götzenbilder, die auf Anbetung warteten. Er hielt vor einer von ihnen. Der Tankdeckel des Autos war an der falschen Seite, und er musste wieder einsteigen und näher ranfahren. Es gab zu viele Sorten Benzin hier, aber er wollte niemanden fragen, welches die richtige sei, und versuchte es mit der teuersten. Das konnte nichts schaden.

Der Mann an der Kasse blickte misstrauisch auf die dicke Rolle mit Hunderteuroscheinen, die Cremer aus der Tasche zog. Er hob seinen Blick, um das Gesicht seines Kunden beschreiben zu können, falls man ihn danach fragen würde, sah die Narben, zuckte zurück und gab ihm schweigend das Wechselgeld raus.

Nebenan war ein Laden. Vor einer Kühltheke standen ein paar angetrunkene Jugendliche und konnten sich lautstark nicht für eine Biersorte entscheiden. Ein hagerer Mann mit abstehenden Ohren kramte in einem Regal mit belegten Broten und fluchte leise vor sich hin. »Scheißteuer, alles.«

Er fluchte auf Russisch. Eine schöne Sprache, Erinnerung an die Zeit auf der Schule. Nicht alles war damals schlecht gewesen.

»Aber die Auswahl ist gut«, sagte Cremer. Er genoss die weichen Konsonanten, die im Mund zerflossen.

Der Mann drehte sich um.

»Was bringt mir die Auswahl, wenn ich es nicht zahlen kann.«

»Urlauber?«, fragte ihn Cremer.

Der Mann lachte bitter.

»Sehe ich so aus? Ich bin Fahrer. Und Sie?«

»Suchender«, sagte Cremer.

»Also ein Verrückter. Sieht man schon am Kopf. Hier: Die sollten Sie anziehen, dann merkt man es nicht gleich.«

Der Fahrer reichte ihm eine rote Schirmmütze von einem Ständer. *University of Ohio* stand darauf. Cremer setzte sie auf.

»So sehen Sie aus wie ein ganz normaler Idiot«, sagte der Mann. »Nicht wie ein komplett Verrückter.«

Über dem Mützenständer war ein Spiegel. Er sah wirklich aus wie ein Idiot, aber wenn das die Narben verdeckte, war es besser als nichts.

»Danke«, sagte er, aber der Mann war schon verschwunden. Cremer kaufte ein paar belegte Brote, Cola, ein Glas mit Würstchen und eine Tüte Äpfel, deponierte alles auf dem Beifahrersitz und fuhr los. Vor der Auffahrt zur Autobahn hielt ein Lastwagen mit ächzenden Bremsen links an. Cremer wollte rechts an ihm vorbeifahren, aber eine Frau stieg aus und stand im Licht seiner Scheinwerfer. Der Lastwagenfahrer fluchte ihr hinterher. Sie knallte die Tür zu und der Wagen fuhr los. Cremer starrte sie noch immer an, als sie näher kam und an seine Scheibe klopfte.

»Glotzen Sie nur oder nehmen Sie mich auch mit?«, fragte sie. »Falls in dem Schlitten nicht nur Platz für einen ist.«

Cremer zuckte mit den Schultern und räumte ihr den Sitz neben sich frei. Sie hatte lange schwarze Haare, trug einen dunklen Mantel und Ringe in der Nase, den Lippen und Ohren. Den Hals schützte ein Hundeband mit Nieten.

»Wo fahren Sie hin?«, fragte sie.

»Berlin.«

»Gut. Ich auch. Aber die Musik. Muss das wirklich sein? Das ist ja grauenvoll.«

»Gefällt Ihnen nicht?«, fragte Cremer.

»Kein Vergnügen, einem alten Mann beim Sterben zuzuhören, oder? Wer ist das überhaupt?«

»Keine Ahnung«, sagte Cremer.

»Aber das ist doch Ihr Auto. Sie müssen doch wissen, welche Musik Sie da hören.«

»Irgendwie schon«, sagte Cremer.

»Was heißt da irgendwie? Sind Sie sicher, dass bei Ihnen alles okay ist? Vielleicht suche ich mir doch einen anderen Fahrer.«

»Ich lasse Sie gerne raus«, sagte Cremer und bremste.

»Hier? Mitten in der Nacht auf dem Standstreifen? Da komme ich nie wieder weg. Machen Sie keine Witze.«

Cremer fuhr wieder an.

»Sind Sie immer so seltsam?«, fragte sie.

»Es fällt mir schwer zu sagen, wie ich bin. Ich bin kein Spezialist für mich. Aber ich arbeite dran.«

»Das kenne ich«, sagte sie. Sie klang erstaunt und sehr jung, viel jünger, als er vorhin noch gedacht hatte. »Aber das ist selten in Ihrem Alter. Ihr wisst doch immer bestens Bescheid über euch und die Welt.«

»Wie alt bist du?«

»Achtzehn.«

Cremer schwieg.

»Na gut. Sechzehn, aber ich habe bald Geburtstag.«

»Abgehauen?«, fragte Cremer.

»Das geht Sie nichts an.«

Der Sänger betete zu Gott, die Ketten der Dunkelheit von ihm zu nehmen, damit er begreift, was sein Platz in der Welt ist. Cremer summte leise mit. Die Frau sah aus dem Fenster. Der Motor war kaum zu hören und die leisen Vibrationen beruhigend, ohne einzuschläfern. Es war kurz vor vier. An einer Baustelle versuchten gelbe Blinklichter, Cremer zu hypnotisieren, aber das ließ er nicht zu. Nie zuvor war er klarer und wacher gewesen und schaute furchtlos ins Licht.

»Ich hab's nicht mehr ausgehalten«, sagte sie, ohne ihn anzusehen. »Alle nerven mich, nur, weil ich so bin, wie ich bin. Meine Eltern, mein Bruder, die Lehrer. Wegen meiner Musik. Der Kleider. Alle tun so, als ob ich gleich mit der Knarre in die Schule renne und sie über den Haufen schieße. Was für eine Scheiße. Berlin ist jetzt noch ein Versuch. Der letzte. Wenn der nicht funktioniert, weiß ich auch nicht weiter.«

»Bei mir auch«, sagte Cremer.

»Sagen Sie das nicht. Das sagen die Alten immer, dass es bei ihnen auch so ist, aber das stimmt nicht. Ich will kein Scheißverständnis. Vielleicht war es einmal auch bei Ihnen ernst, aber das ist es nicht mehr, sonst würden Sie nicht mit dem Mercedes durch die Landschaft fahren, mit dieser albernen Baseballkappe auf dem Kopf.«

»Soll ich sie ausziehen?«, fragte Cremer und zog sie ab.

Sie schwieg und sah auf die Narben.

»Was ist da passiert?«, fragte sie. »Ein Unfall?«

»So was in der Art.«

»Das heißt?«

»Ich habe mich erschossen«, sagte Cremer. »Der Unfall ist, dass ich noch lebe.«

Sie hauchte an die Beifahrerscheibe, malte mit dem Zeigefinger Buchstaben hinein und wischte sie gleich wieder mit der Handfläche weg.

»Ernsthaft?«, fragte sie.

Cremer nickte.

»Willst du lieber aussteigen?«, fragte er. »Soll ich dich an der nächsten Raststätte rauslassen?«

»Nein. Es tut mir nur leid. Ich war vorhin zu …«

»Vergiss es. Kennst du Berlin?«

»War noch nie da.«

»Dann verbünden wir uns. Nur für die Fahrt. Alleine schaffen wir es vielleicht beide nicht. Zusammen haben wir eine Chance.«

»Versuchen können wir's. Solange Sie fahren.«

Das tat Cremer für die nächsten Stunden.

In der Nähe von Heilbronn wurde der Himmel im Osten heller. Cremer parkte für ein paar Stunden an einem Rasthaus und beide schliefen im Auto, bis die Sonne sie weckte. Das Mädchen erklärte ihm beim Frühstück den Unterschied zwischen Cappuccino und Latte macchiato, und dass die Hörnchen hier Croissants hießen. Wie sie hieß, wollte er nicht wissen. Je fremder sie sich blieben, desto mehr konnten sie einan-

225

der vertrauen. Inzwischen trug er wieder die Kappe. Sie half ihm, eine Deutschlandkarte zu kaufen und einen Stadtplan von Berlin. Gemeinsam entschieden sie, über Nürnberg zu fahren. Sie hatte eine von ihren CDs eingelegt. Die Musik war schnell, laut und finster. Er hörte lieber einem altem Mann beim Sterben zu, sagte er ihr, als einer ganzen Gruppe von Jungen beim Töten. Ein Lastwagen war in die Leitplanke gefahren, und der Fahrer telefonierte aufgeregt mit dem Handy. Sie merkten beide nicht, als sie über die alte Grenze fuhren. In Leipzig überlegte Cremer, kurz rauszufahren, aber sie wollte weiter, und er war froh, dass sie ihm die Entscheidung abnahm. Die Landschaft wurde monotoner. Inzwischen lohnte es kaum noch, aus dem Fenster zu sehen. Ein Stau bildete sich und löste sich auf, ohne dass es einen Grund dafür gab. Mittags aßen sie Pizza. Eigentlich hatte er Lust auf Soljanka gehabt, aber die gab es hier nicht. Als sie die Stadt erreichten, kramte sie im Handschuhfach, fand seine Ausweise, das Buch mit Gedichten und das Foto von Hannah.

»Ihre Tochter?«, fragte sie. »Fahren Sie deshalb nach Berlin? Familienzusammenführung?«

»Schau lieber auf den Stadtplan. Chodowieckistraße. Da müssen wir hin.«

Sie stellte sich geschickter mit der Karte an, als er es erwartet hatte und wies ihm ohne zu zögern den Weg. Der Wagen fuhr durch Berlin, als ob nichts wäre, aber das stimmte nicht. Alles war zweimal da: einmal konkret und deutlich, bunt und scharf, doch dahinter lag eine andere Stadt. Weniger klar war sie, weniger farbig, aber sie berührte ihn tiefer, weil das sein Berlin war. Die Stadt, die er kannte. Da war die Brache, auf der hellgrün das Gras wuchs. Ein paar Hunde trieben

sich darauf herum, undeutlich, mehr wie ein Nebel.
Gleichzeitig standen da Häuser, groß und massig und
neu. Ein paar Straßen weiter wehten Böen durch die
leeren Fenster des Palastes der Republik. Kein Haus,
nur eine aufsteigende Fassade. Ein Palast der Winde
war er geworden und doch sah Cremer blaue Scharen
von FDJlern vorm Eingang im Schatten der Fahnen.
Japanische Autos standen im Stau neben Trabants und
Wartburgs. Auch die Mauer sah er. Grau, unüberwind-
lich, endlos und war erstaunt, dass keiner mehr hier an
sie dachte. Von einer Seite wechselten sie auf die andere, als sei es ein Leichtes. Sie taten so, als sei die
Grenze verschwunden, als gebe es keine Schwelle
mehr, die eine Hälfte der Erde von der anderen
trennte. Er selbst war ein Geist, der mit dem Wagen die
Mauer durchstieß, ohne dass er es spürte. An einer
Ampel in der Prenzlauer Allee musste er halten. Eine
Frau putzte die Scheibe einer Bäckerei. Er sah sie und
in ihr das Mädchen, das sie gewesen war, vor Zeiten,
als sie neben ihrer Mutter hinter der Kasse stand, wenn
er am Samstag fürs Frühstück einkaufte. Selbstverständlich standen die Häuser der Straße, als hätte es sie
immer genau so gegeben, doch er sah nicht nur den
Putz, sondern auch das zerfressene Mauerwerk, das
man übertüncht hatte in der Hoffnung, die Menschen
würden vergessen, was war.

Er verpasste fast die Abzweigung zur Chodowieckistraße, trotz der Aufforderung seiner Beifahrerin, und
stellte den Wagen schließlich erschöpft in einer Parklü-
cke ab. Er hatte geschwitzt, das kam von der Reibung
zwischen ihm und der Welt, die hier größer war als irgendwo anders. Die Haare hingen in seine Stirn, und
er atmete schwer.

Sie sah Hannahs Foto an.

»Hier muss es sein. Genau hier. Das ist der Eingang da drüben. Da ist Ihre Tochter gestanden. Schick renoviert muss man sagen.«

Cremer nickte schweigend.

»Ab hier schaffen Sie es alleine, oder?«, fragte sie. »Vielen Dank fürs Mitnehmen.«

Sie schlug die Beifahrertür zu, ging vorne ums Auto und öffnete die Fahrertür.

»Wenn Sie mich fragen, dann kaufen Sie als Erstes einen anständigen Hut. Die Mütze ist etwas … speziell. Wenn Sie wissen, was ich meine.«

»Mach's gut«, sagte Cremer in die Richtung des Mädchens, ohne sie wirklich zu sehen. Auch in dieser Straße trugen die Mauern unanständige Farben. Grellrot war das Haus, vor dem er hier stand, und gleichzeitig grau von Alter und Ruß. Beide Farben waren da, und er schwang wie ein Pendel hin und her zwischen den Städten und Zeiten und saß lange im Wagen, weil er hoffte, dass es ausschwingen würde, irgendwo in der Mitte, so dass er endlich zur Ruhe kam, doch das war Unsinn, das wusste er. Im Niemandsland würde er nicht bleiben können. Eine Entscheidung war fällig, doch dafür war er zu schwach.

Vor der Tür der Zelle trappelten hektisch die Stiefel des Kleinen. Inzwischen erkannte er die Wärter bereits an ihren Schritten. Der Kleine war blass, als ob er hinter diesen Mauern geboren worden wäre und sie seither niemals verlassen hätte. Die schweren Schritte gehörten dem Dicken aus Sachsen. Er ließ ein Bein leicht nachschleifen, vielleicht eine Folge seines Tritts gegen das Knie. Jedes Mal, wenn er ihn hörte, spürte Cremer einen leisen Triumph. Gleichzeitig schämte er sich dafür. Früher hätte er sich nie über Schmerzen anderer gefreut. Das Schlimme am Knast war auch, dass man wurde wie die, die einen quälten.

Der Soldat hatte diese Woche keinen Dienst. Er nannte ihn so, weil er mit Stechschritten durch den Flur marschierte, wie bei einer Parade.

Nie sprach einer von ihnen mit ihm mehr als nur die notwendigen Wörter.

Schüssel.

Duschen.

Freigang.

Sie redeten fast nur in Substantiven. Wenn sie Verben benutzten, dann in der Befehlsform.

Aufstehen!

Setzen!

Mitkommen!

Cremer fragte sich, wie sie nach dem Dienst mit ihren Frauen redeten oder den Kindern. Wahrscheinlich hielten sie sich nur einen Hund.

229

Das Wasser war ausgefallen; aus dem Hahn kam nur ein heiseres Röcheln. Er hatte Durst von der salzigen Suppe. Kein Zufall. Es gab keinen Zufall hier. Alles war Absicht, das einzige Ziel der Welt war, ihn zu brechen. Das Salz war Absicht, das Fehlen des Wassers, die Heizung, selbst die Sonne gehorchte den anderen. Wenn hier Menschen wären, würde er sie um Wasser bitten, doch hier gab es keine Menschen, sondern nur Häftlinge, Wärter und die Vernehmer.

Cremer war froh, als sie ihn am nächsten Tag holten. Im Flur war es kühler und die Vorhänge im Verhörzimmer zugezogen. Sein Vernehmer stand auf, als er hereinkam, wies auf den Stuhl und wartete, bis er sich gesetzt hatte.

»Es tut mir leid, dass Sie sich das Tonband mit Fräulein Opitz und diesem Menschen aus dem Westen haben anhören müssen, aber wir wollten Ihnen keine Informationen vorenthalten, die wichtig sind, damit Sie Ihre Situation hier einschätzen können, Herr Cremer.«

Herr Cremer.

Das hatte er gesagt.

Herr Cremer.

Er hatte einen Namen, nicht nur eine Nummer, und der andere sprach ihn als Mensch an, als eine Person, die eine Geschichte hatte, ein Gesicht, ein eigenes Leben, das irgendwo draußen begonnen hatte, auch wenn es hier endete. Seit Monaten hatte ihn keiner beim Namen genannt. Er liebte ihn dafür. Seine aufmerksamen und wachen Augen. Den Mund, der so streng sein konnte und im nächsten Moment wieder so freundlich und weich. Seine großen Gesten, die viel Raum brauchten. Die Art und Weise, wie er den Stuhl zurückschob, im Zimmer umherging und Cremer manchmal – ganz nebenbei – die kräftige und warme

Hand auf die Schulter legte. Den ironischen Blick, mit dem er den Brüller ansah, der regelmäßig ins Zimmer stürmte, schrie und dabei Cremer anspuckte, bevor er ebenso plötzlich wieder verschwand. Er mochte es, wenn sein Gesicht im Verlauf der langen Verhöre grauer wurde, er sich den Magen hielt, kurz auf seinem Stuhl zusammenkrümmte und leidend aussah wie sein Vater, wenn der eine Kolik hatte. Überhaupt war er fast wie sein Vater, das merkte Cremer erst jetzt. Er hatte seine Statur, die kurzen, buschigen Haare, die kein Kamm je würde bändigen können, und die Stimme eines Sängers. Nur der Schnauzbart störte und die Koteletten. Sein Vater hätte nie einen Bart getragen, deswegen hatte er die Ähnlichkeit vorher nicht erkannt. Umso stärker war die Liebe, die er jetzt für ihn empfand. Hoffentlich liebte ihn der andere auch. Den kleinen Jungen, der ohne Mutter aufwuchs, weil sie im Wochenbett starb, von dem er ihm jetzt erzählte. Dem Schüler, der unter den Lehrern litt und Zuflucht fand bei wenigen Freunden und der Musik. Dem Soldaten, der gegen die Schikanen der Ausbilder kämpfte. Dem Studenten, der empört war über die Dummheit der Professoren.

So offen hatte er nie mit seinem Vater geredet. Der hörte nie zu wie der andere hier. Nie in seinem Leben hatte sich einer so viel Zeit genommen für ihn. Nie so viel Geduld gehabt. Nie so sehr versucht, ihn zu verstehen. Der andere hatte ihn längst adoptiert. Cremer war sein Ziehsohn und erzählte von der Wanderung in der Hohen Tatra. Wie er Gitarre spielen lernte. Nächtelang über den Lehrbüchern saß. Seiner Stelle in der Bibliothek. Dass er mit Hannah ans Meer wollte. Er war noch nie am Meer gewesen, das muss großartig sein, so ins Weite zu sehen. Den Ausflügen mit der Schwalbe. Dass er schwieg, wenn die Künstler am Esstisch bei Hannah saßen und große Pläne machten für sich selbst und ihr Land. Er selber war kein Redner und würde nie einer sein. Immer wieder Hannah. Ihre Gedichte. Dass sie Träume aufschrieb. Wie er mit ihr alt werden wollte. Am liebsten hätte er ihm auch von dem Papier für die Flugblätter erzählt. Dass er es Thomas gab, ohne es selber zu wissen, aber Hannah wollte das nicht, das spürte er, und einen Moment war er wütend auf sie, weil sie zwischen ihm und dem anderen stand.

Das Telefon klingelte.

Es hatte in den letzten Wochen immer wieder einmal geklingelt, und sein Vernehmer schwieg dann hinein und malte Kringel auf dem Papier, oder bellte einen seiner Untergebenen an und bestellte anschließend einen Kaffee. Heute war es anders. Er schwieg zwar, doch es war ein anderes Schweigen als sonst. Er ließ den Stift fallen, hob ihn wieder auf, aber umgedreht, und beschmierte sich seine Finger, ohne dass er es merkte. Jetzt malte er keine Kringel. Ein Schmerz fiel über sein Gesicht wie ein Vorhang. Kurz kniff er die Lider zusammen, und als er die Augen öffnete sah er in die Cremers. Zum ersten Mal, seit er hier war, hatte ihm einer ins Herz geblickt. »Mache ich«, sagte der andere schließlich leise und legte den Hörer sehr vorsichtig und mit zitternden Händen auf die Gabel zurück.

»Herr Cremer«, sagte er, dann verschlug es ihm seine Stimme, und Cremer beugte sich zu ihm.

»Herr Cremer, es tut mir leid.« Er flüsterte tonlos, räusperte sich und sprach halblaut weiter. »Es hat einen Unfall gegeben, auf der Dimitroffstraße. Sie war ohne Licht unterwegs mit dem Fahrrad, und ein Lastwagen kam. Sie war gleich tot und hat nicht lange gelitten. Hannah Opitz. Hannah Opitz ist tot.«

Cremer lehnte sich zurück.

Jetzt sollte er schreien.

Schreien oder weinen oder mit den Fäusten auf den Tisch schlagen oder den anderen anbrüllen, aber in ihm war keiner mehr, der den Mund öffnen konnte.

Die Erde hatte aufgehört sich um die Sonne zu drehen.

Die Zeit stand still.

Nie wieder.

Das war das Einzige, was er dachte.

Nie wieder Hannahs Gedichte. Nie wieder Blumen klauen im Park. Ihre bitteren Tees. Frühstücken im Bett. Ausflüge. Gemeinsam träumen. Ihr nie wieder ins Gesicht sehen. Nie wieder ihre Nase küssen, auf der um diese Zeit fünf Sommersprossen blühten. Nie wieder nachts von ihr geweckt werden, um in den Vollmond zu schauen. Nie wieder Touren mit dem Faltboot unter mückenschwerem Himmel. Nie wieder ihr Mund, der immer die Wahrheit sagte. Ihre Haare, die sie mit einer heftigen Bewegung des Kopfes aus der Stirn warf. Ihre hohe Wangenknochen. Ihr Kinn, das sie gerne in seine Halsgrube drückte wie ein junger Hund. Nie wieder streiten wegen Kleinigkeiten. Nie wieder Versöhnungen. Musik hören. Pläne machen. Ihr die schwere Lederjacke über die Schultern legen, wenn sie abends noch raus ging. Ihr einen Spreißel aus der Hand ziehen. Haselnüsse sammeln und mit dem Hammer auf ihrem Balkon knacken. Nie wieder ihre Wutanfälle an der Schreibmaschine. Alles war schon ein letztes Mal passiert, und er hatte es nicht bemerkt. Nichts davon würde wiederkommen. Nichts kam jemals wieder zurück.

Er lag in der Zelle und weinte leise. Weinen war erlaubt, heute zumindest war es erlaubt, und kein Wärter kam, um ihn daran zu hindern. Kein Licht ging an, kein Riegel bellte. Keine Schritte marschierten im Gang auf und ab. Immer wieder Gedanken an Hannah, in armselige Fetzen gerissene Szenen. Ein Aufflackern, dann waren sie verschwunden und kamen nicht wieder. So nahm er Abschied. Alles war noch einmal da, und dann ging es ganz. Er hatte nicht gewusst, dass so viel Schmerz in einen einzigen Körper passte. So viel Trauer. So viel von diesem wortlosen und brennenden Leid. Die stumme Klage erfüllte ihn mehr als alle Lieder, die er je mit Thomas gesungen hatte.

Er tötete Hannah ganz ab in sich. Ihr Gesicht löschte er aus. Die feinen Härchen auf der Wange, die er nur im Gegenlicht sah. Den Abdruck der Nähte des Kopfkissens am Morgen, die *Landkarte der Träume* nannte sie das. Die Karte beerdigte er und das Land ihrer Träume, das einmal so groß gewesen war. Nie mehr würde er mit ihr auf der Bank am Meer unter den Palmen sitzen, vor sich die Boote. Die Delphine trieben auf den Wellen, tot, rot und offen, die Fischerboote waren gekentert und das Café hatte für immer geschlossen.

Ihre Arme beerdigte er, die Narbe der Pockenimpfung unter den Schultern. Ihre Berührungen. Die Hände voller Schrunden von der Arbeit im Garten. Nie wieder würde neue Haut über die Risse wachsen. Nichts würde je wieder neu sein. Alles war schon gewesen und würde immer älter, immer ferner und blasser werden, bis es schließlich verschwindet. Dann würde es sein, als hätte es nie existiert.

Ihren Leib verabschiedete er. Die Wärme der Brüste. Ihr Geschlecht, dass er sich manchmal vorgestellt hatte, in den einsamen Nächten der Zelle, bis das Licht anging, der Wärter schrie *Hände auf die Decke, Sie Schwein.*

Auch das war vorbei. Er tötete ihre Beine ab. Die Füße. Lange Wanderungen hatten sie früher gemacht. Hannah ging gern in die Wälder. Die standen noch immer. Bäume wuchsen, Pilze schoben die schleimigen Hüte aus dem feuchten Boden des Unterholzes, Vögel riefen. Ein Specht hämmerte Larven aus einer Buche, aber alle Wege waren sie schon gegangen. Keinen Schritt würden sie jetzt noch machen. Keine Pilze panieren. Fette Henne oder den Parasol, den er so gern mochte, weil er der Einzige war, den er auf Anhieb erkannte.

Ihre Stimme, wie sie *Aufstehen* sagte am Morgen, ließ er in sich verstummen. Ihre Lippen, die sie auf seine drückte. Die Nägel, die ihm über den Rücken strichen. Vielleicht wuchsen die noch. Bei Toten wachsen die Nägel weiter, drei oder vier Tage lang, hatte er gehört. Die Nägel waren das Letzte, was sich noch regte von ihr. Der Duft ihrer Haut hatte sich längst verströmt. Jetzt roch sie wie ein Ding, bestenfalls, oder doch wie ein Stück Fleisch, das man in der Sonne vergessen hatte. Mit der Sekunde des Todes fängt der Körper an zu verfaulen.

Das Kitzeln ihrer Haare an seiner Nase würde ihn nie wieder wecken. Es würde keinen Streit mehr geben darüber, wer den Müll runterbringen sollte. Keine Eifersucht, wenn sie am Tisch saß und schrieb, statt sich um ihn zu kümmern. Keine Versöhnungen, tränenschwer und erregend. All das war tot. Manchmal nachts erschien sie ihm noch, aber er stieß den Traum von sich, denn er war jetzt allein und würde es bleiben. Die ganze Welt erschuf er noch einmal als Welt ohne Hannah. An den Himmel setzte er eine neue Sonne, die sie nie bescheinen würde. Die Erde schuf er neu, damit sie die Berührung ihrer Füße nicht vermisste. Er schuf eine Luft, die sie nie geatmet hatte, schuf die Sprache neu, den Regen, die Bäume, eine neue Welt, eine Welt ohne Hannah. Nie würde sie sein und nie war sie gewesen. Nur so würde er selbst über*leben*.

Viele Tage später beim Freigang im Käfig regnete es, kein warmer Guss, sondern eine eisige Dusche. Es war ihm so egal wie alles andere auch. Sonst kamen sie viel zu schnell; zwanzig Minuten, so schätzte er, war er normalerweise hier draußen, doch nicht heute, wo sie ihm Zeit ließen zu beobachten, wie die Pfützen auf dem Boden zusammenwuchsen und zu einer einzigen Lache wurden, die in die Filzlatschen lief. Schneeflocken mischten sich in den Regen, der Wind wurde heftiger und einzelne Böen pressten ihm ins Gesicht. Kälte kroch durch die dünnen Sohlen nach oben, drang durch die Hose der Uniform, tropfte von den Haaren auf seine Schultern.

Endlich ein anderes Gefühl als die schwarze Gleichgültigkeit, in der er versunken war. Zum ersten Mal seit Hannahs Tod fühlte er etwas. Er lebte, weil er fror. Je mehr er litt, desto mehr spürte er das Leben in sich.

Als sie ihn holten, konnte er nicht mehr laufen. Die Beine waren steif, und die ersten Meter schleiften sie ihn hinter sich her. Sie brachten ihn direkt in den Duschraum. Der Boden war trocken. Cremer wunderte sich. Sonst stand er hier in einer lauwarmen Pfütze, doch hier hatte lange keiner geduscht. Auch die Seife glitschte nicht feucht aus der Hand, sondern war rissig. So heiß wie heute war das Wasser noch nie gewesen. Wieder ein Schmerz, ein Gefühl, eine Spur von Leben.

Normalerweise war nach ein paar Minuten Schluss, und der Posten stellte das Wasser ab, doch heute nicht.

Etwas war anders geworden, und er wusste nicht, ob es an ihm lag. Zurück in der Zelle war er schneller als sonst. Früher waren ihm immer Häftlinge entgegengekommen, und er musste sich aufstellen, mit dem *Gesicht zur Wand aber dalli* und lauschte auf ihre Geräusche, das Schlurfen der Sohlen, ein leises Atmen, vielleicht ein Husten, wie zufällig als Zeichen an ihn. Heute gab es niemanden, der den Rückweg verzögerte. Überhaupt war es ruhiger geworden. Die Klopfzeichen hatten fast aufgehört. Hin und wieder wummerte es noch an der Heizung, aber es waren keine Botschaften mehr, sondern sinnlose Signale. Nachts lag er wach und versuchte zu hören, wieviele der Zellentüren die Wärter aufrissen, um die Schläfer zu wecken, aber es gab kaum noch Geräusche. Selbst zu ihm kamen sie selten, das war ihm in den letzten Tagen schon aufgefallen, doch er hatte gedacht, dass es daran lag, dass er gelernt hatte, nach Vorschrift zu schlafen. Probeweise legte er sich auf die Seite und wartete. Nichts geschah. Er rollte sich zusammen, zog die Decke über den Kopf. So hatte er lange nicht mehr gelegen. Früher lag er so, früher, als er noch bei ihr lag, bei … . Dann beherrschte er sich. Das kam nicht wieder. Trotzdem tat es gut, auf der Seite zu liegen. Niemand weckte ihn in dieser Nacht. Keiner kam, brüllte, zog die Decke vom Kopf. So tief wie heute hatte er lange nicht geschlafen.

Es war der Soldat, der ihn am nächsten Morgen zum Verhör brachte, aber seinen Stechschritt hatte er verloren. Er schlich neben Cremer her, den langen Zellentrakt entlang, die Treppe hinauf und in sein Zimmer. Cremer hätte den Weg auch blind gehen können. Hinter dem Schreibtisch saß schon sein Vernehmer. Cremer erschrak, denn er sah alt aus und krank. Sie hatten sich lange nicht gesehen, seit der Nachricht am

Telefon nicht. Heute würde er alles sagen. Hannah war tot. Es gab niemanden mehr, der ihn zurückhalten konnte. Jetzt war ihm gleich, was passieren würde. Ob sie ihn freiließen oder wegschlossen auf immer. Heute würde er gestehen, dass er Thomas das Papier gebracht hatte. Dass Hannah und der Freund hinter seinem Rücken etwas planten, von dem sie wussten, dass Cremer es nicht unterstützte. Alles würde er ihm sagen. Dass Mario Liedtexte fälschte. Dass der ehrliche Erich eine Druckerwerkstatt im Keller betrieb. Von Sylvias Mauergedichten würde er reden, und dass in Gernots Manuskript das ganze Politbüro in die Luft gesprengt wurde. Wenn er alles sagte, würde nichts zwischen ihm und seinem Vernehmer mehr stehen, und der andere würde ihn nicht so lange warten lassen, wie in der vergangenen Zeit. Jeden Tag würden sie sich treffen und sprechen und sich verstehen. Jetzt, wo sie nicht mehr lebte, war er der Einzige, der Cremer noch blieb. Dann würde auch der andere nicht mehr so leidend aussehen wie jetzt.

Er freute sich auf die Fragen seines Vernehmers, aber der sah ihn schweigend an, fuhr mit den Fingern durch die kurzen Haare und legte dann das Gesicht in die Hände.

»Ich habe das Papier Hannah Opitz gegeben.«

Cremer wunderte sich selber, dass seine Stimme jeden Klang verloren hatte.

»Sie hat es an Thomas Steffany weitergereicht, das heißt, eigentlich habe ich das getan. Ich habe ihn immer wieder in Leipzig besucht, mit dem Roller, und sie hat mir Päckchen mitgegeben. Ich dachte, dass es Bücher sind, aber es war wohl das Papier. Wenn Sie das zu Protokoll geben, dann unterschreibe ich das sofort. Schalten Sie das Tonband an. Dann wiederhole ich es noch einmal. Ich habe Thomas das Papier gebracht. Für die Flugblätter. Ich bin schuld.«

Sein Vernehmer schüttelte langsam den Kopf.

»Erinnern Sie sich an den Kollegen, der hier immer reinkam und brüllte?«, fragte er ihn. Seine Stimme war heiser. Er war krank. Cremer hätte viel früher schon gestehen müssen, dann hätte er ihm das erspart. Er hatte ein schlechtes Gewissen.

»Er ist im Westen. In München, angeblich«, sagte sein Vernehmer und verzog dabei das Gesicht, als sei ihm übel. Cremer verstand nicht. Er spürte nur, dass der andere litt und hätte ihn gerne getröstet, aber wusste nicht wie.

»Er ist rübermarschiert. Einfach so. Die Mauer ist offen. Seit zwei Wochen schon. Honecker hat alle Posten verloren. Der Ministerrat ist zurückgetreten. Das Zentralkomitee. In Berlin demonstrierten eine halbe Million Menschen gegen uns. Honecker, Stoph und Mielke wurden gestern aus der SED ausgeschlossen, und in Erfurt und Leipzig wurden die Stasizentralen besetzt. Wir zwei sind die Letzten, die noch übrig sind. Sie und ich, 375. Der Kampf ist längst verloren, aber wir sind noch auf unseren Posten. Wir sind noch da. Wir sagen die Worte auf, die man von uns erwartet. Das haben wir gelernt. Sie Ihre und ich meine. Wir beide wissen, wo wir hingehören. Seien Sie froh, dass Sie hier sind. Draußen ist alles in Auflösung. Nichts gilt mehr. Alles soll anders werden. Neuer. Besser. Alles was war, ist plötzlich falsch.«

Ein Trick, natürlich. Der andere log. Honecker aus der SED ausgeschlossen: Das war ein hübscher Gedanke. Das hätten nicht einmal die Dichter erfinden können. Wo sollte der alte Mann denn hin, wenn er die Partei nicht mehr hatte. Aber er würde sich nichts anmerken lassen. Stasizentralen besetzt. Wie konnte man sich das vorstellen? Gerda lispelt den Posten ein Brecht-Gedicht vor, und sie öffnen gnädig die Tür? Sylvia schreibt Texte an die Mauern, und Kuli durchstöbert Aktenschränke nach beschlagnahmten Playboy-Heften, während Mario dazu mit der Leier singt und Gernot Notizen macht, weil das alles in seinen Roman reingehört, wegen der gesellschaftlichen Relevanz, die war ihm so wichtig. Andererseits war das etwas, was man sich gar nicht ausdenken konnte. Zu unglaubwürdig war das, zu grotesk, und die Lügen der Stasi waren sonst immer nah am Leben gewesen, so dass man sie gerade noch glauben konnte. Erfinden konnte das keiner, erst recht nicht sein Vernehmer. Für so etwas hatte der andere nicht genug Phantasie. Vielleicht konnte Cremer probeweise so tun, als ob das stimmte. Ohne sich etwas anmerken zu lassen. Als ob es ein Spiel wäre. Leben im Konjunktiv. Was wäre wenn …?

Wenn das stimmte, wäre seine Zeit hier vorbei, aber selbst wenn es wahr wäre, wäre das ganz egal. Es gäbe nichts zu tun, außer zu schlafen, im eigenen Bett. Auch tagsüber würde er schlafen, und niemand würde ihn wecken. Er würde auf Stühlen lümmeln und sich an der Wand anlehnen. Musik würde er hören und Gitarre spielen. Lieder singen, die keiner abhören würde, obwohl, was sollte er singen, jetzt, wo es sie nicht mehr gab. Licht einschalten würde er und wieder ausschalten, ganz nach Belieben, aber was würde ihm die Dunkelheit bringen, wenn er nicht ihren Körper ertasten konnte? Er würde selber eine Tür hinter sich abschließen. Filme gucken; alleine im Kino sitzen, neben sich ein leerer Platz. Studieren. Das würde ihn ablenken. Langweilige Vorlesungen und Seminare in staubigen Zimmern. Vielleicht würde er die Schwalbe wiederbekommen, dann würde er Thomas besuchen. Vielleicht aber auch nicht. Ohne den wäre er nicht im Gefängnis gelandet. Kein Thomas also. Auch nicht Erich, Gernot oder Mario. Die waren alle nicht frei von Schuld. Höchstens Porno-Kuli. Der war harmlos. Ans Meer würde er auch nicht fahren. Das Meer war reserviert gewesen für ihn und für Hannah. Die gekalkten Häuser auf schwarzem Fels und die Bank unter den Palmen. Das würde er nie sehen. Dafür könnte er in den Westen. Die Mauer war offen, aber was sollte er da ohne sie? Gemeinsam hätten sie ihn erobert, aber so? Höchstens Westberlin würde er ansehen. Der Rest des Landes interessierte ihn nicht. Ansonsten war die Welt draußen öde und leer. Sie hatte kein Zentrum mehr, nichts, was ihn anzog.

»Und jetzt?«, fragte er seinen Vernehmer. »Was machen wir jetzt?«

Der schüttelte den Kopf.

»Sie stellen hier keine Fragen, 375. Die Fragen stellen wir. Und Sie beantworten unsere Fragen. Es ist höchste Zeit, dass Sie Ihre Fehlposition erkennen. Sie haben eine unmarxistische Betrachtungsweise, die die ideologische Diversion des Gegners begünstigt, und Sie haben staatsfeindliche Aktivitäten entwickelt. Die Partei kann nicht warten, bis der Letzte begriffen hat, sie muss handeln und individualistische und egozentrische Verhaltensweisen ausmerzen, und das ist nicht nur meine Meinung, sondern die der Partei und der gesamten Arbeiterklasse. Ich sage nur Paragraph 214, Absatz eins bis drei. Fünf Jahre Höchststrafe, 375. Fünf Jahre. Aber jetzt genießen Sie erst einmal Ihre Zeit bei uns. Sie haben ja Glück. Das hier ist unser Vorzeigegefängnis. Hier haben sich Häftlinge aus der ganzen DDR hinbeworben. Und Sie sind der Letzte. Nach

Ihnen kommt keiner mehr. Wir spielen das Spiel bis zum Schluss. So wird man zum Helden. Wer am längsten auf dem Posten bleibt, ist ein Held. Wer ihn verlässt, um zum Feind überzulaufen, nur ein Verräter. Wir beide sind keine Verräter. An uns beide wird man später noch denken. Wir sind das Orchester auf der Titanic. Wir spielen noch, obwohl das Schiff längst sinkt. Wir können den Untergang nicht verhindern, aber einmal wird die Zeit kommen, in der man sich an uns als Helden erinnert.«

»Wenn das wahr ist, was Sie sagen, wird man Sie zur Rechenschaft ziehen.«

»Mich? Warum das denn? Was habe ich denn getan? Die Volkskammer hat doch die Gesetze gemacht. Wir haben sie nur ausgeführt. Nicht mehr und nicht weniger. Wie können wir dabei Schuld auf uns geladen haben? Wie kann irgendwann Unrecht sein, was heute noch Recht ist? Ich bin hier schließlich nicht als Individuum, nicht als Einzelner, sondern als Teil eines Kollektivs. Aus großer Liebe zu den Menschen mussten wir auch große Strafen verhängen, aber der Einzelne trägt doch keine Schuld. Es gibt keine Schuld, sondern nur bestimmtes Handeln in einer bestimmten geschichtlichen Situation.«

»Trotzdem werden Sie büßen, wenn die, die hier drin waren, ihre Geschichte erzählen«, sagte Cremer.

»Ihre Geschichte? Wer will die schon hören? Kein Mensch interessiert sich für die Opfer. Wer sich ein Opfer anschaut, blickt in seine eigene Hilflosigkeit. Das will niemand. Nichts ist den Menschen so ekelhaft wie Schwäche. Die Opfer werden wieder geopfert. Warten Sie's ab. Sie werden höchstens zu einer Fußnote in Schulbüchern. Aber genug geredet. Jetzt lasse ich Sie erst in die Zelle bringen.«

Der Wärter schloss die Tür leise hinter ihm und schob den Riegel so sanft vor, dass es Cremer kaum hörte. Das Abendessen fiel aus. Cremer fürchtete, hier vergessen zu werden, und schlug mit dem Hocker gegen die Tür, aber niemand kam. Er trank Wasser gegen den Hunger und schlief unruhig in dieser Nacht. Er hatte Angst vor dem, was ihn draußen erwartete.

Zwei Tage lang verließ er nicht seine Zelle. Immer wieder der Weg durchs Labyrinth auf dem Boden. Der Teller. Löffel. Zwei Handtücher. Zahnbürste. Der Lauf der Sonne hinter den Ziegeln aus Glas. Zwei Wurstscheiben mit Brot. Ein Apfel. Dabei sollte er frei sein. War das Land nicht ein anderes? Die Mauer gefallen? Die Zentralen der Stasi besetzt? Doch er wurde nicht in die Freiheit entlassen. Keiner kam, ihn zu holen. Keine Revolution öffnete die Türen in dem Gefängnis. Auch tagsüber saß er jetzt auf der Pritsche. Manchmal schlief er ein. Die Träume waren wirr, und er erwachte mit zerschlagenen Gliedern. Cremer erkannte nicht mehr die Schritte der Wärter. Der kleine Blasse war weg. Der hinkende Dicke. Sogar der Soldat war verschwunden. Essen brachte ihm ein Mann seines Alters, der anklopfte, bevor er die Tür öffnete und ihm die Schüssel auf den Tisch stellte. Es war Abend, als sein Vernehmer kam. Plötzlich stand er vor ihm und sagte Cremer, er solle jetzt kommen. Es sei Zeit zu gehen. Cremer folgte ihm nach draußen und sah sich nicht um. Nichts von dem, was er hier hinterließ, würde er jemals vermissen.

Seine Kleider seien leider verschwunden, sagte der Vernehmer. Auch die Schuhe seien weg und die Uhr. Selbst hier drin löse sich alles auf. Er bedaure das und entschuldige sich dafür bei ihm, aber es sei nicht zu ändern. Es seien besondere Umstände, das möge er bitte berücksichtigen.

»Wo sind wir hier?«, fragte ihn Cremer.

»Berlin-Hohenschönhausen«, sagte der Vernehmer. »Eine halbe Stunde und Sie sind daheim. Ihr Zimmer im Wohnheim wartet auf Sie. Mehr konnte ich nicht für Sie tun.«

»Das ist Berlin? Ich war die ganze Zeit fast zu Hause?«

»Sie waren nirgends. Sie waren an einem Ort, der nicht existiert. Auf keiner Karte und nur in dem Bewusstsein von wenigen Menschen.«

»Und wir gehen jetzt einfach?«, fragte Cremer.

»Wir fahren. Ich fahre Sie heim. Sie müssen noch dort bleiben. Ich verhöre Sie in den nächsten Tagen. Betrachten Sie es als eine Art Hausarrest. Vermeiden Sie alles, was Ihre Lage wieder verschärft. Vor allem Ausflüge in den Westen. Verstanden? Dass Sie freikommen, ist eine politische Entscheidung. Wir halten das für einen taktischen Fehler, aber unsere Meinung ist nicht mehr gefragt. Hier die Treppe runter. Den Weg kennen Sie ja. Richtung Freigang.«

Cremer verstand nicht wirklich, was der andere sagte, aber er verstand, dass er hier rauskam, ohne frei sein zu dürfen.

Im Hof war es kalt. Ein paar Schneeflocken trieben mit dem Wind über den Beton.

»Ich hole einen Wagen«, sagte der Vernehmer und ließ Cremer kurz dort allein.

Weiter weg öffnete sich das Tor zur Einfahrt. Ein Auto der Volkspolizei fuhr rein und bremste vor Cremer. Zwei Vopos stiegen aus und sahen ihn erstaunt an.

»375, Paul Cremer, bereit zur Entlassung«, sagte er

vorsichtshalber. Sie sahen sich an, schüttelten gleichzeitig den Kopf und hatten offensichtlich beschlossen, sich nicht um ihn zu kümmern. Stattdessen öffneten sie die hintere Wagentür. Ein alter Mann schob sich heraus, mit vorsichtigen Bewegungen, als hätte er Angst, sich anzustoßen und einen blauen Fleck zu bekommen, der für Wochen nicht heilen würde. Auf dem Kopf trug er einen zerdrückten Hut. Der Alte fror trotz des schwarzen Mantels und sah hilfesuchend zu den Polizisten, die zögerten, als wüssten sie nicht, wie es weitergeht. Jetzt erkannte ihn Cremer.

»Erich Mielke«, rief er und der Alte drehte sich um. Er war es wirklich. Seine Augen sahen drohend auf Cremer, aber mehr aus Gewohnheit. Es war eine leere Drohung, und Mielke merkte es selber und strich sich übers Gesicht.

Die Polizisten warteten ab, was geschah.

»Sie sind ein Mörder«, sagte Cremer. »Zu allem anderen sind Sie auch noch ein Mörder.« Jetzt waren die Polizisten sehr aufmerksam und warteten auf die Antwort des Alten, aber der sagte nichts.

»Mein Vater kannte Sie noch aus Spanien«, sagte Cremer. »Da hießen sie anders. Fritz Leissner nannten Sie sich.«

Mielke richtete sich auf, als er den Namen hörte. Die greisenhafte Versunkenheit war plötzlich verschwunden. Der Leutnant, der er gewesen war, nahm Haltung an.

»Sie haben einen Freund von ihm umbringen lassen. Weil er Anarchist war. Er hat mir oft davon erzählt. Einfach umbringen lassen. Er war nur ein Bauer gewesen, noch ganz jung, und dann war er tot.«

Mielke hob seine Hand, als ob er sich rechtfertigen wollte, und ließ sie wieder sinken, ohne etwas zu sagen.

Sein Blick ging über den Hof mit den Wachtürmen. Schneeflocken puderten seinen Mantel.

»Zweimal hatte mein Vater sich überlegt, Sie zu erschießen, aber er schoss nicht. Nicht alle Menschen sind zum Mörder gemacht. Später hat er es bedauert. Er hätte vielen Menschen Vieles erspart. Auch mir, aber das hatte er nicht gewusst.«

»Hätte er nicht«, sagte Mielke. Er nuschelte und Cremer konnte ihn schlecht verstehen. »Ich habe getan, was getan werden musste. Wäre ich's nicht gewesen, hätte es ein anderer übernommen. Es geht nicht um den Einzelnen. Es geht um die historische Notwendigkeit.«

Einer der Polizisten lachte, als Mielke das sagte. Der Alte drehte sich zu ihm.

»Im Knast sitzt man trotzdem immer allein«, sagte der Polizist.

Cremer spürte eine Hand auf der Schulter.

»Können wir?«, fragte sein Vernehmer.

Cremer nickte und stieg in den schwarzen Lada.

Ein Wachposten legte nachlässig die Hand an die Mütze und öffnete das Metalltor. Ein Scharnier knirschte, und Cremer war frei.

Am Straßenrand draußen schmolzen graue Schneehaufen. Ein kleiner Junge zog einen Holzschlitten auf einen von ihnen, rutschte einen halben Meter hinunter, stapfte nach oben, rutschte wieder, stieg hoch, glitt herab.

Hinter ihnen schloss sich das Tor.

Cremer sah auf den Eingang zu Hannahs Haus. Neben der Klingel fehlten die Einschusslöcher aus dem letzten Krieg; fünf Stück waren da gewesen, eines für jede Fingerkuppe der rechten Hand. Das brachte Glück, damals, hatte er geglaubt, doch das Glück war schneller verbraucht, als sie dachten. Jetzt verbarg der Putz die Wunden des Krieges. Im Stiegenhaus war es immer so still gewesen, als sei seit dem Bau des Hauses nie ein Geräusch ertönt, und er war jedes Mal so leise hochgegangen wie möglich, aus Angst, dass schon das Knirschen unter den Sohlen etwas auslösen könnte. Oft stand die Wohnungstür offen als Zeichen, dass Hannah nichts verbarg, so dass aus ihrem Flur ein schmaler Lichtstreifen ins Treppenhaus fiel, das Holzgeländer anleuchtete und das verblichene Muster von Blumentapeten aus der gegenüberliegenden Wand schälte, das sonst im Halbdunkel lag. Er hatte dann laut gegen die Tür geklopft, sie geöffnet und einen Schatten geworfen, der ihn selber erschreckte.

Cremer stieg aus dem Auto und suchte Hannahs Namen auf den Klingeln, aber sie wohnte hier nicht mehr. Unsinnig, etwas anderes erwartet zu haben. Das siebte Kind habe sie vielleicht, hatte Teske gesagt, als sie auf dem Berg waren. Das siebte Kind oder den dritten Mann, die zehnte Wohnung. Alles war anders, da konnte er nicht erwarten, dass Hannah blieb, wo sie war, gerade Hannah, die nicht leben konnte, ohne ständig etwas Neues zu spüren. Er sah sie als Schafhirtin in einer Bauernkate in den Karpaten. Als Redakteurin einer Literaturzeitschrift in New York. Als Ärztin in Indien. Vielleicht hatte sie ja wieder studiert. War die Geliebte eines reichen Verlegers in Frankreich. Dozentin an einer Uni. Alles war möglich, und keinen Grund gab es für sie, hier zu bleiben.

Wo sollte er hin, wenn es sie nicht mehr gab?

Müde ging Cremer durch die Straßen des Viertels. Nicht nur die Häuser waren ausgebessert und modernisiert, auch die Menschen, die hier lebten, sahen aus wie frisch renoviert. Bunter waren sie, jünger, frischer, eine ganz neue Rasse, die schneller ging, aufgerichteter und zielstrebiger. Eine Frau mit dreirädrigem Kinderwagen stieß ihn beiseite, als existierte er gar nicht. Ein Fahrradfahrer umkurvte Cremer, sprang mit dem Rad vom Bürgersteig auf die Straße und verschwand zwischen zwei Autos. Ein junges Paar lief vorbei. Sie stritten, es ging um irgendeinen Mike, dem die Frau anscheinend grundlos und fälschlicherweise vertraute. Der Junge sah aus, als wolle er seine Freundin schlagen, tat es aber nicht und schien es zu bedauern. Zwei Männer im Anzug gingen nebeneinander und sprachen in ihre Mobiltelefone, so dass Cremer sich fragte, ob die beiden etwas verband oder nur zufällig die Geschwindigkeit ihrer Schritte genauso synchronisiert war wie die Ausdruckslosigkeit ihrer Gesichter. Es war unmöglich, jemals einer von ihnen zu werden, nicht einmal erstrebenswert war es, auch wenn ein Hauch von Glück um sie war; eine Art von Glück, die sie selber gemacht hatten. Ganz allein aus ihnen kam es; es war selbstgemacht, nicht geschenkt oder ein Produkt des Zufalls. Vielleicht sah es deswegen so aus, als klammerten sie sich daran und hatten Sorge, dass ihnen einer zu nahe kam, der es wegnehmen könnte. Zwischen den

Vertretern dieser neuen Rasse von Menschen gingen ein paar andere, Vergessene wie er, Übriggebliebene. Sie trugen dunklere Farben. Oft schwiegen sie, und wenn sie sprachen, sprachen sie leise. Ihre Schritte waren langsam, als ob sie kein Ziel hatten. Sie gingen in ihrer eigenen Zeit, die sie umgab wie eine Blase, so dass es keine Begegnung gab zwischen den neuen Menschen und ihnen. Sie sahen einander nicht an und wussten nicht einmal, dass es die anderen gab. Zuerst hatte Cremer gedacht, es seien nur Bilder aus seiner Vergangenheit, die in den Straßen auftauchten, doch sie waren echt wie die neuen Menschen. Nur er konnte beide Gattungen erkennen, weil er noch im Zwischenreich lebte und selber nicht wusste, wohin er gehörte.

Als Marionette ging er durch die Straßen der Stadt, gelenkt von Erinnerungen, die ihn mal rechts gehen ließen, mal eine Straße überqueren, dann wieder links durch eine schmale Passage. In fast jedem Haus war hier eine Kneipe. Er wagte nicht, sich in eine von ihnen zu setzen. Zu viele Menschen waren da drin, und die Luft war schwer von Worten und Rauch. Nur ein weißgekachelter Imbiss war kahl und leer wie eine Zelle. Hinter der Theke ein Vietnamese, dessen Gesicht im blauen Schein der Neonröhren krank wirkte und fahl. Cremer wies auf ein beleuchtetes Bild. Reis war da drauf und Gemüse. An der Uni waren einige Vietnamesen gewesen. Sie hatten keinen Kontakt mit den Deutschen gesucht, sondern blieben unter sich, aber ein paarmal hatten sie im Wohnheim gekocht und die anderen Studenten eingeladen. Cremer erkannte den Geschmack des Essens wieder, den säuerlichen Grundton, eine sanfte Schärfe und den Hauch von Ingwer. Anschließend fand er sofort den Weg zum Auto zurück. Er war müde, schob den Beifahrersitz ganz nach hinten und streckte die Beine aus. Morgen würde er Teske anrufen und sagen, dass er zurückkommen würde. In Berlin gab es nichts, was ihn hielt. Sein Leben hier war vorbei. Die Zukunft lag auf dem Bauernhof in dem dunklen Tal, in das die Sonne kaum schien.

Cremer wachte auf, als die Regentropfen aufs Autodach hämmerten. Kleine Bäche flossen die Windschutzscheibe hinunter. Kurz war er geschockt, weil er nichts sah, und sein Fuß suchte das Bremspedal. Bloß keinen Unfall bauen, doch er erkannte wieder, wo er war, und entspannte, aber jetzt blieb er hellwach. Eine Rollerfahrerin in gelbem Regenmantel fuhr Slalom zwischen den Pfützen, die im Licht der Straßenlaternen weiß glänzten. Nicht irgendein Roller. Eine Schwalbe. Rot, so wie seine es gewesen war, mit einem schwarzen Streifen über dem vorderen Schutzblech. Sie stellte den Roller vor Cremers Auto ab und kramte in den Taschen nach den Schlüsseln. Cremer erkannte die Geste, mit der sie den Helm vom Kopf riss. Sie schüttelte die Haare aus und strich mit den Fingern kurz darüber. Als sie die Tür aufschloss, ging das Licht an. Cremer schloss geblendet die Augen, riss sie gleich wieder auf, doch sie war schon halb in dem Eingang verschwunden, stutzte aber, blieb stehen und sah zurück in sein Gesicht, das hinter der Windschutzscheibe verschwamm. Unwillig schüttelte sie den Kopf, stemmte die Hände in die Hüften und sah auf den bleichen Fleck hinter der Scheibe. Das Licht im Haus schaltete sich automatisch aus, und sie stand im Dunkeln. Cremer tastete nach der Innenbeleuchtung des Autos. Das Lämpchen ging an. Beide rührten sich nicht. Der Regen wurde stärker und schob sich zwischen sie wie eine Mauer aus Wasser. Sie musste sich gerührt haben, denn jetzt ging das Licht wieder an, ein Bewegungsmelder, wie auf den Toiletten der Klinik. Er wusste, dass sie zu ihm kommen würde, nie zog sie sich zurück, erst recht nicht, wenn es bedrohlich wurde.

Jeder ihrer Schritte war eine Kampfansage an den Mann, der in dem Wagen saß und ihr auflauerte. Sie riss die Tür auf, bereit zu streiten, und sah in sein Gesicht.

Sie sagten beide nichts.

Sie hatte ihn sofort erkannt, aber sie brauchte lange, um ihr Erkennen ganz zu begreifen.

»Paul? Bist du das wirklich?«, fragte sie zögernd.

Niemand sprach seinen Namen so aus wie sie. So weich und sanft und gleichzeitig so bestimmt, dass er sich wirklich gemeint fühlte. Jetzt, wo sie wieder zu ihm sprach, war er gerettet.

»Es ist so schön dich zu hören«, sagte er. »Ich wusste gar nicht, wie sehr ich deine Stimme vermisst habe.«

»Wartest du schon länger?«, fragte sie zögernd, als glaubte sie nicht wirklich, dass er es sei.

»Zwanzig Jahre«, sagte Cremer.

»Zwanzig Jahre? Das ist lange genug. Dann komm doch mit hoch.«

Er stieg hinter ihr die Treppen nach oben. Das Holzgeländer war inzwischen aus Metall und die Blumen auf den Tapeten schon lange verblüht. Außerdem war es zu grell hier. Deckenstrahler leuchteten jeden Winkel aus, als hätten die Bewohner Angst vor den Schatten, die sich dort festsetzen könnten. Auch mit geschlossenen Augen wäre er nicht gestolpert. Er kannte die Zahl der Stufen, die kleine Delle am Treppenabsatz, wo man leicht hängenblieb, aber er vermisste etwas, ohne sagen zu können, was fehlte. Es roch anders, das könnte es sein, eigentlich roch es gar nicht, ganz leicht nur nach Orangenschalen, ein Duft, der aus den Wänden kam, obwohl sie weiß waren und kalt.

Er überschritt die Schwelle zu ihrer Wohnung und die in seine Vergangenheit. Hier drin war nichts, wie er es kannte. Der Druck von Turner hing nicht mehr an der Wand zur Küche, sondern eine Lithographie. *Zwei blaue Buchen* stand unter dem Bild, das ihn traurig machte, wegen der Sonne, die schwach und fahl in einem Wäldchen versank. Das Regal mit der Sammlung von Wurzeln auf dem obersten Brett war weg. Es stand immer leicht nach links geneigt, und er hatte versprochen, es zu reparieren, aber irgendetwas war dauernd dazwischengekommen. Hier stand jetzt ein Regal mit Glasplatten und gebogenen Aluminiumstreben. Auch die Wurzeln waren verschwunden. Sein Sessel mit der Pferdedecke stand nicht mehr an seinem Platz. Dafür gab es einen roten Ledersitz, der so tief war, dass man sich nur mit Mühe daraus würde aufrichten können. Lediglich das Bücherregal stand noch immer an der Wand des Esszimmers. Daneben ein Foto, das er noch nicht kannte: der weißgekalkte Turm einer Kirche auf schwarzem Boden, hoch über dem Blau eines südlichen Meeres. Nur die Palmen fehlten und die Bank, auf der sie saßen, damals in ihren gemeinsamen Träumen.

Der Esstisch war wie der alte aus Kirschholz, nur kleiner, als sei er geschrumpft in den Jahren. Hier könnte es keine Gelage mehr mit einem Dutzend Freunden geben. Trotzdem sah er sie vor sich. Alle saßen sie da, aßen, tranken und planten eine Zukunft, die längst Vergangenheit war.

Hannah stand im Türrahmen und folgte seinem Blick mit ihren Augen.

»Erkennst du es noch?«, fragte sie.

Wie früher war sie. Immer noch jung, auch wenn sie
älter aussah. Ihre Stirn runzelte sie bereitwilliger, als er
es kannte. Die Lachfalten neben dem Mund bildeten
sich viel eher, als er es in Erinnerung hatte. Auch wenn
sie nichts sagte, hingen sie im Gesicht. Ein paar graue
Strähnen durchzogen ihr Haar. Ihr Blick war aufmerksam, sehr wach unter den hohen, geschwungenen Augenbrauen, die dunkler geworden waren.

Sie ließ ihn sitzen, ohne auf eine Antwort zu warten,
verschwand in der Küche und kochte Tee. Er schloss
die Augen und lauschte den Geräuschen, die er so gut
kannte. An den richtigen Stellen plätscherte es, fauchte
das Gas, klappte der Deckel auf die Kanne, ein beruhi-
gendes Konzert, und er hoffte einen Moment, dass es
nie aufhören würde, doch dann kam sie, stellte ein Tablett auf den Tisch vor dem Sofa, setzte sich in den zer-
schlissenen Ledersessel gegenüber und blickte ihn an.

»Lange her«, sagte Hannah.

»Einerseits ja«, sagte Cremer. »Andererseits war ich
immer hier. Ich bin nie weggegangen. Jedenfalls weiß
ich nichts davon.«

»Und jetzt bleibst du hier!?«

Er war sich unsicher, ob es eine Frage war oder eine
Aufforderung. Auch das kannte er. Ihre Spiele mit der
Uneindeutigkeit, die immer die Gefahr bargen, dass er
falsch reagierte.

»Ich habe keinen Ort, wo ich sonst hinkönnte«, sagte
Cremer.

»Ich habe immer mit dir gerechnet«, sagte sie, ohne
ihn dabei anzusehen. Sie blickte auf einen Punkt schräg
über seinem Kopf. Sie sah ernst aus und schön. »Irgendwann stehst du da, das wusste ich. Ich hatte
manchmal gehofft, dass das passiert, und manchmal
hatte ich Angst davor. Ich war sogar einmal verheiratet.

Es war kein Erfolg, aber mir hat sein Name gefallen. Keiner. Hannah Keiner. Den habe ich behalten. Und manchmal einen schlechten Geschmack im Mund, wenn ich morgens aufstehe. Komisch, dass manchmal nicht mehr bleibt. Von dir ist kein schlechter Geschmack geblieben.«

Sie nahm das Teesieb aus der Kanne, legte es auf einen Untersetzer und goss ihnen ein.

»Jetzt bin ich sehr froh, dass du hier bist«, sagte sie.

»Heute ihr Nesseln brennt nicht die Hand, die euch bricht, und Blüten fällt sanft von der Linde herab«, sagte Cremer und schlürfte einen Schluck. Der Tee war so bitter, wie er es erwartet hatte.

Sie schüttelte den Kopf.

»Das hast du nicht vergessen?«, fragte sie.

»Ich weiß noch alles von uns. Es ist so nah, als hat es gerade erst aufgehört. Das heißt: Es hat überhaupt nicht aufgehört. Und dennoch ist es vorbei. Das verstehe ich nicht. Ich verstehe Vieles nicht. Und ich bin so froh, wieder zu Hause zu sein.«

»Schau mal«, sagte Hannah, ging an den Schrank, zog *The Dark Side of the Moon* heraus und reichte sie ihm. »Ich habe noch ein paar von deinen Platten. Und die Schwalbe. Es war nicht einfach, die zu bekommen, aber Thomas hat mir geholfen. Sie fährt noch immer. Du hast sie erkannt, oder? Die anderen Sachen habe ich weggegeben, irgendwann. Aber die Platten höre ich noch immer. Und neulich habe ich hinten im Regal ein Buch entdeckt: *Der sowjetische Ingenieur in der industriellen Arbeitswelt.* Das hast du wirklich gelesen. Ich erinnere mich. Ingenieure würden die Welt retten, hast du gesagt. Aber sie haben unsere Welt nicht gerettet. Unsere kleine Welt mit ihren zwei armseligen Bewohnern. Nichts hat sie gerettet.«

Sie presste die Unterlippe fest gegen die Oberlippe. Gleich würde sie weinen, und Cremer beugte sich zu ihr. Die Mütze rutschte vom Kopf, und Hannah sah auf die Narben.

»Eine Kugel«, sagte er. »Ich habe es selber getan, an deinem letzten Geburtstag. Zuerst war ich tot. Dann holten sie mich zurück, über Wochen und Monate. Ich war zu schwach, mich dagegen zu wehren. Es braucht viel Kraft, um zu sterben, wenn das Leben so sehr an einem zieht. Ich hatte die Kraft nicht. Als ich aufwachte, fehlten mir fast zwanzig Jahre. Das Letzte, was ich weiß, ist, dass es Frühjahr war, Frühjahr 1989. Wir wollten im Sommer ans Meer. Alles andere ist weg. Rausgeschossen. Ich bin verheiratet mit einer Frau, die ich nicht kenne. Ich habe ein Haus im Schwarzwald. Ich handle mit Antiquitäten. Ich habe einen Sohn. Der ist das Beste von allem in meinem neuen Leben. Ich erkenne ihn so wenig wie alles andere, und gleichzeitig ist er mir ganz vertraut. Alles, was ich noch weiß, bist du. Unser Leben. Kannst du dir das vorstellen? Nur du bist mir geblieben.«

»Warum hast du das getan?«, fragte sie.

»Ich weiß es nicht. Ich erinnere mich nur an ein Gefühl von Leere, das so groß war, dass ich es nicht mehr ausgehalten habe. Auch das Nichts kann einen schmerzen. Außerdem habe ich eine Todesanzeige von Thomas gefunden. Er war ein paar Wochen vorher gestorben, und Thomas war immer schneller gewesen. Was immer wir unternahmen, Thomas ging voran.«

»Sprich nicht weiter«, sagte sie und legte ihm ihren Zeigefinger auf die Lippen.

»Ich habe Träume. Ahnungen. Immer wieder sehe ich Bilder aus einem Gefängnis. Ich sehe eine Zelle. Ich stehe an einem Fenster, aus dem ich nicht hinaussehen kann. Aus dem Fernseher blickt mich ein Mann an und ich weiß: Der hat mich vernommen. Aber ich weiß nichts Genaues. Sobald ich es greifen will, ist es verschwunden. Es ist weg. Du kannst mir helfen.«

»Wenn es weg ist, dann hat das seinen Grund. Wenn du den Grund kennst, dann kommt es wieder.«

»Ich will nicht solange warten. Ich will mich erinnern.«

»Vergessen ist auch eine Art von Erinnerung. Eine Erinnerung mit umgekehrten Vorzeichen«, sagte Hannah. »Ich will nicht die Verantwortung tragen für das, was mit dir passiert, wenn du dich wieder erinnerst. Ich will überhaupt keine Verantwortung tragen für etwas, das nichts mit mir zu tun hat.«

»Ich habe mich verloren. Ich weiß nicht, wer ich bin. Hilf mir, Hannah. Wie war ich Hannah? Was für ein Mensch bin ich gewesen?«

»Du warst jung. So jung wie wir alle damals. Jung und idealistisch.«

»Also blöd«, sagte er. »Das meinst du doch.«

»Nein. Du warst nie blöd gewesen. Einfach jung und idealistisch. Voller Hoffnungen. Du hast laut gesungen, das war schön. Am liebsten traurige Lieder. Traurig warst du mir am liebsten. Und du warst oft traurig, auf eine sanfte und kraftvolle Art, obwohl du ein Optimist warst. Du warst noch ein Junge, als ich dich kennen lernte. Ein Junge, der gerade erst dabei war, erwachsen zu werden, und doch schon der Mann meines Lebens. Das ist seltsam, oder?«

»Ich habe nichts davon vergessen.«

»Doch. Du hast das Ende vergessen. Sonst wärst du jetzt nicht hier.«

»Es war kein gutes Ende?«

»Nur der Tod konnte uns scheiden. So sagt man doch, wenn man heiratet. Bis dass der Tod euch scheidet. Hat der Pfarrer das auch bei deiner Hochzeit gesagt? Aber das weißt du vermutlich auch nicht mehr. Was zwischen uns war, konnte nur durch den Tod beendet werden.«

»Aber wir leben. Beide sind wir hier. Ich war zwar fast tot, aber eben nur fast. Wer ist gestorben?«

»Ich bin gestorben. Gestorben in dir. Kein schöner Tod. Aber genug jetzt. Das reicht für heute. Jetzt lass uns schlafen. Ich habe die ganze Nacht gearbeitet. Meine Haut ist dünn wie aus Spinnfäden gewebt. Jedes Wort tut weh. Alles, was ich sehe, hinterlässt ein Bild auf der Netzhaut und einen Schmerz. Du schläfst hier auf dem Sofa. Morgen reden wir. Und ich werde dir dann etwas zeigen. Wenn du wissen willst, was passiert ist. Nur dann. Auf eigene Verantwortung. Willst du?«

»Du machst mir Angst.«

»Das ist nicht nötig. Du hast alles schon erlebt, was dir in deinem Leben je Angst machen sollte.«

Wieder diese Frau. Wieder ihre Blicke, die seine Haut aufschnitten wie Rasiermesser, so dass das Blut warm herunterlief. So sah man einen nicht an, erst recht keinen, der monatelang im Knast gewesen war und keine Frauenblicke gespürt hatte. Seit ein paar Tagen erst war er draußen. Sie stand neben ihm an der Haltestelle. Er wusste nicht mehr, warum er hier war, und ging ein paar Schritte. Sie folgte ihm. Sah ihn an. Stieg mit ihm in die S-Bahn. Cremer ließ sich auf einen Sitz fallen. Aus der Rückenlehne quoll Schaumstoff wie ein Tumor. Der ganze Wagen hatte Krebs, und hier brach er ins Freie. Die Frau setzte sich neben ihn. Wenigstens glotzte sie ihn jetzt nicht mehr an. Dafür nahm sie ihre Hand und legte sie ihm auf den Oberschenkel. Eine Leichenhand. Die Kälte kroch durch die Finger ins Bein. Er hätte sie gerne abgeschüttelt, doch das hätte auch nichts gebracht. Sie würde nicht aufgeben, sie nicht. Seit Tagen schon wich sie ihm nicht von der Seite. Nachts lag sie neben ihm, lauernd darauf, dass er sich regte. Er betrachtete ihre Hände. Die Nägel waren rissig, und an den Kuppen der Finger wuchs Hornhaut, die braun war von Erde, als hätte sie sich einen Weg vom Sarg durch den Boden nach oben gegraben.

Die nächste Haltestelle war die Bornholmer Straße. Cremer stieg aus. Die Frau folgte ihm. Ein Straßenmusiker klampfte *Dust in the Wind* auf einer verstimmten Gitarre. Niemand blieb stehen, auch Cremer nicht. Was bedeutete jetzt noch Musik? Die Frau zögerte kurz, griff in ihre Tasche, warf ein paar Münzen in den aufgeklappten Deckel des Gitarrenkoffers, aber sie holte Cremer bald wieder ein.

Eine Schlange von Trabis stand vor dem Schlagbaum. Ein kurzer Blick auf die Ausweise der Besitzer, und die Grenzer winkten sie durch. Es stimmte also. Während Cremer einen Weg durchs Labyrinth auf dem Mosaikboden der Zelle gesucht hatte, war die Mauer gefallen. Mit Hannah wäre er gerne rübergefahren und hätte sich den Westen angesehen. Ohne sie war das sinnlos.

»Und?«, fragte die Frau, die neben ihm stand. »Gehen wir auf die andere Seite?«

Mit Hannah wäre er rüber, aber sie war auf einer anderen Seite verschwunden, die man nicht so schnell würde erreichen können.

Hannah ist tot.

Auch wenn die Frau ihre Jacke trug, ihre Tasche, Haare, Augen, ihr Gesicht und ihren Körper.

Er solle sich einfach Zeit nehmen, hatte sie gesagt, jetzt solle er zu ihr ziehen, die Stasi-Schweine hätten nichts mehr zu melden, und sein Vernehmer stehe mit einem Bein selbst im Gefängnis. Sie werde dafür sorgen, dass alles gut werde, hatte sie gesagt. Es war die richtige Stimme, die richtigen Wörter, aber sie kamen aus dem falschen Mund.

Hannah ist tot.

Trotzdem hatte ein Teil von ihm ihren Worten geglaubt. Hatte sie glauben wollen, natürlich, zu schön klangen sie. Ein Versprechen auf eine Zukunft. Alles wird gut werden. Das sagten Mütter in Büchern zu ihren Kindern. Alles wird gut, aber er hatte keine Mutter gehabt, nur einen Vater, und der war ihm gestorben wie alle anderen auch. Ihm hatte das nie jemand gesagt.

»He Paul! Gehen wir jetzt?«, fragte sie und hakte sich bei ihm ein.

Die Frau war nicht echt. Er schüttelte den Kopf und befreite seinen Arm. Ihre Schuhe trug sie, ihre Jacke, ihr Gesicht, sogar den Schal mit den schwarzroten Karos. Sie sprach mit ihrer Stimme.

Hannah ist tot.

Schweigend fuhren sie zurück, und Cremer stieg hinter ihr die Treppe nach oben zu Hannahs Wohnung. Auf einem Absatz blieb die Frau plötzlich stehen, drehte sich um und sagte: »Nenne mich Hannah. Seit du draußen bist, hast du meinen Namen noch nicht benutzt. Sprich mich an. Ich will mir sicher sein, dass du mich meinst.«

Sie stand zwei Stufen über ihm und sah Cremer in die Augen. Er sagte nichts, sondern wendete den Blick ab und bemerkte dennoch, dass sie anfing zu weinen.

»Nenne mich bei meinem richtigen Namen«, forderte sie wieder, und er bemühte sich, denn er wollte nicht, dass die Frau weinte. Sie sollte nicht leiden, es gab auch so schon genügend Leid.

Han-nah.

Zwei Silben. Sechs Buchstaben. Derselbe Name von vorne und hinten. Sie hatte solche Wörter und Sätze gesammelt. Ihr liebster war:

Die Liebe ist Sieger, rege ist sie bei Leid.

Der Satz stand bei ihr auf einer Karte am Küchenschrank. Sie waren schon lange zusammen, als sie ihn aufgefordert hatte herauszufinden, was daran besonders war, aber er hatte es erst geschafft, als sie einen Stift genommen und den letzten Buchstaben groß und den ersten klein geschrieben hatte.

d~~D~~ie Liebe ist Sieger, rege ist sie bei Lei~~d~~D.

Vielleicht war das die Lösung. Er würde ihren Namen umgekehrt aussprechen. hannaH. So könnte er ihr eine Freude machen und würde die Tote doch nicht verraten.

»hannaH«, sagte er, und sie strich ihm mit der Hand über den Kopf. Sie sah erleichtert aus, wischte sich die Tränen von der rechten Wange – nur rechts waren Tränen, die linke Seite war trocken geblieben, das sah Cremer verwundert – und ging die Treppen hoch.

In der Wohnung setzte er sich in den Sessel, seinen Sessel, hier hatte immer nur er gesessen, und hörte zu, als sie in der Küche verschwand, um Wasser aufzusetzen. Sie war eine Schauspielerin, die ihre Rolle gelernt hatte, eine Hannah-Darstellerin, aber das würde sie nie zur echten Freundin machen. Eine Tote wird nicht im Spiel wiederbelebt.

Ganz selbstverständlich bewegte sie sich in der Wohnung, öffnete Türen, holte Teller aus dem Schrank, klapperte mit dem Teekessel. Diese hannaH kannte keinen Respekt, es war eine Unverschämtheit, wie sie sich verhielt. Nichts hier war ihr heilig, auch als es klingelte, öffnete sie die Tür, ohne zu zögern, und ließ Thomas rein.

Den hätte Cremer ausgeliefert an die Stasi.

Sie hat das Papier an Thomas Steffany weitergereicht, das heißt, eigentlich habe ich das getan.

An ihm wäre er schuldig geworden, wenn es einer hätte hören wollen, aber sein Vernehmer hatte schon längst nichts mehr von ihm gewollt.

The-times-they-are-a-changing-Thomas, der an Lieder glaubte, an Symbole, an die Revolution und Cremer deswegen missbrauchte. Sie hatten sich gegenseitig verraten und sahen aneinander vorbei.

Thomas legte hannaH die Hand auf die Schulter, und sie lehnte sich kurz gegen ihn. Cremer hatte nie wissen wollen, was in den Umschlägen von Hannah gewesen war. Er wollte nicht eifersüchtig sein. Eifersucht war etwas für Dumme. Er wollte ja auch nicht wissen, was Thomas und Hannah in den Monaten getan hatten, als er im Knast war. Nicht dumm sein! Trotzdem kränkte ihn die Vertraulichkeit zwischen den beiden, obwohl er wusste, dass sie ihre Rolle nur spielte.

Er solle doch einmal die geile Musik hören, sagte Thomas, die er im Westen gekauft habe, und legte die erste Platte auf. Frühe Aufnahmen von John Lee Hooker.

Ein Blues in e-moll, keine schlechte Musik, das nicht, dachte Cremer, aber Musik war jetzt nicht mehr wichtig. Nicht einmal Thomas war das, der von seiner neuen Gitarre erzählte, einer Squier-Stratocaster mit Fender Pick-ups, wie Hendrix, nur nicht so teuer. Gebraucht gekauft, aber super in Schuss, echt, mit ein paar Effektgeräten, einem Wah-wah, Flanger und so, dazu dieser geile Marshall-Verstärker, 200 Watt, der einem das Hirn rausblase, wenn man es darauf anlege, und dass sie in den Westen fahren sollten, um Konzerte zu hören, warum nicht London, das müsse der Wahnsinn sein, sie zwei in der Hauptstadt der Musik, England sei doch jetzt ganz nah, am besten über Amsterdam trampen, oder so lange jobben, bis sie das Geld hätten für einen Flug nach Amerika. Da hätten sie doch immer hin wollen, was Paul, das wär's doch. Memphis. New York. New Orleans. Eine Harley kaufen und quer durchs Land. Wie Kerouac. Der hatte doch eine Harley? Oder war das der, der Neuwagen überführen sollte? Na egal. Auf jeden Fall eine Harley. Die Schwalbe könne Cremer gleich verschrotten. Die sei zu langsam für die neue Zeit, die jetzt angebrochen sei. Jetzt sei das alles möglich, es sei unglaublich, aber alles stehe ihnen jetzt offen. Wovon sie immer geträumt hatten, sei jetzt wahr geworden, und sie müssten nur …

Cremer war dankbar, dass hannaH Thomas Richtung Tür gedrängt hatte und sie mitten im Satz schloss. Kurz hörten sie noch, wie er über sein neues Thema improvisierte, dann wurde es still.

Diese hannaH rührte Cremer an, vielleicht die Art und Weise, wie sie auf ihn blickte, ehrlich besorgt und verletzt und verlassen. Sie hatten etwas gemeinsam. Sie beide waren allein. Ihr Leben war falsch, und jemand müsste kommen, um es zu richten. Sie war fast mütterlich, und er musste lächeln, denn das war ein Fehler von hannaH. Das Original war nie mütterlich gewesen, im Gegenteil. Wie eine Geliebte war sie. Manchmal wie ein Kumpel. Wie Bruder und Schwester, aber nie war sie ihm wie eine Mutter erschienen.

Sie deckte den Tisch, der eigentlich zu groß war für sie. Selbst wenn man hier zu zweit aß, saß man immer allein und redete lauter als nötig, um gegen die anzusprechen, die sonst oft hier saßen. Er vermisste sie nicht. Was sollte er denen erzählen, die draußen waren, schuldig, während er ihre Strafe verbüßt hatte und noch immer verbüßte. Die Strafe fing jetzt erst richtig an.

Er solle sich Zeit nehmen, hatte hannaH gesagt, aber Zeit würde nicht helfen. Sie ging sowieso falsch. Mal blieb sie stehen, mal sprang sie nach vorne oder wieder zurück, so dass man nie wusste, was die Stunde geschlagen hatte. Zeit würde nicht helfen, im Gegenteil, sie machte alles kaputt. Darauf konnte man sich nicht verlassen. Er selbst würde es wieder richten. Alles käme wieder an seinen Platz. Darauf kam es an. Dass alles wieder stimmte. Die Zeit für Spiele war vorbei. Das

hatte sein Vernehmer gesagt, immer wieder. Die Zeit
für Spiele war vorbei, und er hatte recht. Sie war wirklich vorbei. Das sagte er hannaH, die ins Zimmer trat,
ihn ansah, lächelte und zu ihm kam, um ihn zu umar-
men. Sie roch sogar ein wenig wie Hannah, nicht wirklich, etwas fehlte, natürlich. Mit der Sekunde des Todes
fängt der Körper an, zu verfaulen, aber er würde ihr
helfen. Sie würde wieder Hannah werden und alles
wird gut. Das sagen Mütter. Alles wird gut, als seine
Hände ihren Hals suchten und seine Daumen die weiche Stelle. In ihren Augen wollte er Verständnis lesen
für das, was er tat. Alles wird gut. Aber da war kein Verständnis, da war nur eine Frage, die sie nicht mehr aussprechen konnte. Angst war keine. Dafür war sie schon
Hannah zu nah. Hannah hatte nie Angst, und er war
glücklich. Alles wird gut. Jedes Ding kommt wieder an
die richtige Stelle. Hannah wäre tot und niemand
würde sie spielen. Alles würde wieder ganz wirklich
werden. Eine neue Welt. Neue Luft. Neue Erde. Eine
Welt ohne Hannah.

Hannah ist tot.

Alles wird gut.

In ihrem linken Auge platzte ein Äderchen. Blut
mischte sich ins Weiß und legte einen roten Schleier
über die Iris. Das war nicht mehr ihr Auge. Das war
ganz anders, ganz fremd, das war nicht Hannah, nicht
einmal hannaH war das, und in diesem Moment ließ
der Wahn von ihm ab, als habe er die Lust verloren,
weiter mit ihm zu spielen. Er löste die Hände vorsichtig. Hannah lehnte am Tisch, bleich und mit verzerr-
tem Gesicht, schwer atmend und den Kopf schüttelnd,
immer heftiger und nachdrücklicher.

Nichts war gut, und nichts würde es je wieder sein.
Die Mütter logen. Sie logen seit jeher. Nie mehr würde

es gut sein. Nie würde er das gutmachen können. Das nicht. Nicht einmal ihr erklären, was los war. Selbst für sich hatte er keine Erklärung. Und es würde wieder passieren. Das spürte er. Da war etwas in ihm, das stärker war als er selber. Gleich könnte es wieder losgehen. Gleich jetzt, oder heute Nacht, oder morgen. Was einmal geschehen war, geschah immer wieder. Er musste weg, nur dann war sie sicher. Rückwärts ging er zur Tür. Seine Hand tastete die Klinke. Er zweifelte, dass seine Kraft reichen würde, um sie hinunterzudrücken, aber es funktionierte. Die Tür schwang auf. Er stolperte über die Schwelle nach draußen, schloss seine Augen und hörte, wie das Türschloss einschnappte, sie den Schlüssel drehte und die Kette vorlegte. Er lächelte.

Sie war gerettet.

Es nieselte leicht und Cremer lehnte sich unter das Dach des Wartehäuschens. Hannah stand vor ihm im Regen, halb geschlossen die Augen und halb offen ihr Mund. Die schwarzen Haare klebten an ihrer Stirn; Tropfen liefen über die Nase und sammelten sich zitternd an der Spitze, bevor sie auf ihre Jacke fielen. Sie war Cremer ganz fremd in diesem Moment, und gerade das kannte er so gut. Das Einzige, worauf man sich bei Hannah verlassen konnte, war, dass sie immer anders war, immer neu, und nie klar war, worauf man sich einlassen musste. Er hätte gerne ihr Gesicht berührt; die nassen Wangen; die Lippen, die blau waren und die sie plötzlich aufeinander presste, als halte sie etwas zurück.

Die Scheiben der Straßenbahn waren von innen beschlagen, und Cremer wischte mit den Handflächen ein Guckloch hinein, das gleich wieder beschlug. Hannah saß ihm gegenüber, beugte sich zu ihm und hielt einen kurzen Moment seine Hand. Sie lächelte ihn an. Es schmerzte ihn, und er sah weg. Neben ihm stand ein Mann mit Turban und sprach kehlige Worte in ein Mobiltelefon. Zwei Asiatinnen stiegen ein, tuschelten miteinander und tauschten kleine, beschriebene Blätter aus. Sie waren fern der Heimat, anders als er. Er war zurückgekehrt aus dem langen Exil. An einer Haltestelle mussten sie umsteigen. Rechts wies ein Straßenschild nach Treptow und Dresden, geradeaus ging es nach Marzahn und Hohenschönhausen. Etwas in ihm zitterte, als er das las, und er wäre umgekehrt, wenn nicht

Hannah wieder seine Hand genommen hätte mit einem festen Griff, der jede Flucht unmöglich machte. Am Plattenbau gegenüber warb ein Fitnessstudio. Daneben konnte man für zehn Euro pro Stunde kegeln. Eine Mutter bog die Finger ihres Sohnes nach oben, mit denen er sich an das Geländer der Haltestelle krallte und sagte »Weißt du mein Lieber, wir müssen doch gleich weiter«. Das Kind war vollkommen gelähmt angesichts der Brutalität der mütterlichen Hand und der Sanftheit ihrer Stimme und bekam ein graues und resigniertes Gesicht, weil es keine Möglichkeit hatte zu reagieren.

Die nächste Straßenbahn war fast leer. Cremer fror, und Hannahs Gegenwart war kein Trost. Sie sah stumm aus dem Fenster. Ganze Blöcke standen leer und er fragte sich, wohin die Menschen verschwunden waren. Nur mit einem leichten Nicken des Kopfes zeigte Hannah später, dass sie jetzt aussteigen müssten. Ein Fußweg führte in eine Plattenbausiedlung. Auf dem Spielplatz in der Mitte der Häuser saßen ein paar Jugendliche im Eingang einer Blockhütte. Zwei rauchten, ein anderer versuchte mit dem Feuerzeug das Holz anzuzünden. Cremer wünschte ihm Erfolg dabei, aber es war zu nass, und nicht einmal ein kleiner Rauchfaden stieg auf. Etwas weiter pries in einem zerfallenen Haus ein Begräbnisinstitut günstige Bestattungen an. Am Gehweg auf der anderen Seite sah Cremer einen Schneehaufen, von dem ein Junge mit dem Schlitten herunterrutschte, dann blinzelte er, der Schnee verschwand und auch der Junge war weg. An seiner Stelle stand jetzt eine blutrote Tafel:

Volkskrankheit Diabetes
Testen Sie Ihr Risiko
mit der Apotheken Umschau

Gegenüber war ein Wachturm.

Den kannte Cremer. Nicht von dieser Seite, sondern von jenseits der Mauer, an der Hannah ihn entlang bis zum Eingang schob.

»Weißt du, was es ist?«, fragte sie.

»Ich kenne einzelne Bilder, einzelne Szenen, einzelne Töne aus einem Knast, aber ich habe keine Ahnung, wie alles zusammengehört. Wie ein Puzzle, bei dem Teile fehlen. Es gibt kein Gesamtbild. Ich weiß nicht, warum ich im Gefängnis war. Ich weiß nicht, wie lange. Nicht in welchem. All das ist weg.«

»Willst du wissen, wie es war?«

»Ich muss. Ich muss mich erinnern. Das habe ich einem Freund versprochen. Er ist tot. Ihm war wichtig, dass ich mich erinnere.«

»Aber was ist mit dir? Willst du das auch?«

»Ob ich es will oder nicht, ist egal. Ich werde erinnert. Die Vergangenheit erinnert sich an mich. Plötzlich ist sie da, und ich werde sie nicht mehr los. Selbst wenn ich vergessen will, was war, vergisst sie mich nicht. Und ich werde lieber zu einem, der sich erinnert, als dass ich einer bleibe, dem die Erinnerung widerfährt wie ein Unfall. Wenn ich frei werden will, muss ich wissen, was war.«

»Das heißt, wir gehen da rein?«

Cremer nickte und sie bezahlte den Eintritt an der Kasse.

»Das letzte Mal, als du hier warst, war es kostenlos«, sagte Hannah, aber es klang nicht witzig, und sie sah nicht aus, als würde sie jemals wieder lachen.

Hinter der Pforte stand eine Schulklasse. Die einen hörten Musik, andere aßen Chips, sprachen in ihre Mobiltelefone oder fotografierten sich gegenseitig. Ein dickes Mädchen beschwerte sich bei einer Klassenkameradin über das schlechte Wetter und die Unverschämtheit des Lehrers, der sie in diesen blöden Knast geschleppt hatte zu einer Zeit, in der man prima einkaufen oder wenigstens ein Bier trinken konnte. Cremer beschloss, sich dicht hinter ihr zu halten. Das Mädchen hatte die notwendige Distanz zu allem, was hier geschah; so viel, dass sie ihm davon etwas abgeben konnte.

»Darf man hier wenigstens rauchen?«, fragte sie den Referenten, der vor der Klasse stand, ein wenig in sich versunken und als ob er daran zweifelte, ob er seine Aufgabe bewältigen würde. Cremer mochte die Art und Weise, mit der er vor den Schülern stand und sich ihnen gleichzeitig so sehr entzog, dass sie ihn nie würden erreichen können. Er antwortete nicht, sondern schüttelte nur unwillig den Kopf, wie einer, der beim Nachdenken gestört wird. Das Mädchen stieß eine Freundin an, flüsterte ihr etwas ins Ohr und kicherte. Sie war siebzehn oder achtzehn Jahre alt, so wie sein Sohn. Cremer hätte ihn jetzt gerne bei sich. Stattdessen spürte er Hannah an seiner Seite, das beruhigte ihn etwas. Das dicke Mädchen zog einen Schokoriegel aus ihrem Rucksack, riss das Papier auf und begann langsam zu kauen. Jetzt sah sie beinahe glücklich aus. Schwerfällig folgte die Klasse dem Referenten durch ein Tor.

Hier stand ein Laster. Barkas B 1000.

Sein Laster. Die Aufschrift fehlte. Da war etwas gestanden. *Frische Fische.* Das war weg, aber das war der Wagen. Damit hatten sie ihn von der Straße gefangen. Die roten Sitze waren noch drin, und seine Zelle war das, hinten rechts. Es hatte geregnet, und ein paar Tropfen waren die Blechwand hinuntergelaufen. *Good feeling, why don't you stay with me just a little longer.* Lieder von Thomas, die er gesungen hatte gegen die Dunkelheit und die Angst, so dass er den Roller vergaß, der irgendwo stand, Schlüssel im Schloss mit verdrecktem Vergaser. Vorne saßen Männer mit Gewehren, mit denen sie stumm Anweisungen gaben. Hier war er angekommen, in diesem Raum, wo die Neonröhren ihn blendeten. *Hopp aussteigen. Kopf runter. Glotzen Sie nicht so rum, Mensch, sonst ziehen wir andere Saiten auf. Wir haben keinen Grund, auch weiter so nett zu Ihnen zu sein.*

Er hörte es. Die Sätze waren noch in der Luft und hallten von den kahlen Wänden wider. Er hörte sie als Einziger hier. Und vielleicht ihr Führer durch das Gefängnis: Der hielt den Kopf, als lausche er der gleichen Stimme, während er den Schülern seinen Vortrag hinwarf wie ein Wärter den Tieren das Essen im Zoo, immer darauf bedacht, ihnen nicht zu nahe zu kommen, weil sie sonst bissen.

Anschließend ging es Treppen hinauf, einen Gang entlang. Braunes Blümchenmuster auf dem Boden.

Der Empfangsraum:

Ausziehen.

Bücken.

Finger in den Arsch.

Weg mit der Uhr und den Schuhen.

Cremer schwitzte. Der Referent redete, doch Cremer verstand nicht, was er sagte. Zu laut waren die anderen Geräusche. Türschlagen. Stechschritt im Flur. Geschrei. *Wir sind hier nicht im Sanatorium.*

Das dicke Mädchen kramte im Rucksack nach ihrem Mobiltelefon und tippte mit fleischigem Daumen auf der Tastatur. Auf der anderen Seite des Flurs öffnete der Mann die Tür einer Zelle. Nicht seine, zum Glück, die war weiter vorne, aber genauso sah sie aus. Glassteine als Fenster. Dahinter Stäbe. Hinter den Stäben die Welt. Oben der Himmel. Unten ein Haus, eine

Mauer oder ein Berg. Ein Schrank hing leer an der Wand. Tisch. Hocker. Nur der Kamm fehlte. Die Seife. Zahnputzzeug. Teller und Plastebesteck.

Nicht anlehnen, 375.

Wenn er einen Weg fand durchs Labyrinth auf dem Boden, dann würde er noch heute entlassen.

Es war so heiß. Die Heizung glühte und sendete gleichzeitig Klopfzeichen in den Raum, die außer ihm hier keiner verstand. Immer mehr von den Schülern drängten hinein, und einer von ihnen stieß Cremer gegen die Pritsche. Die Wolldecke fiel runter und panisch nahm er sie, faltete sie auf Kante und legte sie wieder zurück. Viel hatte er nicht gelernt damals als Soldat, doch Betten machen, das konnte er.

Das dicke Mädchen lachte, als sie ihn sah. Sie stand auf den Filzlatschen vor der Pritsche und merkte es nicht. Eigentlich müsste Cremer die Latschen tragen. Hier drin war er nie mit richtigen Schuhen gewesen. Das Licht an der Decke ging an, aber es war defekt. Flackerte auf. Ging wieder aus. Wieder an.

»Typisch Osten«, sagte das dicke Mädchen und zeigte Richtung Lampe. »Nicht einmal das funktioniert.«

Cremer spürte Hannah nicht mehr. Zu viele der Schüler quetschten sich zwischen beide und jetzt kam auch noch der Lehrer und forderte lautstark »Mehr Respekt vor der Würde des Ortes«, als ob dieser Ort eine Würde hatte, gerade diese Zelle, deren einziger Zweck es war, den Menschen alles an Würde zu nehmen. Das hätte Cremer gerne gesagt, aber seine Stimme war weg, und dann strömten alle nach draußen und ließen ihn hier kurz allein. Hannah kam und legte ihm eine leichte Hand auf die Schulter. Er zuckte zusammen, drehte sich um, sah in ihr Gesicht und tastete mit den Fingerspitzen darüber, als müsse er sich vergewissern, dass es echt war und blieb.

»Geht es noch?«, fragte sie, und er nickte und folgte den anderen, immer entlang den Reißleinen im Flur.

Nase zur Wand. Die Wand beißt nicht.

Die Ampel am Ende stand auf rot. Trotzdem gingen sie weiter, nur Cremer blieb stehen, bis Hannah ihn unterhakte. Nur mit ihrer Hilfe gelang ihm der Widerstand gegen die Regeln. Das war früher auch so gewesen. Sie stiegen den Stimmen der Schüler nach, die Treppen hinunter, aber sie waren zu langsam, denn die ersten kamen ihnen schon wieder entgegen. Ausdruckslos ihre Gesichter, genervt ihre Kommentare. Das dicke Mädchen stand in einer Tür, fotografierte das Zimmer dahinter, schleuderte Cremer ein »Hammerhart« entgegen und watschelte ihrer Gruppe nach.

Cremer stand im Türrahmen, sah in den Raum und erkannte ihn nicht. Schwarz die Decke, der Boden, die Gummiwülste der Wand.

Brian was here hatte einer mit dem Messer in Augenhöhe hineingeritzt. Darunter stand anderes, Unleserliches, weil den Schreibenden nur die brüchigen Nägel zur Verfügung gestanden hatten. Cremer legte die Hand auf die Wand. Erst seine Finger erkannten ihre Scharten und Risse. Irgendwo musste *HO* stehen. Hannah Opitz. Ihr hatte er seinen Aufenthalt hier geweiht.

»Wie damals in die Eiche im Park«, sagte er halblaut und Hannah sah ihn an und fragte nicht, was er meinte.

Er hätte ihr gerne gesagt, was hier drin passiert war, aber wenn er redete, folgte ein Wort dem anderen. Sie taten, als ob es Zeit gab und Raum. Wie konnte er mit diesen Mitteln beschreiben, was jenseits davon lag? Das sagte er ihr, und Hannah nickte und verstand. Zum ers-

272

ten Mal war er froh, dass sie Dichterin war und um die Beschränktheit der Sprache wusste.

Im Gang hinter ihnen waren Stimmen zu hören. Eine Gruppe von Soldaten wurde durch die Räume geführt, und Cremer verschwand beim Anblick der Uniformen. Die Jungen und Mädchen lärmten im Treppenhaus und waren leicht wiederzufinden. Im Gang zwei Stockwerke darüber standen alle Türen offen. Die Schüler folgten dem Lehrer in den ersten Raum, aber Cremer ging zehn Türen weiter, trat ein, setzte sich auf den Hocker vor die Tische.

Hände unter die Oberschenkel.

Sie waren feucht und klebten an dem rissigen Holz. Hannah war weg. Unterwegs hatte er sie verloren. Vor ihm stand eine Schreibmaschine. Daneben eine Schaltanlage. Der grüne Knopf stand für Freiheit, der rote für etwas, an das man besser nicht einmal denken sollte.

Cremer schwieg. Ein Wort, und er würde nie wieder aufhören können zu reden. Der Habicht stürzte sich auf ihn. *Das ist die rote Mühle. Da kommen Sie oben rein und ganz klein wieder unten heraus.* Cremer stellte sich tot, denn Habichte fraßen kein Aas. Immer wieder die Lampe, die auf dem Tisch stand. Der Blick ging ins Licht, die Augen schmolzen und alles, was dahinter lag.

Die Schüler waren fertig und kamen den Gang lang, stießen sich an und zeigten auf Cremer. Ein paar von ihnen machten ein Foto von ihm. Das dicke Mädchen sah traurig auf ihn runter. »Ziemlich echt, was?«, sagte sie. »Sogar der Gestank«, doch dann kam der Lehrer, um sie zu verscheuchen.

Cremers Blick ging durch die Gardinen über die Dächer einer Stadt, die er nicht kannte.

Eine Tasse Kaffee, die langsam kälter und bitterer wurde, trotz der zwei Stückchen Zucker. Eine Stimme, die freundlicher war als die anderen, selbst dann, wenn sie ihm drohte *Sie sind ein Handlanger des Imperialismus.*

Auf dem Tisch vor ihm ein Tonbandgerät. Es knisterte. Zuerst kaum zu verstehen die Stimme aus den Lautsprechern, die Stimme eines Mannes aus dem Westen, weich und doch fordernd, als sei er ein Militär. Er will Hannah heiraten und sie lehnt nicht ab.

Wieder die freundliche Stimme: *Nehmen Sie es nicht persönlich. Sie ist eine Dichterin. Die tun alles für eine Veröffentlichung.*

Cremer schloss seine Augen. Das Telefon klingelte. Immer wieder, ein böser Ton, und er war froh, als endlich einer abnahm.

Es hat einen Unfall gegeben.

Jetzt stand Hannah neben ihm, und er legte den Kopf gegen ihren Bauch. Ihre Finger strichen durch seine Haare. Die Spitzen berührten die wunden Schläfen.

Auf der Dimitroffstraße.

»Bist du okay, Paul?«, fragte sie, und er hätte gerne genickt, aber wusste nicht, ob es stimmte. Sie beugte sich zu ihm und gab ihm einen Kuss. Vorsichtig löste er die Hände unter den Schenkeln.

Sie war ohne Licht unterwegs mit dem Fahrrad, und ein Lastwagen kam.

»Ich bin bei dir, Paul. Du bist nicht allein. Ich bin bei dir. Und ich werde es sein, wenn du willst. Ich weiß, warum sie dich eingesperrt haben. Thomas wusste es. Alle wissen, du warst hier für uns. Für uns hast du geschwiegen. Geschwiegen und gelitten. Und wir haben später versucht, uns deiner würdig zu erweisen. Wir haben es wirklich versucht, Paul, wir haben es versucht, aber wir haben es nicht geschafft.«

Sie war gleich tot und hat nicht lange gelitten.

Er spürte ihre Tränen auf seinem Gesicht. Sie weinte

für ihn die Tränen, die er nicht mehr hatte. Hier drin hatte er zum letzten Mal geweint. Um sie geweint. Und als er damit fertig war, hatte es nie wieder neue Tränen gegeben.

Hannah Opitz. Hannah Opitz ist tot.

Cremer sah lange nicht zu ihr auf.

Später spürte er eine andere Hand an seinen Schultern. Es war der Mann, der die Gruppe durchs Gefängnis geführt hatte.

»Sie sind einer von uns. Ich habe es gleich gesehen. Man kann es nicht verbergen. Es ist in den Augen. Auch wenn man es nirgendwo sonst merkt, sieht man es in den Augen.«

Er sah die beiden an.

»Ich saß hier vier Monate, Mitte der achtziger Jahre. Jetzt bin ich hier und führe Gruppen hindurch. Wir haben gewonnen. Es gibt kein Happy End, aber gewonnen haben wir trotzdem. Auch Sie haben gewonnen, und Sie sind nicht allein. Wir sind nicht allein. Die Einzelhaft ist vorbei. Wenn Sie wollen, kommen Sie nachher ins Café. Es sind noch andere von uns da. Einer von ihnen hat ein paar Wochen Wand an Wand mit mir gelebt. Ich hatte ihn nie vorher gesehen, nur manchmal schluchzen hören, nachts. Jetzt sehe ich ihn. Ich kann mit ihm reden. Manchmal trinken wir ein Bier zusammen. Ich habe gleich noch eine Führung und muss runter. Kann ich Sie hier alleine lassen? Kommen Sie klar?«

Cremer nickte.

»Was ist passiert, als ich rauskam?«, fragte er Hannah mit einer Stimme, die er von weither holen musste. »Ich war hier drin. Ich erinnere mich. Aber wie kam ich frei?«

Hannah setzte sich ihm gegenüber.

»Es war der 7. Dezember. Da hat sich der zentrale

Runde Tisch getroffen, aber frag jetzt nicht, was genau das war. Hans Modrow war der neue Ministerpräsident und traf sich mit den Bürgerrechtlern. Da konnte er keine politischen Häftlinge gebrauchen, also haben sie dich rausgelassen. Das heißt, sie haben einen Paul Cremer rausgelassen, aber du warst es nicht mehr. Keiner hat dich mehr erkannt. Dein Gesicht schon, natürlich. Deinen Körper. Aber nicht den Rest. Der war ganz entstellt. Sie haben dich ins Wohnheim gefahren. Du würdest dort weiter verhört werden, hatten sie gesagt. Klepper hatte mich angerufen. Sie saßen alle in deinem Zimmer. Rosenstein mit dem Feuermal. Wischnewski, Klepper und die anderen. Alle rauchten und erzählten von ihren Heldentaten. Der eine war auf einer Demo gewesen und hatte Polizisten ausgeschimpft. Der andere ein Flugblatt weitergegeben. Ein Dritter war schon immer dagegen gewesen, und eigentlich hätte man ihn längst aus der Partei ausschließen müssen, und dass sie ihm nicht auf die Schliche gekommen seien, zeige doch, wie unfähig sie waren. Alle waren so tapfer gewesen, echte Helden, und redeten und redeten, nur du hast geschwiegen und mich angesehen, als sei ich ein Geist, und mich gefragt, ob ich nicht tot sei. Das war ich nicht. Ich hatte mich nur so gefühlt, als du plötzlich weg warst. Acht Monate lang. Zuerst wussten wir nichts. Später erfuhren wir, dass die Stasi dich hat. Dann brach alles zusammen, nur du bist nicht gekommen. Manche dachten, du bist im Westen. Freigekauft oder ausgebürgert. Andere dachten, sie hätten dich umgebracht. Ich wusste nicht, was ich denken sollte. Und als ich an diesem Tag ins Wohnheim kam, hast du behauptet, ich hätte einen Unfall gehabt und sei gestorben. Klepper musste mir den Puls fühlen und dir bestätigen, dass ich noch lebe. *Normale Betriebstemperatur* hatte er gesagt. *Regelmäßiger Puls. Hoher Muskeltonus. Soll ich auch ihre Stoffwechselprozesse untersuchen?* Klepper eben. Dein Kopf hat es geglaubt, und du bist zu mir gezogen. Dein Kopf hat es geglaubt, aber nicht dein Herz. Ich blieb tot für dich. Egal, was ich gemacht habe. Was immer ich versucht habe, ich blieb tot. Tot, als ich versucht habe, dich zu küssen. Tot, als ich dir die Gedichte vorgelesen habe, die ich für dich schrieb. Tot, als ich geschrien habe vor Wut. Tot, als ich weinte. Du hast mit einer Toten gelebt. Du hast mich beim Namen genannt, aber mich nicht wirklich gemeint. Ein Lastwagen hat mich umgebracht. Das konnte ich dir nicht nehmen. Meine Haut war dir nicht Leben genug. Nicht mein Atem. Meine Tränen. Mein Blut. Du hast mir mein Leben nicht mehr geglaubt, und dann ist es passiert und du …«

Sie machte eine Pause, schüttelte unwillig den Kopf und sah aus dem Fenster. Es war nichts zu sehen, aber sie schien das nicht zu stören.

»Und du bist verschwunden«, sagte sie schließlich.

»Ich bin einfach gegangen?«

Hannah lehnte sich zurück, biss sich auf die Unterlippe und sagte nichts.

»Einfach so?«, fragte er.

»Einfach so«, sagte Hannah langsam. »Und keiner hat jemals wieder etwas von dir gehört. Bis gestern.«

Cremer strich über die Narben am Kopf.

»Dann habe ich die Kugel gebraucht, um dich wieder lebendig zu machen.«

»Das ist ein hoher Preis«, sagte Hannah. Sie legte ihre Hand auf seinen Kopf.

»Ich will nicht, dass er umsonst war«, sagte Cremer. »Ich meine: Hier drin bist du gestorben. In diesem Zimmer. Auf diesem Hocker. Glaubst du, wir könnten …«

Eine Besuchergruppe lärmte durch den Gang. Die Tür ging auf, und zwei ältere Damen schauten herein, blickten sich an, hoben gleichzeitig ihre rechte Augenbraue und drückten die Tür sanft wieder zu.

Er redete nicht weiter.

»Das könnten wir«, sagte Hannah, beugte sich vor und umarmte ihn so fest, dass seine Rippen schmerzten.

Er stand vor dem Haus und wartete auf Hannah, die die Helme von oben holte. Der Motor knatterte unruhig, und eine blaue Wolke stand hinter der Schwalbe in der Sonntagmorgenluft. Cremer mochte den Geruch des Zweitakters, der sich mit dem Duft der Brötchen von der Bäckerei an der Ecke mischte und drehte am Gashahn. Der Motor hörte sich gut an. Diesmal würde der halten, und keiner würde ihre Fahrt unterbrechen. Das Bündel mit dem Zelt und den Schlafsäcken hing jetzt schon ein wenig nach links, und Cremer zog den Gepäckgurt noch fester.

Gestern war ein kleines Jubiläum gewesen: Er hatte seine fünfundzwanzigste Gruppe durch Hohenschönhausen geführt. Inzwischen zitterte er nicht mehr, weder im Trakt mit den Zellen, dem Dunkelraum, den Tigerkäfigen, der Fotokammer oder den Vernehmungszimmern.

Den größten Teil der Führung über erzählte Cremer von seiner Zeit hier im Gefängnis. Mehr war nicht nötig. Jede neue Gruppe von Besuchern war ein Sieg über die Stasi.

Die Schüler gestern waren besonders aufmerksam gewesen, als hätten sie etwas geahnt. Cremer hatte den Gutfrisierten wiedererkannt. Er trug ein Cordjackett und schwarze Hosen mit Bügelfalten. Er war damals bei ihnen gewesen, als Leonhardt versucht hatte, seinen Sohn zu schlagen. Thomas hatte sich die ganze Besichtigung über weit hinten gehalten, so dass er ihn meistens kaum sah. Oft stand er in der Nähe eines blonden Mädchens mit sehr wachem Gesicht. Manchmal tuschelten sie miteinander. Es war ein Geschichtskurs des Gymnasiums in Sankt Blasien, 12. Klasse. Die Schüler mussten die gesamte Studienfahrt selbst organisieren, und Thomas hatte ihn wegen einer Führung durchs Gefängnis angerufen. Sie telefonierten regelmäßig, hatten sich aber seit Cremers Flucht nach Berlin nicht wieder gesehen.

Den abschließenden Vortrag hatte er im Vernehmungszimmer gehalten, seinem Vernehmungszimmer, und an Zivilcourage und Widerstandsgeist der jungen Menschen appelliert, damit sich die Geschichte nicht wiederhole. Der Lehrer hatte anschließend eine Fragerunde eröffnet. Es war still geblieben. Das kannte Cremer von den anderen Gruppen. Was man hier sah, das raubte den meisten Besuchern den Atem. Schließlich hatte sich eine Hand gehoben, die Hand von Thomas. Cremer hatte sie sofort erkannt.

»Ich habe nie gehört, dass sich auch nur eines von den Opfern der Stasi an den Tätern gerächt hat. Sie haben zum Beispiel erzählt, dass der Arzt aus diesem Knast problemlos ein paar Straßen weiter praktiziert. Das verstehe ich nicht. Warum hat nie ein Einziger versucht, ganz persönlich Rache zu nehmen?«

Cremer hatte lange geschwiegen. Er wusste inzwischen, wer ihn vernommen hatte. Er kannte dessen Adresse, nicht weit von hier wohnte er. Einmal hätte er ihn fast besucht. Er hatte lange vor dem Haus gestanden, immer wieder den Namen auf dem Klingelschild gelesen und war wieder umgekehrt.

»Wir wollen uns nicht auf eine Stufe mit denen stellen«, hatte er schließlich gesagt.

Das Mädchen neben Thomas hatte ihm etwas ins Ohr geflüstert. Sein Sohn hatte sich geräuspert.

»Im Namen des ganzen Kurses bedanke ich mich für die Führung«, hatte er gesagt.

Der Lehrer hatte ganz beglückt ausgesehen. Offensichtlich war das etwas, was er mit den Schülern eingeübt hatte.

»Wir haben, glaube ich, alle nicht gewusst, was hier drin passiert ist«, sagte Thomas. »Ich habe es zumindest nicht gewusst. Ich habe es wirklich nicht gewusst.«

Er hatte plötzlich angefangen zu weinen, vor der ganzen Klasse, und das Mädchen hatte den Arm um ihn gelegt, während der Gutfrisierte irritiert von ihm abgerückt war.

»Ich habe es nicht gewusst, Papa. Es tut mir leid.«

Der Lehrer hatte nicht mehr beglückt ausgesehen, sondern komplett überrumpelt, und Cremer war stolz auf Thomas gewesen, der noch lange geblieben war, während der Rest der Klasse das Bodemuseum besichtigte.

Inzwischen waren die Schüler auf dem Weg zurück in den Schwarzwald. Hannah kam aus dem Hauseingang und blinzelte hoch in die Sonne. Cremer hielt kurz die Luft an, weil sie so schön war, dann atmete er leise und glücklich aus. Sie setzte sich hinter ihn, legte ihre Arme um seine Hüfte und lehnte sich sanft gegen seinen Rücken.

»Kann's losgehen?«, fragte er.

»Von mir aus«, sagte sie und drückte ihn einen Moment mit aller Kraft. Er stöhnte auf, und sie bogen in die Prenzlauer Allee ein. Die Luft war weich und warm, und Cremer klappte das Visier seines Helms hoch. Die Ampel schaltete auf Rot. Er gab Gas und fuhr einen Slalom zwischen Autos, Radfahrern und Fußgängern.

Endlich flogen sie auf der Schwalbe ans Meer.

Ich danke
Edda Schönherz,
Hans-Eberhard Zahn
und den anderen Zeitzeugen
aus Hohenschönhausen

Ist ein virtuoser Kriminalschriftsteller auch ein perfekter Mörder?

Guillermo Martìnez
Der langsame Tod der Luciana B.
Roman
Aus dem Spanischen von Angelica Ammar
208 Seiten · gebunden
€ 17,95 (D) · sFr 29,90 · € 18,50 (A)
ISBN 978-3-8218-7200-1

Blass und ausgemergelt steht die einstmals so attraktive Luciana eines Abends vor dem argentinischen Schriftsteller. Unglaublicher noch sind die Ereignisse der vergangenen Jahre, von denen sie erzählt: Ihr Verlobter ertrank im Meer, die Eltern vergifteten sich an einem Pilzgericht, der Bruder wurde bei einem Raubüberfall ermordet. Für Luciana gibt es nur eine Erklärung: ein Rachefeldzug von Kloster, dem berühmten Kriminalschriftsteller, dessen erotische Avancen sie einst abgewiesen hat...

In seinem brillanten Roman inszeniert Guillermo Martìnez das Drama einer jungen Frau, die ohne eigenes Verschulden schuldig wird und deren Sehnsucht nach Erlösung sie unaufhaltsam in die Arme eines scheinbar skrupellosen Mannes treibt...

Kaiserstraße 66
60329 Frankfurt/Main
Tel. 069/25 50 03-0
Fax 069/25 60 03-30
www.eichborn.de

Wir schicken Ihnen gern ein Verlagsverzeichnis.

»Eine echte Entdeckung: klug, komisch, subtil und hoffnungslos romantisch.«
Daily Express

William Nicholson
Versuch über die wahre Liebe
Roman
Aus dem Englischen von Rainer Schmidt
318 Seiten · gebunden
€ 19,95 (D) · sFr 33,90 · € 20,60 (A)
ISBN 978-3-8218-5813-5

Bei seinen Recherchen für ein Buch über die Liebe auf den ersten Blick stößt der junge Schriftsteller Bron auf die Geschichte des französischen Malers Paul Marotte. Marotte hat in seinen Bildern immer wieder genau den Moment eingefangen, als er der Frau seines Lebens zum ersten Mal begegnet ist. Wie im Rausch liest sich Bron durch Briefe und Tagebücher, bis es bei einem Spaziergang passiert: eine unbekannte Schönheit, ein kurzer Blick, ein Lächeln – und Bron ist unsterblich verliebt. Doch wie kann er die geheimnisvolle Flora von seiner Liebe überzeugen? Und noch wichtiger, wie kann er wissen, dass sie auch die Frau seines Lebens ist?

Mit großer stilistischer Eleganz konfrontiert William Nicholson das Ideal der romantischen Liebe mit den Haken, die das wirkliche Leben schlägt.

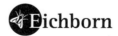

Kaiserstraße 66
60329 Frankfurt/Main
Tel. 069/25 50 03-0
Fax 069/25 60 03-30
www.eichborn.de

Wir schicken Ihnen gern ein Verlagsverzeichnis.